仕事本

わたしたちの緊急事態日記

❖目次

Ⅳ　率いる

Ⅴ　添う

Ⅵ　描く

Ⅶ 書く

Ⅷ 聞く

Ⅸ 創る

Ⅹ　守る

Ⅺ　繋ぐ

❖ 凡例

・職業名の後に、名前／年齢（非公開の場合有）／在住都道府県／緊急事態宣言後の状況を記載しております。

・表記については、執筆者それぞれの日常的な言葉使いを活かすため、統一しておりません。

はじめに

仕事、終わり〜。今日のお風呂は、登別温泉風かな別府温泉風かな。なんていう、ついこの間までのおだやかな日常は、コロナウイルスによって一変させられました。仕事がなくなったり、やり方が変わったり、突然忙しくなったり。ほかの人の仕事が気になりはじめました。この危機、どうやって乗り越えるんだろう?

緊急事態宣言が発せられた日、左右社編集部はすぐさま、仕事をテーマにした本をつくるべく、七七人のさまざまな職業の人たちに、四月の日記を書いてもらうようお願いしました。それを構成したのが本書です。

有名な人も無名な人も、二〇代も八〇代も、命の危険を感じながら治療する医者も、風評に悩まされるタクシー運転手もいます。日記を読むうちに、これまで職業名でしか認識していなかった人も、ひとりひとりの素顔が見えてきました。翻ってみれば、納豆を食べる幸せひとつとっても、どれだけの人の仕事でなりたっているか。

ひとつの仕事は、誰かの生活につながり、その生活がまた別の人の仕事を支えている。本書は仕事辞典であると同時に、緊急事態宣言後の記録であり、働く人のパワーワードが心に刺さる文学作品でもあります。

仕事は続くよ、どこまでも。

お婆さん、今日も納豆、入荷しますからね。

I章　売る

パン屋

❖田中絹子（仮名）／六二歳／東京都
夫を看取って一年、一軒家に一人暮らし。半年前からスーパーのパン売り場で働く。自粛要請が出てからは利用客が増えて大忙し。

四月九日（木）

裏の奥さんと立ち話をした。

娘さんが柴又の帝釈天にあるお店にパートで働いているんだけど、普段なら観光バスも何台も止まって人でごった返しているのに全然人がいなくて、週四日のシフトを週一に減らされてしまったから生活が大変とこぼしてた。

隣の奥さんも、嫁も息子も仕事が在宅になって、自分も外に出れず家にいるのがしんどい、区の体育館の体操教室も休止しているからどこにも行けず一日中テレビ見ているしかないと言っていた。

兄嫁も、政府はいったい何をやっているんだ、困っている人がいっぱいいるんだからお金を印刷してバラまけばいい、そうすればまた政府にお金が戻ってくるんだから、とすごいこと言う。普段は控えめな物言いをする人なのに驚いた。コロナは人の性格まで変えてしまうのかなぁ。

今日はパートが休みだけど出かけることもできないので、家の中の普段できないところを掃除した。夕方、友達と一時間くらい公園に散歩に出かけた。けっこう人がいっぱいいて、みんな外に気晴らしに出てるんだなぁと思った。

コロナはいつまで続くのかなぁ、日本経済は大丈夫かなぁと心配。

四月十日（金）

コロナの影響なのかスーパーは毎日すごく忙しい。うちのスーパーは五〇種類以上のパンを一〇〇円くらいで売っていて、前からお客様は多かったけど、この頃は焼いても焼いても追いつかない。それに今はパンをすべて袋詰めしなきゃいけないのだ。みんなもコロナが気がかりで、日々心配しながら働いている。更衣室で着替えながら、こんな狭い場所で何人もの人が着替えていて密の状態で大丈夫なのかと思うのだけど、かといって他に場所もない。人混みにいかなくても職場には密の所がいっぱいある。例えば食事をする所とか。政府は三密を避けるようにと言うが、なかなかそうもいかない。子どもがいるパートさんは親子でもう限界、毎日ケンカばっかりと嘆いている。とにかく早くおさまってほしい。

夜は「ぴったんこカン★カン」を見た。星野源が大好きになった。

四月十一日（土）

本部からメールがきた。健康状態の確認とのこと。

これからは一人ひとりが全部の作業をマスターできるように、と言われ、最近は焼きだけじゃなくて型作りもやるようになった。今日はドーナッツをいっぱい作る。チョコレートの匂いが体に染み付いてしまった。いい匂いだからいいけど時給は上がらない。

仕事が終わって、天気も良いので友達が公園に散歩に行こうと誘ってくれた。すごく人がいっぱいいた。家族連れも多い。足を伸ばして柴又まで行ってみたが、さすがに帝釈天は人がいなくて、お店もかなり閉まっていたけど土手沿いの散歩道はけっこう人がいた。柴又の駅まで歩いて寅さんとさくらの銅像を見る。葛飾に住んでもう四〇年以上になるけど、いつも車で来るから銅像を見たのは初めて。なんだか小旅行したみたいな気分。

夕飯を食べていたら、BSで寅さんをやっていた。今日見てきた帝釈天が出ていて嬉しかった。

四月十二日（日）

今日は孫の一歳の誕生祝いで、休みをもらった。

美容院で白髪染めをしてきた。スタイリストが坂本龍一風に髪をカットして、グレーに染めていた。コロナで日本が暗いから少しでも明るくしようと思ってやったんだって。私も少しメッシュを入れて明るくした。まぁ、それぐらいじゃ日本は明るくならないと思うが気持ちは明るくなった。

その後息子夫婦の家に。一昨年の暮れ、夫が病に倒れて、息子と三人でやっていた中華料理店を閉めることになった。孫が生まれる五ヶ月前のことで、息子は、父の看病と出産子育てのことを考えて時間の融通が効くバイトをはじめた。生活も落ち着いて、バイトを辞め、本格的な広東料理を学ぶために高級中華料理店での修行が決まったのだけど、そのお店もGW明けまで休業になったと言う。お嫁さんは美容院をひとりで切り盛りしている。でも一歳の子どもがいるのに不安だからとお店はしばらく閉めることにしたそうだ。一ヶ月ぐらいはなんとかなると言うけど母はとても心配。

時々、人から「今お店やってたら大変だったから良かったね」と言われることがある。確かに自営業の人はとても大変だと思う。でも、正直ちょっと複雑だ。

最近の癒しは「きのう何食べた？」を見ること。

四月十三日（月）

今日もパン屋。相変わらずお客様は大勢来る。みんな精一杯働いている。品出しの人もお惣菜売り場の人もみんな大変。働き始めて、スーパーで働いている人全員リスペクトするようになった。こんな大変な仕事だとは思いませんでした、と副店長に言うと、え〜そうですかぁ！

とトボけていた。

仕事から帰ってきたら友人たちが夫のお参りに来てくれた。三人でおしゃべりをしたんだけど、これも感染しないかと心配になった。来てくれる人にも申し訳ない。でもみんな一日家にいると人とも会わず話もせず運動もできず、逆に具合悪くなりそうだと言っている。人と会わないのは大変なことだ。

四月十四日（火）

朝鮮人参の漢方を飲む。麻薬みたいに元気が湧く。

今日はいきなり新メニューを作ることになった。マニュアル通りにやってと言われ、その通りに焼いたのに、それはアイシングをかけてから焼くの！と怒られた。これにはちょっとカチンときた。

四月十八日（土）

職場に二四歳の女の人が新しく入った。みんなとても優しく指導していた。婆には厳しかったのに！　若いっていいね。

四月二十日（月）

今日は夫の一周忌。お昼過ぎに息子夫婦と孫、娘二人が来る。こんな状況だから家族だけでやることにした。お坊さんも呼べないから、私がお経を唱えて家族みんなで手を合わせた。

息子と一緒に中華料理の春餅を作り、ウインナーロールとカレーパンとぶどうパンも焼いて、みんなで「孤独のグルメ」を見ながらご飯を食べた。

息子夫婦はコロナの影響で休業、長女は在宅勤務、末の娘は介護の仕事をしていて不安を抱えながらも日々働いている。みんな生活のリズムが変わっても頑張っている。私もスーパーの仕事を週四日だが頑張って生活している。

みんなが帰って、ひとりになるとやっぱり寂しい。仏様にお供えしたご飯をつまみに、長女が飲み残した缶チューハイを飲んだ。こんな時、夫がそばにいたらなぁと思う。でもいつもいるような気もしている。今もソファーに座って夫が好きだったゴルフ番組を見ながら、隣にいるような気がして横を向くけどもちろん見えるわけはない。

でも落ち込んでばかりいるわけでもなく、友達と散歩したり、孫の世話をしたり、庭に出て薔薇の手入れをしたりしてけっこう楽しく生きている。

仏壇に手を合わせてご本尊様に、私の大事な旦那様なのでよろしくお願いしますと言った。

ミニスーパー店員

❖にゃんべ（仮名）／五一歳／東京都
猫の波瑠さんと暮らす。ラジオ広告制作の傍らミニスーパーの早朝シフトで働く。いつも通り働かざるを得ないことに不安を感じる。

4月7日（火）

朝5時起床。

いつも通り、波瑠さん（猫・オス）からの「朝ごはん要求行動」で目が覚める。

本当なら5時40分に目覚ましのアラームをセットしているのだが、波瑠さんが来てからというもの、セットした時間よりも大分早く目が覚める。

まずは波瑠さんの機嫌を損なわぬよう、ごはんをあげ、トイレを掃除し、飲み水を取り替えて、ようやく自分用のコーヒーが飲める。そして嗅覚と味覚に異常がない事を確認する。そういえば、沖縄で保護された波瑠さんが我が家に来て、半年が経った。

こんな感じで朝を迎えることが当たり前になってから、まだ半年しか経ってないのか。

ほんの半年前、というよりは数ヶ月前、まさか東京がこんなことになるなんて予想だにしていなかったけれど。

6時過ぎ、いつも通り「出勤妨害行動」を起こす波瑠さんを撒いて家を出る。

僕が早朝バイトをしているのは、所謂ミニスーパーというやつで、食料品がメインの店だ。開店後、客の入りはさほど多くもなく、いつもと変わりない。そういえば、今日は珍しく前日に入荷したトイレットペーパーがいくつか残っていた。

ピークは過ぎたと思うが、未だタイミングが悪いと入手するのに苦労する品ではある。うちの店も「お一人様一点限り」の制限付きだ。

すると一人のお婆さんが、「友達が困っているから友達の分も買って行ってあげたい」とレジに来た。流石にルールを守らないわけには行かず、「申し訳ございません」と丁重にお断りした。お婆さんは12ロール入りのトイレットペーパーを1つだけ買って、店を出た。

何だか申し訳なく思っていたのだが、すぐにお婆さんを追いかけた。

「お客さん、もしご自宅がお近くなら、一旦置いてもう一度出直していただければお売り出来ますよ」と伝えると凄く嬉しそうに「すぐ戻ってくるわ」と言いながら家へ帰った。その後、お婆さんが戻り無事にもう1つトイレットペーパーを手に入れることが出来た。

「本当にありがとうございました」と丁寧にお礼を言われたけれど、普通に考えれば、もう一度素知らぬ顔で店に来ればいいだけの話なのだ。でもなぜかあのお婆さんは、そういう事をしない人なんじゃないか?と思った。だから声をかけた。

4月10日（金）

今日、東京都から緊急事態宣言についての具体的な指針が発表された。営業自粛要請を出されたのは、生活に必要不可欠なもの以外ほぼ全てと言っていい内容だ。当然、僕のバイト先は要請の対象外である。そもそも、以前から東京都は先んじて営業自粛の要請を出していたので、営業を休止している店は既に何軒かあって、何だかもの寂しい雰囲気は漂っていた。

でも駅前の大型スーパーに入ればレジの防護策などの違和感がありつつも、いつも通り、それなりの数のお客さんが買い物をする姿を見ることが出来た。それはうちの店でも同じことなのだが、むしろ余りに変わらぬ風景にちょっとした不安を感じるようになった。

現状、うちの店は他店のスーパーやコンビニのように、レジの前に飛沫感染防止の透明な幕は下がってないし、お釣りの受け渡しも直接手で渡している。

お客さんによっては、手を触れる事を嫌ってか、黙ってトレーを指差し、ここに釣銭を置けと無言の圧力をかけてくる。

口があって声を発することが出来るのにも関わらずだ。そこまでコミュニケーションを拒絶するなら、来なきゃいいのにと思う。

「お前が買ったのは、缶コーヒー1つだ。ならば自販機へ行け！」

こんな風に客に対する気持ちがかなり荒んできているのは、数時間狭い店内で不特定多数の人と接しなければならないが故に、感染のリスクを自分の努力だけでは抑えきれないからだ。今更の非常事態宣言が、本編よりも長い予告のように地味に不安を煽っていたせいで、色んなことが気に障るようになっていた。

こうやって人間同士のコミュニケーションは綻んでいくのか。自分が思っていたよりも心が弱ってきている。

4月20日（月）

朝、出勤するとうちの店のレジ前に透明の幕がぶら下がっていた。遅ればせながら、他のスーパー同様、飛沫感染の防止策に乗り出したようだ。レジを打つときは、ゴム製の手袋を着用。お釣り銭の受け渡しはトレーを介して行うよう掲示が貼り出されていた。しかし対応が遅いな、うちの店は。

品出しをしているとご近所に住んでいると思わしきお婆さんがやってきた。

「納豆はないのかしら？」

売り場を見れば1つもなかった。

納豆は毎日入荷しているはずだが、ここ最近は入荷後、日にちを跨がずに売れ切れてしまうのが現状だった。

これも不思議なのだが、日本人はこの様な事態に対峙すると、やたらと「納豆」に頼りたがる。ナットウキナーゼに抗ウイルス性が認められたわけではないのにだ。

同様にヨーグルトの類も売れる。

目には目を。菌には菌を。

市井の人々は無駄に踊らされているなと思うと失笑するしかない。

だが少しでも家族のために身体にいいものをと買い込んでいるのだとしたら笑えない。


お婆さんに、「駅前の○○に行けば多分売ってると思うんですけどね」と伝えると、

「あそこは人が多いから行きたくない。感染したら嫌だもの」と返された。

そりゃあそうだ。

うちはミニスーパーだから、大型のスーパーに較べ品数は劣る。

だが、お婆さんにしてみればわざわざ離れた駅前に行って感染リスクを高めるより、近所にあるミニスーパーに行く方が利便性と安全性は高い。

小さな店だから一気に客が押し寄せたら元も子もないけれど、今の所はそこまで酷い状況にはなっていない。うちの店でも、お年寄りの生活圏に近い分、少しだけでも役に立っているんだなと思うと、ちょっと救われた気がした。

お婆さん、今日も納豆、入荷しますからね。

惣菜店店主

❖ともこ（仮名）／三八歳／福岡県
夫婦ふたりで〝お酒の飲める惣菜屋〟を福岡・天神に営む。閑散とした街の風景に不安を覚えながらも、地道にコツコツと前に進む。

4月13日（月）

天候も最悪（雨は降るし暴風）で、お客さんの数もまばら。流石に今週からは、テレワークの人も多いのかもしれない。お店の売上はここ最近で一番悪かった。

そんななか、息子の保育園の園長先生たちがお弁当を頼んでくれたり、洋服を作っている常連さんが、最近販売し始めた、手作りのマスクをプレゼントしてくれたり。

「お互い大変だけどがんばりましょうね」

そんな気遣いが支えになっている。

帰り際、お店のある天神周辺を少し歩いてみたが、居酒屋やスナックは、9割方休業の張り紙がしてあった。

筆文字やマジックペンで書かれた文字からは、様々な苦悩や悔しさがにじみ出ている。

テイクアウトでお店を開け続けることが果たして良いことなのか、ぐるぐるといろんなことが頭をめぐる。少しネガティブなマインドで眠りにつく。

4月14日（火）

緊急事態宣言から1週間経ったこの日、福岡市が独自の各種補助を打ち出してくれた。飲食店としては、休業要請に応じた場合に、家賃の8割補助やデリバリー需要に対する補助が提案された。本当に有難い。朝から明るいニュースに心弾む。

昼過ぎ、息子と公園に行った。様々な年齢層の人たちで賑わっている。高校生くらいの男子たちと、小学校低学年くらいの男の子が一緒にサッカーをしていた。きっと、普段なら一緒に遊ばないような世代。とても楽しそうだった。赤ちゃん連れの若夫婦はテイクアウトのお弁当食べてて、こちらも幸せそう。

ニュースでは、公園に行く人たちを非常識という人たちがいるとか、うるさいと苦情があるとか聞くけれど、本当なのだろうか。福岡だからなのだろうか、ここは、みな平和だった。ありふれた日常にある、ささやかな幸せを感じられる日だった。

4月15日（水）

持ち帰りの需要が増え、お店のシールが底をついたので、歩いて天神のキンコーズにシール印刷をしにいく。私たちのお店のある天神は、東京で言えば、銀座と渋谷が一緒になったような都会で、買い物などをする中心地と言える。いつもなら若者で賑わってる、Aesopもタピオカ店も、閉まってた。思っていた以上に、天神の店は緊急事態宣言以降、ゴールデンウィーク明けまでちゃんと休業するようだ。持ち帰り需要で少しは賑わっているかと思っていたキンコーズは、誰もお客はいなかった。

夕方、仲の良い飲食店の方が飲みに来てくれ、仲間のタコ焼き屋さんのタコ焼きを差し入れてくれた。お互い苦しい状況のはずなのに、休みの日にわざわざ来てお金を使ってくれることに本当に感謝しかない。保育園帰りの息子は差し入れのタコ焼きに大喜び。口にソースやマヨネーズをいっぱいつけて、美味しそうに頬張っていた。その幸せそうな顔に、私も自然と笑みがこぼれる。

その後、今度は私たちが、別の飲食店に夕食をテイクアウトしに行く。先方に買いに行く旨を事前に伝えたら、「お弁当頼める?」とお弁当を注文してくれた。こうやって、小さな経済を親愛なる人たちで回していけることに、ささやかな希望と幸せを感じる。

4月20日（月）

お昼、お子さんがいるお客さまとお弁当を盛り付けながら、世間話。なんでも、旦那さんは完全に休業で、旦那さんが家でお子さんを見ているという。お子さんは、お父さんが毎日いて大喜びとか。

夕方、保育園のママ友がお惣菜を買いに来てくれた。こちらも、旦那さんが主に在宅で仕事をしながら、2人の息子さんを見ているという。料理もYouTubeとか見て作っているというから、何とも微笑ましい。私たち世代の共働きの夫婦は、旦那さんも家事育児に共同していて、みんな苦労しながらも家族との時間を楽しんでるようだ。大変だけど、良いこともあるよね、とみな口を揃えて笑う。きっと、「コロナ後」は働き方や人生観が変わる人がたくさんいるんじゃないかな。東日本の震災の時と少し似ているけれど、あの時よりももっとゆっくりと静かに染み入るような、しみじみと人生について考えさせられるような日々である。

「お酒が飲める惣菜屋さん」として、この4年間お店を夫婦で営んできたが、改めて自分たちがやってきたことは間違っていなかったと、ここに来て思えるようになってきた。毎日手作りのデリが8種入った¥650のお弁当を作りながら、「ワイン一杯注ぐ方が楽に稼げていいな」と思う日も正直あったけど、地味に毎日お弁当やデリを作り続けてきたので、こんな状況においてもさほど混乱はない。

もちろん、売上は下がってはいるが、元々お酒だけに頼った営業ではなかったし、そもそも、売上もさほど大きくなく、夫婦だけで小さな商売をしてきたわけで。水商売とは、そもそも天候や経済に左右される、収入が不安定な職種である。楽して稼げるお酒を扱うには、やはりそれ相応のリスクが生じる。お酒を伴う接客は、それなり負担があるし、危険も伴う。

地味なことをコツコツと毎日続けてきた「惣菜屋」としての側面が、今の私たちの自信へと繋がっている気がする。
「地味なことは打たれ強い」
そんなことをしみじみ感じている。

4月21日（火）

夫と息子は、朝9時から公園へサッカーしに出かけた。保育園からも出来るだけ家庭保育に協力して欲しいとの要請があり、仕事を何とか調整して、今週から週に3回の登園にすることにした。息子は家族で過ごす時間が増えて、本当に嬉しそう。

昼間、息子を昼寝させてから、改めて助成金関連の情報を確認してみる。福岡市の外出自粛に向けた飲食宅配の促進事業に追記があった。１０００円以上の飲食宅配サービスを電子決済にて利用した利用者に対して、クーポンを発行し、使用されたクーポンやポイントについて１件５００円分を福岡市が支援する、というもので、以前は指定の飲食宅配代行事業者を通じてでしか出来なかったのだが、あれ？　飲食店自身で配達することも可能になっている……?!　日々状況が変わっていて、気付かぬうちにこうやって情報が上がっていたりする。手続きはやはり複雑で、資料を読むだけでクラクラするのだが、そうも言ってられない。読めば、締め切りが23日！

慌てて、店番をしている夫に連絡して、申し込みの書面に必要なものを確認してもらう。私としては、現状、お店を開けていることにも少なからず葛藤があり、こちらから出向くことが出来る方がベターかもしれない思っていた。デリバリー営業をするにあたり、どんなメニューにするべきか、くるくると考えを巡らす。本当に、日々状況が変わり、情報をキャッチすることに精一杯。正直滅入ってしまうけど、そんなことも言ってられない。

がんばろう。

書店員

❖花田菜々子／四〇歳／東京都
人がほとんど来ないと思っていたら、書店が臨時休業に。友人からブックストア・エイド基金の計画を知り全力で手伝うとメールする。

4月6日（月）

店を開けるも、あまりにお客さんが来なすぎて、これからどうなるのかもわからなくて、やる気があるような、ないような、何か考えたほうがよさそうな、考えても仕方ないような、ピリっとしない日々だ。仕事の打ち合わせ1件。退勤後、店で本8冊ほど買う。家に帰るのも気が進まなくてダラダラ歩く。

4月7日（火）

ついにXデーが来て、朝から慌ただしい。明日からの閉店が決まった。とりあえず日々の仕事をこなすが、非日常へのワクワク感と無力感とが心の中で混ざり合って心がざわつき、落ち着かない。

もともとお客さんが減っているので、売上補填のために企画性のある「本のセットの通信販売」の計画をスタッフと立てていた。それを考えることだけが仕事への前向きな活力になっていたが、上司とのやりとりで、希望は持てないと知る。行き場のない怒りが身体じゅうに溜まる。

「元気でね」「また生きて会おう」「よいお年を」と、冗談まじりの退勤の挨拶。昨日に続いてまた本のまとめ買い。家でのＱＯＬ向上のためにＰＳ４の本体と散歩用のスニーカーを購入して帰る。準備万端だ。

4月8日（水）

無職1日目をめいっぱいエンジョイしようと、ゲーム、昼寝、書店員友達とのチャット通話、コンビニで買った食事……など自堕落のかぎりを尽くす。お金のことを考えなければだが、ずっとこうして家で無為にすごす生活でもまったく困らない気がする。そんなふうに思うのは最初だけだろうか？　夜は書評原稿のためのゲラ読みと取材のための読書。夜ふかししても次の日の心配をしなくて済むのがいい。

4月11日（土）

週末はトン（パートナー）が休みなのでトンの家で終日すごしている。各々ゲームをやる、動画を観るなど好きなことをしてすごす。夕食は近所の製麺所でもちもちの餃子の皮を買ってきてミニピザパーティー。各自ゲームの合間など自分のタイミングで、好きな具材を載せて焼いて好きな場所で食べるシステム。これは皆から非常に好評であった。だるい日々にはだるいメシが合う。ミナト（パートナーの子ども1）とトンと3人で麻雀したあとバトルラインをやり、そのあとマルちゃん（パートナーの子ども2）とメタルスラッグ。さんざん遊び倒したあとに、みんな自分の世界に戻りがたいような空気になって、珍しくテレビやゲームの音のない中でしばらくただ4人でおしゃべりしていた。いい時間だった。

4月13日（月）

すごい雨。録画しておいた「ドリームマッチ」を観る。そのあとすぐに「ドリームマッチ」について語るオードリーのラジオをradikoで聴きながら、ひさしぶりにスパイスからカレーを作ってみる。部屋じゅうがインドカレー屋くさくなった。

人より不安と思う気持ちが少ないのかも。こんなに平気な気持ちでいられるのは生きることへの執着があまりないからか、ただ鈍感なだけか。

そういえば3・11のときも気持ちは明るく楽観的だった。だから心の内に「怖い」という気持ちを発見すると「えっ、私にもまさか生きたいという気持ちがちゃんとあってくれたのか」とうれしくなったし、そしてあの頃、能天気な態度とはうらはらにごはんがまったく食べられなくなって、いきなり7キロ痩せた。このときの《身体と心はバラバラなんだなあ》という実感から、私は自分の表層に現れる思考を信じていないし、同時に「表面では強がっていてもほんとうはつらかったんだ」というような安直な身体信仰みたいなものも信じていない。何も信じないように心がけている。

また食欲がなくなって7キロ痩せたいのだが、今のところそれが来る気配はない。

夜中に起きて原稿の直しを2件ほど終わらせる。

オードリーの若林が「ドリームマッチ」について語っていた中の、なぜコンビの相手としてくっきーを選んだのか?という問いに対しての語りで〈昔の売れてない頃みたいに、ああ、俺、生きてる、って思いたかった。ヒリヒリしたい。ヒリヒリしながら原付を飛ばして帰りたいって〉という言葉が今になってじわじわ効いてきて、しばらくそのことを考えていた。自分もこの数日のような穏やかな生活をずっとしたいような気がしていたけど、やっぱりもうそろそろヒリヒリしたいのかもしれない。

4月15日（水）

昼夜逆転生活がさらにずれ込んできて、夜が明けても眠気が全然来ないので、朝6時から就寝前の散歩に出かけた。もう町の人々の一日は始まっていて、自分はこの世界では生きていない……このストレンジャー感。2時間ほど歩いたら普段痛くなったことのない腿の付け根が痛くなってきた。体が弱体化している。怖い。睡眠時間もめちゃくちゃになっているが、今はせっかくだからこういう生活をしてみたい気分。SNSなどではしきりに「精神的に病まないためにはまず規則正しい生活」と、いろんな人が自分の体験を語っているし、それはとても理解できる。だが私はこの路線でいく。

4月17日（金）

この週末は大雨になるというので気合いを入れて、トンと閉店間際のスーパーに駆け込む。明日用に焼肉の材料など買ったため、お会計はなんと9500円……。悲鳴が出る。

あまり人と会わない生活になってから、スーパーでレジに並ぶ人が自分に近づきすぎるのが嫌だなと感じる。本屋休業前まではラッシュ電車に乗って通勤していて、そのことを政府が解決せずにスルーしていることに苛立っていたが、自分がその立場でなくなった今はもうラッシュ電車のことをほとんど考えなくなって、こうしてスーパーでイライラしている。その自分の身勝手さが嫌になった。

政治への怒り、誰かを心配すること、見知らぬ人に不要な攻撃心を持たずにいること、日々を楽しくすごすこと、すべてをきちんと分別しながらどれも大切にできるように生きたいけど、ちょっと放っておくとすぐに混ざってぐちゃぐちゃになってしまう。

4月22日（水）

夜明けの散歩が習慣づいてきている。朝5時だとすでにもう明るくて楽しくなくて、始まる前の時間を味わいたくて、4時半には家を出る。なんとなく2時間くらいになるコース。行き先もいつも同じだと飽きるので、今日は合羽橋を経由して浅草へ向かい、そのままスカイツリーまで歩いた。ガラガラの東京観光。歩いている時間はラジオをたくさん聴けるので、それが最近のいちばんの楽しみかも。

という散歩の話を近所に住む後輩Sにしたら、自分もいっしょに行きたい、と言うので明日の早朝4時20分に最寄り駅で落ち合う約束をした。Netflixで映画を観ながら4時になるのを待つ。

4月23日（木）

ディズニーランドも閉園中の今、始発前の駅で楽しそうに待ち合わせているような人は他にいないだろう。浜松町駅で降り、東京タワー→麻布十番→六本木のコース。東京タワーについた5時半にはすっかり朝になっていた。知らない間に夏がどんどん近づいている。人気のない街をひたすら歩く。団体の雀を眺めたり、パン屋から流れてくる匂いをかいだり、火事があったらしい居酒屋を見たり。六本木を歩いていたところで珍しくモーニングのために開いているタイ料理店があったので入る。きらびやかで広い店内には私たちだけ。コロナ前はにぎわっていたのだろうか。お粥が死ぬほどおいしかった。

どんどん睡眠時間がずれ込んで、今日は14時に眠りについて起きたのは20時だった。もうすぐ1周して普通の人と重なるのが楽しみだ。あ、でも夜明けの散歩がなくなるのはやっぱり嫌だな……。

4月24日（金）

いつもどおりトンの家ですごしながらダラダラとTwitterを眺めていると、友人であるfuzkueの阿久津さんが「ブックストア・エイド基金」を立ち上げたというnoteをアップしていた。少し考えたあと「手伝えることがあればフルスイングで手伝う」というメールをすると、だったら運営メンバーに入らないか？というメールが返ってきて驚く。運営メンバーになることまでは考えてもいなかったし、反射的に怖さを感じて逃げ腰になっている自分もいる。このまま無為な日々が続くと思っていたけど、今日で終わりなのか？　まあそれもいいかもな。怖いと思うことはなるべくやるポリシーだから、ちょうどいいかも。とか、そんなふうに考えをあれこれと転がしながら、全員が寝落ちした他人の家のキッチンで、みんなが起きたときに食べる用のスパムむすびを大量に作る。ゆるやかに心が決まっていく。

製紙会社営業職

❖T・M（仮名）／二八歳／東京都
産休・育休が明け一年ぶりに出社のタイミングで緊急事態宣言が発令。子どもを保育園に預け復職の予定が、在宅勤務（育児込み）に。

四月一六日（木）

産休・育休を経て、およそ一年ぶりの出社。社内の人は三割ほどで、私の部署も課長、部長、ボス、大ボスのみの出社だった。気軽に質問できる人は、みんな在宅で仕事をしているという。課長のパソコンから、課長と共に顔を出し、朝のユニットミーティングに参加する。四月から急遽、社内用テレビ会議システムを導入したらしい。自分用のパソコンを受け取り、リモートワークに向けて設定を行う。総務も、社内のＩＴシステムを担当する部署も、質問への返答が遅く、設定をするだけでほぼ一日が終わる。どうやら社内でもリモートワークは手探りで始まったようだ。

四月一七日（金）

私の復職により異動した先輩が出社してくれた。この先輩が担当していた段ボール会社を後任するため、引継ぎを受ける。産休・育休前も段ボール会社への営業を行っていたが、エリアが全く違う。引継ぎの合間に、一万通近く溜まっていたメールを確認していく。三日前に、珍しくボスから全担当者へメールがあった。私の会社はいわゆる総合製紙メーカーで様々な紙をつくり、売っているが、ポスターやチラシなどの印刷用紙、紙袋などの包装用紙、企業向けのコピー用紙が中心の情報用紙の販売が、都市圏を中心にことごとく落ち込んでいるという。確かに、イベントが中止になれば印刷用紙は必要ない。これは緊急事態宣言以前の問題だが、東京オリンピックの延期により製紙業界で一番打撃を受けているのもこの印刷用紙で、ポスター用の紙をどんどん売りたかったはずだ。そして、外出自粛が進めば包装用紙は必要なくなるし、リモートワークが進めば情報用紙も必要なくなる。だから、このピンチを段ボール原紙と家庭紙で補おう、と。つまり、我が社の社運は、我が段ボール原紙部隊に懸かっているのだから頑張ってくれという内容だった。確かに、段ボールは生活必需品だ。外出自粛が進もうと、スーパーが開いている限り、物流が止まらない限り、物が動けば段ボールも動く。ちなみに、家庭紙とはティッシュやトイレットペーパーのこと。これは三月にニュースでも買い占めが話題になっていた。まだ少し売り上げは好調のようだ。他に、私の会社は新聞用紙、出版用紙もつくっているが、その二種は微減らしい。前任の先輩は、包装用紙に異動したため、少し暇そうに見えた。

四月一八日（土）

雨が降る。一年ぶりの二日連続の出社で少し疲れた。子どもと一緒に、たっぷり昼寝をする。

四月一九日（日）

ママ友二人とラインをする。二人とも四月に復職予定だったが、五月末まで遅らせている。緊急事態宣言はいつ解除されるのか、コロナはいつ終息するのか、社会はいつ元に戻るのか、不安しかないねと話す。ついつい、ラインが長文になる。アマゾンで保育園用の子ども服を買う。そういえば、みんなこうやってポチポチやっているだろうから、通販向けの段ボール箱は増えているだろうなと思う。

四月二〇日（月）

今日からリモートワーク。保育園から登園自粛要請が出ているため、一歳になったばかりの子どもは預けられず、同じくリモートワークの夫ともに、リビングで仕事をしながら子どもの面倒を見る。という予定だったが、夫が出社することに。子どもが一人で長時間遊ぶことはできない。子どもと仕事の往復で、正直、代理店へ挨拶の電話を入れることぐらいしかできなかった。あと、先輩の引継ぎ資料を見ながら、業務に必要な書類を自分のフォルダに入れていった。

子どものお昼寝の時間と、夕方の某子ども番組中に少し集中できた。

四月二一日（火）

今日は夫も一緒にリモートワーク。担当先の段ボール会社に電話を入れる。私の担当エリアは、農業用途の段ボールケースが五割ほどを占めているため、緊急事態宣言の影響は少なく、お客さんの仕事はみんな順調らしい。部内で実務開始を宣言したために、部内の他の担当者からの電話が増える。私の会社は、一ヶ月ほど前に営業が担当先ごとに見立てた生産依頼を元に、工場が生産予定を組み立て、紙を生産しているのだが、緊急事態宣言を受けて、一ヶ月前の営業の見立てが崩れているようだ。今日電話した担当者は、お客さんがペットボトル飲料用の段ボールケースを作っているが、五〇〇ミリリットルのペットボトル飲料の段ボール箱は売れず、二リットルのペットボトル飲料の段ボール箱が売れているらしい。もちろん、中身が違えば、段ボール箱の大きさは違う。段ボール箱の大きさが異なれば、元々の段ボール原紙の寸法も異なってくる。今の時期は、ゴールデンウィーク前ということもあり、その担当者は、これから五〇〇ミリリットルのペットボトル飲料が売れていくだろうと予想し、工場へ生産依頼を掛けていた。それが緊急事態宣言で見事に崩れ、逆に家族で分け合って飲む二リットルのペットボトル飲料が売れているという。私のお客さん用の在庫を数本譲った。

四月二二日（水）

来月の生産依頼を出すため、今月の担当先の出荷数を明細ごとに細かく確認する。私のお客さんは農業用途の段ボールケースが多いため、緊急事態宣言の影響は少ないと思っていたが、四月に全く注文のきていない明細を発見する。すぐにお客さんに確認の電話を入れると、お土産で有名なお菓子の箱だった。特に中国の観光客に人気のお菓子らしく、三月から徐々に生産が落ち込み、四月からそのお菓子メーカーは生産をストップさせたらしい。それで注文がない。この明細は来月も依頼を出さないことにした。今日も他の営業担当からの、在庫の問い合わせがよく入る。今日話した担当者は、宅配ピザ用の段ボールケースが増えて在庫が足りないと慌てていた。私は譲ってあげられる在庫を持っていなかった。しばらくピザは我慢、と心に決める。昼過ぎに保育園から連絡が入り、私の住む区でも保育園閉鎖が決まったとのこと。ひとまず緊急事態宣言に合わせて五月六日までの閉鎖だが、担任の先生は、もっと長引くと思いますと言う。私もそう思う。最後に「○○ちゃんは元気ですか？」と先生に聞かれ、ハッとする。自分の仕事に手いっぱいで、子どもが普段と変わりないかどうか気にもしていなかった。急にたくさん遊んでくれなくなった親を、子どもはどう見ているのだろう。子どもは一人で積み木を積んでいた。最近積み木を積めるようになったのだ。いつまでこの生活が続くのだろう、と思う。

怖いからと言って
ごみの回収を
止める訳には
いかない。

II章　運ぶ

ごみ清掃員

❖マシンガンズ滝沢／四三歳／東京都
リモートワーク不可能なごみ回収の現場で、目に見えぬウイルス感染の恐怖と闘う。Twitterでごみの出し方について漫画を投稿。

2020/04/13　月

ここ最近、バラエティー番組を見ていても、これはいつ収録したものだろう?と、どこかコロナに関連付けて日常生活を送っている自分がいる。というのも世間ではテレワークが主流になっているが、ごみ清掃員はそういう働き方ができない。原稿依頼を受けた次の日からこのような日記をつけ始めたが、だいぶ前から使命感と恐怖感の狭間で仕事に従事している。

例えば二週間、ごみ回収をおこなわなかったらどうなるだろう?　街はごみであふれ、衛生的にも防犯的な面でも壊滅的な現実が待ち受けているだろう。

この日は雨だが、これが恵みの雨なのかどうかもわからない。袋に付着しているウイルスが雨で流されていればいいのにと思いながら、ごみを回収する。実際は目に見えないから、それはそうなっていたらいいのになぁという希望でしかない。ビニール袋に付着すると三日ウイルスが生き残るという話を聞いた。車内に戻る度にアルコール消毒をするが、集積所の間隔が短い場所では車内に戻らず、そのまましばらく回収を続ける。喉を潤しておけば大丈夫だという本当の話かどうかわからない情報だが、早く車に乗ってお茶で喉を潤したいと思いながら集積所と集積所の間を走る。回転板が回ると光の関係で妙に埃が舞って見える瞬間がある。その埃と一緒にウイルスも舞っているのではないかと想像してしまうと普段より毒々しく見える。雨だから晴れている日よりマシだ。埃が雨で打ち落とされるからだ。

落ちた箸を拾うのも怖い。ばらまかれたティッシュを集めるのも怖い。見えないものというのはこんなに怖いのかと初めて知った。しかし怖いからと言ってごみの回収を止める訳にはいかないので、責任感の一点で回収を続ける。

重症の方は病院に入院し、そこで出たごみは医療廃棄物として密閉され、免許のある人が適切に処理をするが、僕らには何の免許もなく、軽症で自宅療養を指示された方のごみを回収していると、程度の違いはあれど重症の人も軽症の人も同じウイルスだと思ってしまう。軽症で済むか重症化するかは単純にこっちの免疫力次第だ。ごみからは伝染らないとは誰も言い切れない。マスクが息苦しい時はいつも摘んで外の新鮮な空気を入れるが、ごみをさわった軍手でマスクを触る訳にはいかない。苦しい。苦しいが段々と感覚は朝より鈍くなってくる。回収始めの八時は細心の注意を払っているが、注意を払いすぎると仕事が終わらない。無意識に軍手で顔に流れた雨を拭ってしまった。回転板が回っている時に無防備にそのまま気を抜いて立ったままになってしまった。気を付けなければ。誰も責任は取ってくれない。自己責任だ。

2020/04/14　火

今日の相棒は新人だ。

フリーランスで旅行系の仕事をしていたのだが、コロナの煽りで六月まで仕事がないと言われ、その間だけでもということでごみ清掃の仕事に就いたそうだ。しかしコロナの話をすると盲点だったのか感染リスクがあると知ると真っ青になっていた。確かに医療従事者など最前線の仕事だと感染リスクは手に取るようにわかるが、ごみ清掃員は世間にはリスクがあるとわかりにくい職業だ。六月までなら無理しなくていいからねなどと言ってなだめたが彼は率先してごみを回収していたので、その根性は七年やった僕すら見上げたものだと思った。若い奴が根性ないとは言うけれど、ひとくくりにしたら可哀想だ。人による。

自粛要請が出てからというものの断捨離ごみが溢れんばかりに出ることが多く、例年の一・五倍程のごみが出ているが、彼は本当に頑張った。

コロナ離婚が多いという話はワイドショーで見たが、結婚式で入り口によく置いてある新郎新婦の似顔絵イラストがごみでふたつ程出されていて、これコロナ離婚かなぁなんて想像をした。

2020/04/15　水

殺意を覚える時がある。

感染リスクがあるのにも関わらず違反ごみを出されると見過ごせない。可燃ごみの中にびんや缶を入れられると持っていけないので、その場でびんを取り出して、その場に置いていく。

この日はエナジードリンクだ。不思議なことにエナジードリンクを飲む人はあまり分別をしない。あまり年輩の人が飲むものではないので、きっと若い人だろうが、こんな時でも見てしまったら袋を破って、取り出さなければならない。袋を破れば見えないウイルスが飛び出すかもしれないと思いながら破く。そこまでしなければならないかと思いつつ、七年間の習性を止めることは出来ない。出す方は一本くらいわからないだろうなんて思いながら可燃ごみに缶を混ぜるが、全ての清掃員は全部わかる。出来ることなら本人に直接注意をしたい。捨てる方はほんの軽い気持ちだろうが、この状況だと数%でも命に関わる。俺はかかってないから大丈夫だよと思うかもしれないが、こっちからすると不特定多数のごみを回収するから自宅療養されている人のごみかどうかわからない。

昨日届いたシュノーケルのようなメガネを今日から掛けだした。目からの感染を防ぐために用心するためだ。

僕はコロナウイルスにかからないためにもそこまでしている。

2020/04/16　木

小学校四年生くらいの女の子がごみを持ってきたのだが、僕を見てビビってた。自分がマスクをしてシュノーケルメガネをしてヘルメットを被っているダース・ベイダーのような男になっているのを忘れていた。今後は気を付けたいと思いつつもどうやってダース・ベイダーのような男に見せないように気を付けるのかはわからない。子供を震えあがらせてもこのままでいくしかない。しかし職員の中には水中メガネをしている人もいたので、僕のように感染しないよう気を付けている人もいる。

今日の相棒は芸人だ。僕も芸人をやっているので、気持ち的には芸人仲間なので安心感がある。彼はあまり気を付けている様子がない。普段とあまり変わらないスタイルを貫いている。僕が、怖くないのかい?と聞くと、怖いですと言う。でも何の対策もしてないじゃん?と言うと、正直気付かないふりをしていると言う。その時に僕はピンときた。それはそうか。それはそれで生き方だなとも思った。気付いてひとつひとつ気にしていたらきりがない。気付いてしまったらこの仕事は出来ない。それは裏返しで考えると、この仕事を続けたいがために気付いてしまったら終わりだということだ。気付いてしまったら出来ないのであえて、気にしないようにする。僕は彼の切迫さを感じた。

そんな中、特殊なことが起こった。

道端に人が倒れていたのだ。

救急車を呼ぼうと電話をしたのだが、執拗にその人の持病を聞いてきた。以前同じような感じで道端に倒れていた人がいて電話をしたときは、住所だけ聞いて来てくれたのだが、今回は色々なことを聞く。僕も途中で思ったのだが、テレビでやっていたコロナで倒れる人の映像を見ているので、もしかしたらそうなんではないかと頭をよぎった。恐らく、医療従事者もコロナかどうかの疑いを事前に把握しておきたいのではないかと思った。

非常事態に非常事態なことが起こるとパニックになる。

2020/04/20　月

そういえばペットボトルの扱いはどうするのだろう？　ペットボトルの飲み口を洗っている人はどのくらいいるのだろう？　ほとんどいないだろう。ということはペットボトル回収の時に飲み口をダイレクトに触る可能性はある。プラスチック類には三日ほどコロナウイルスが付着すると言われている。一体ここら辺の宙に浮いた問題点は誰が指摘するのだろう？

2020/04/21　火

毎朝、仲の良いおじいちゃん清掃員と話すのが好きだ。特にとりとめのない話をする。昨日見た女のコがとても綺麗で滝沢君にも見て欲しかったよとか、別れた嫁からラインがあったとかそんな話だ。僕も笑いながら話をする。マスクをつけている同士だと、伝染らないと聞くので、出発前に大笑いする。これが意外とストレス解消。

それである程度コロナの話をして、じゃ今日も行きましょうか?と言うと、お決まりで出発間際「また生きて会いましょう」と冗談を言って現場に向かう。楽しいひと時だが、このウィルスには、それが全部が全部冗談と言い切れない%がいくらかあるということが怖い。僕はその清掃員さんに出来るだけ長く生きてほしい。本当に言えば家でゆっくりしていてほしい。しかしそういう訳にはいかない。働かなければ生活ができないのだ。僕は心の底からそのおじいちゃん清掃員の健康を祈っている。

またこの日は大阪で働く作業員からメールを貰った。

内容は簡単に言うと、もしコロナにかかったら、命をかけて働いているのに無収入になることの現実はおかしいのではないかということだった。僕も家族がいてます。この言葉が僕の胸に刺さった。僕もまた気付かないふりをしていたのかもしれない。

彼の言うこともまたとても正しい。

恐怖感を持ち続けているのにごみ清掃員として従事し、責任感を持って働いているのはとても素晴らしいことで、彼のように働いている人が仲間だと思うとこの仕事は誇らしい。

僕は「全国のごみ清掃員の方々、ここを乗り越えてがんばりましょう」という気持ちを込めてツイートを投稿した。

運送会社配達員

❖保元誠／二八歳／東京都
一人暮らし。毎朝渋谷の営業所に出勤、次第に配達する荷物が少なくなっていき不気味に感じる。街で見かけるのは同業者ばかり。

四月八日、水曜日、晴れ

昨日夕方に、安倍総理大臣は、新型コロナ特措法の規定に基づいて、東京や大阪など7都府県に「緊急事態」を宣言した。

本日の配達は減少。集荷も甚大なレベルで個数が減少。

ウイルスとの消耗戦、ジリ貧覚悟の持久戦。総理は乗り越えるというが、乗り越えるための痛みや困難はどれほどか小生には分からない。

新入社員への教育はどれほどが良いか思案するも、よく分からない。時局がコロナで混乱しているので仕方あるまい。

四月十六日、木曜日、晴れのち曇りのち雨

先週7日に緊急事態宣言が発令されてから、色々なことが言われてきた。日本政府や東京都、

国のクラスター対策班などが不要不急の外出を控えることを求める一方で、平日の通勤客の数は目標値まで下がらないという。下がらないので、新規の感染者も減らないようで、午後8時ごろに、安倍総理大臣は、緊急事態宣言の対象範囲を、日本全国に拡大すると発表した。これで、荷物は一層減るだろうが、今日の集荷した荷物の量は結構あった。税理士関係、美容室に出荷のある荷物が多かった。不動産関係も継続的に取引があるようだ。アパレル系で、店舗販売が主なところは出荷が激減したらしい。緊急事態宣言が全国に拡大されたので、街角や店頭から人は消えて、ますますEコマースの需要は増えるだろうが、企業間取引との金額面での差がありそうなので経済の縮小は進む気がする。国が本気で経済支援しないといずれ生活は干上がる。とりあえず、現金給付の10万円の申し込み方法、気になる。

四月十七日、金曜日、曇り時々晴れ

配達に伺った個人宅でのど飴をもらう。3月中旬くらいに、外出自粛要請が東京都などから出された後だったと思うが、一度配達に伺ったことがあるところで、その時もお茶をいただいた。ありがたい限り。コロナの流行以前は、滅多になかったけれど……。怪我の功名か？　3月以降、個人宅向けに飲料水やお茶の荷物が増えている。会社や小売店から個人宅に荷物は移ってきた。4月に入ってそれが鮮明になってきた。

集荷の荷物は、緊急事態宣言が日本全国に拡大されたので減るものと思ったが、今週で最も多いのではないか？　例えば、理容室向けに出荷している会社様は、普段の金曜日ならば、東京近辺の美容室への荷物が多いが、今日は個人宅向けの荷物が多かった。普段見ないタイプの箱物もあった。配達と同じで、集荷にも外出自粛の影響が出ているか？

ＰＣＲ検査での、新型コロナウイルスの新規の感染者は、一日当たりで２００人を超える。

四月十八日、土曜日、大雨のち夕方から晴れ間でる

渋谷では、朝から、雨。正午から午後1時過ぎに桶の底が抜けたような猛烈な雨。3時過ぎに弱まり、雨、止む。雨の影響もあって、人通りほとんどない。すれ違うのは、同業他社のドライバーばかり。リアカー付自転車での配達は雨除けの屋根などないので、びしょ濡れで配達する姿を見て、同業他社のドライバーから心配されたりした。ちなみに、同業他社のドライバーたちは、基本、傘を刺さないで配達しているが、今日ばかりは傘をさしている人が多かった。なので、いつもと違う雨、という印象が強い。帰宅すると、ニュースで、今日の新規感染者数は１８０人ほど、という。全国では、累計で1万人を超えたとも。「アベノマスク」はまだ来ない。

四月二十一日、火曜日、曇りがちな晴れ

出勤。朝、割と早めに出ないと店舗に到着した荷物の仕分けが終わらなかったのに、今は少し早めに出ただけで仕分け終わる。つまり、荷物の量が減っている。3月末には18カーゴ分の

荷物があったのに、今は7カーゴほど。荷物の個数減が時間的にも感じられて、少し不気味。緊急事態宣言が解除されて、荷物の量が平常時に戻ったら、新人社員は耐えられるのか、やや不安。「アベノマスク」、今日も来ない。

四月二十二日、水曜日、晴れのち曇りのち軽い雨

本日は、いつも回っているコースを離れて、別のコースの配達をする。猿楽町と代官山町のあたり。普段回らないので、何か変化していても気がつかないが、正面入口が封じられた建物があった。封じられた自動ドアに張り紙がある。「当ビルでコロナウイルスの感染者が出ました」。その張り紙は、建物に入る際に、念入りに消毒液を用いて両手を消毒することを求めていた。道玄坂の方でも、コロナウイルスの感染者が出たビルがいくつかある。流行しているのだな、と思う。とは言っても、正面入口が封じられた建物も、勝手口から入ると、オフィスには当番で出勤した人たちが配達の荷物を待っていた。

弊社の店舗周辺では、弁当を販売するお店が一気に増えた印象。

四月二十三日、木曜日、晴れ夕方に一時雨

通りに人は少ないが、お昼時になると、弁当を買いに人々が出てくる。渋谷は、オフィスと住宅が混在しているので、弁当を買う人たちが、オフィスビルから、マンションやアパートから人が出てくる。活気はあるが、コロナウイルスに感染しているが症状のない人もいるというので、気づかないうちに、ウイルスが飛び移っているかも、と想像するとやや怖い。

仕事は早く終わる。荷物が少ないので仕方ない。今日の驚きは、生活協同組合を利用しているが、4月に入り、遅配が目立っていたが、今日は配達中止の商品が複数出たこと。商品は、生肉や冷凍シーフード、清涼飲料水などである。驚く。理由は、想定された供給量よりも注文数が多く、発送センターの受入能力を超えた、からとのこと。うーむ、家に篭るというのは、食料品が手に入りにくい、というリスクがあるようだ。

四月二十四日、金曜日、晴れ時々曇り

今日は別のコースを回る。桜丘町や南平台町の付近。起伏に富んでおり、リアカー付き自転車ではアプローチを間違えると、登り坂がきつい。荷物の量は、やはり少ない。このエリアも、出社していない企業様多い。午後3時頃に届く、当日配達の荷物、今日は2カーゴ。多い時で、10カーゴ近くあるが、今はそれが嘘の様に少ない。

世間では、広域自治体の休業要請に応じないパチンコ店があるらしい。大阪府は店舗名を公表する行動に出た。新型コロナ特措法に基く措置とのこと。人と人との関わりを減らすために、行政は一所懸命だが、見ていて金銭的な補償や救済が将来的に保証された印象を持てないので、施策が空回りしている印象。

四月二十五日、土曜日、晴

土曜出勤、カーゴ数ついに翌日便と当日便を併せても4本になる。土曜日とはいえ、少ない。緊急事態宣言の効果、やっと出てきたか？という印象。外出自粛の制限緩和は、早くても2週間後？くらいか。緊急事態宣言の発令後、三週間近くかかっているので、これを折り返しと見ても、さらに3週間となると、制限の緩和は5月中旬くらいな感じか？　それまでは、今みたいに荷物が少ない状態が続くか。

日本政府が配布するとしていた布マスク、通称「アベノマスク」、ポストに投函されていた。検品はされている様で比較的綺麗。不織布ほど木目は細かくないが、啓発用には使えそう。しかし、ここまで有名になると、使わずに取っておこうかと思ってしまう。

タクシー運転手

❖**與那城敬人／二七歳／東京都**
お客が激減し、日々の売上も落ちてゆく。追い打ちをかけるように、勤めている会社から感染者が出たというデマ情報が飛び交う。

四月七日（火）緊急事態宣言一日目

緊急事態宣言が発令された。

専門的に見た遅い早いの議論もあるだろうけど、僕は僕でコロナによって既に振り回されていた。まずは、お客様が圧倒的に減った。お客様というより、外出する人が減り街中に人が歩かなくなるのだからタクシーに乗る人も減る。売上の指標でいえば、僕のいる東京のタクシーは一日の平均売上が五万、だけど三月に入ってからはその平均にすら届かない日々が増えていた。

三月の下旬から今日にかけては、外出自粛の影響もあってさらに減った。

いつも会社のトップの売上で、平均八万九万やるような方が一日中走り回っても二万五千。東京の平均売上の半分に届くのがやっと。しかも週で一番稼げるとされる金曜日。それくらい、タクシー業界も厳しくなっている。

ただ、それより以前に、僕のいる会社はコロナウイルスに振り回された時があった。僕が初めてコロナの恐怖を感じたのは二月中旬、東京で四人目、日本人で一番最初の感染者が出たとき、それがタクシー運転手だった。

その方は感染前の約二週間は羽田空港に行っていないそうで、ということは既に感染経路として可能性の考えられる羽田空港以外にコロナウイルスが拡がっていることになる。それは別にしても、羽田空港でお客様をお乗せすることで感染する可能性がある。僕は羽田空港でたまに仕事をするし僕だけでなく同僚も羽田空港で仕事をする。うちの会社のハイヤーも羽田専属の部署がある。羽田空港が感染源ではないとはいえ感染の可能性は低くない。この後から会社からも羽田空港に行くことを避けるように言われた。

物理的に羽田空港までの距離は遠いが、ウイルスの存在という感覚的な距離は近い。まだ世の中がコロナウイルスのニュースを他人事のように見ている時に、いつ感染してもおかしくない状況に晒されていた。

だが、周りは至って変わらぬまま。危機感のかけらもない。堂々としているのか無神経なのか知らないが、この時点で周りにはそこまで驚異を感じている者はいなかった。

この驚異をどこまで意識するかは、臆病と豪胆という分け方であってはいけないとその時に思っていた。もちろん臆病になり過ぎるのも良くないが、敵が見えない、どこにいるのか分からないこの状況で出歩くのはいつ狙われるか分からない。まあ、コロナウイルスが直接狙ってくることはないがいつ感染してもおかしくはないという考えを持っていた。

それから周りが意識し始めたのは数日後だった。意識したというよりせざるを得なくなった。僕の所属する会社のハイヤー事業部に感染者が出てしまった。

最初のタクシー運転手の感染報道が出て、一週間くらいだっただろうか。まだ感染者数も一桁台の時。その時にワイドショー等で取り上げられた際には「タクシー運転手数名」と「ハイヤー運転手一名」と表記されていたが、その一名がうちのハイヤー事業部の運転手だった。社内には一気に緊張が走る。

「ほらな」

後から分かっていたように言っても遅いが、いつか周りに感染者が出るのは時間の問題だと思っていた。が、思ったよりもすぐに来た。

それと同時に、世間を騒がす情報が出た。うちの会社のタクシー運転手にもコロナウイルス感染者が出たという情報がネット上で飛び交った。会社からの正式な情報を得るよりも先に、ネットからの情報でうちの会社のタクシー事業部、極めて近いところでの感染者が出たことを知った。

無理もないと思った。危機感が甘いとも思った。

さらにはそんな情報がネットに出回れば、会社の仕事にも影響が出る。コロナウイルスが日本へ影響をもたらして約一週間で、もうその驚異に曝されていた。

その次の日、会社へ行くと通常通りの営業だった。

「嘘だろ？　こいつら隠す気か？　アホなのか？　信用失うぞ」

疑念ばかりが脳裏を駆け巡るなか、会社から言われたのは、

「あれは事実じゃありません、デマです」

ということだった。

「本当かよ、まさか乗務員に嘘をついてまで営業継続させる気か？」

と中々疑念は取っ払うことが出来なかったが、実際にタクシー事業部に感染者は存在しなかった。

ネットでデマの情報が拡散されるのも怖いが、〝ネット〟と〝会社〟でネット側に気持ちが傾いている自分も怖い。ハイヤー事業部に感染者がいたことは事実だが、ハイヤー事業部とタクシー事業部は事務所も駐車場も別の社屋となっていて、更衣室も別だし日常的に接触することもない。だから会社としても問題はないという方針だった。お客様に問われた際もハイヤー運転手に感染者がいることは事実として、タクシー運転手にはいないということをお客様には伝えろということだった。

それから一カ月以上経ってからの緊急事態宣言発令。身近に感染者が出て一度そのような時期を過ごした分、その後の普通の日常がコロナウイルスへの危機感を増すどころか薄めてしまっている。

そして、タクシー業界は緊急事態宣言が出される前でさえ苦境に立たされようとしていた。緊急事態宣言でどう影響を受けていくんだろうか。全く先が見えない。

四月十二日（日） 緊急事態宣言六日目

街の人は減り新宿、銀座といった街は閑散とし、手をあげる人はいない。

このままでタクシー業界はやっていけるのか？ そんな思いしかない。

四月十三日（月） 緊急事態宣言七日目

緊急事態宣言から約一週間、会社の方針が出た。

明日から四月いっぱいは休業。その分の収入は過去の売り上げの七、八〇％が補償として払われるということだった。緊急小口貸付といった国の補償もあるし、今すぐ生活が出来なくなるということはないが、ご家族を持つ親しい運転手もいるだけに、少々心配になる。

今日から変わった日常を過ごすことになった今、住んでいるアパートの四階の窓から外を見れば雨がひたすらに一軒家の天井を叩きつける音が聞こえてくる。

心なしか、この状況も相まってその一軒一軒が一回り小さく身をすくませているように見える。空は突き抜けることができないほど分厚く重い雲に覆われ、本当にこの上に太陽があるのかと疑うほど。暖房なしで室内にいると指先まで冷え、四月にしては凍えるほど寒い。関係ないことは分かっているが、この天気が厳しい情勢と心境を表しているようで少々不気味さと不安を誘う。

そういえば一カ月以上前、うちの会社のタクシー運転手にコロナウイルス感染者が出たというデマが流れた時、やっぱりネットは侮れないと思った。お乗せしたお客様が車のサイドにある社名を確認して、

「あんたのとこって……」

とネットにあるというデマ情報を持ち出してきた。

僕自身が、ネットの情報と会社の情報でネットを信用してしまったこともある分、無理もないと感じる。ただこの時、なんとなくコロナウイルスによって分断的というかデマによる攻撃というのを少し感じて、これがいつか大きな障害として存在するように感じた。

そして今、特にSNS上やネットニュースのコメント欄にはコロナウイルスの恐怖によって行動の一つ一つに妙な監視が付いているような気がする。

ネットだけじゃなく街中で喧嘩をしているのも見たが、不安になることはもちろんあるし、良くは思えないこともあるが今見る相手はそこじゃないと感じてしまう。どちらかといえば協

力するべき人間同士なのに。なんだか緊急事態宣言が出る直前から、一週間ごとに倫理観や正義が変わっているというか、社会や経済への影響だけでなく精神という意味ではまさに、人間の内部にまでコロナウイルスが入り込んできている感じがする。

運転手として街中を見ると、外出する人が少ない分閑散として穏やかな時間が流れているが、ネット上との差が激しい。

まだこの先は続くけど、どうなってしまうんだろう。タクシー運転手の解雇のニュースも話題になっている。きっとそれぞれに正解はないし、自分もいつどんな状況に立たされるか分からない。まずは出来ることからやっていきたい。

Ⅲ章　闘う

かかってこい。

ミュージシャン

❖尾崎世界観／三五歳／東京都

音楽活動ができなくなり、念願の自由な時間を手に入れるも、もどかしさが募る。ラジオ収録、文筆業、腕立て伏せに精を出す日々。

4月19日　日曜日

何も手につかないとか言いながら、しっかり江戸切子のグラスを持っちゃってる。そのグラスにイモ焼酎を注いで、水で割ってチューチュー啜っちゃってる。江戸切子の繊細でいておめでたいこの感じが、あまりにも今の状況とかけ離れている。

未知のウィルスに脅かされ、一日中家にいる。そのため、飲まなきゃやってられないと愚痴をこぼす友人にも会えない。こんな時にこそ人間の本質が見えてくると言うけれど、その前に自分自身の本質が見えてくる。それにしても、芋って良いな。なんだか安心する。芋のこの、隅々まで行き渡る感じ。こんな時こそ、この「芋感」が必要なんだと思う。本を読んで、ラジオを聴いて、音楽を聴いて、映画を観て、酒を飲んで寝る。20代前半の自分が呪うように憧れたそんな暮らしが、こんなにも苦しいなんて。

血で血を洗うように、仕事で仕事を洗って生きていた日々が恋しい。グラスに口をつけて、芋臭い酒で口を洗った。

4月20日　月曜日

目が覚めても、また昨日と同じ毎日が始まるだけだ。こんな無力感を歌詞にして歌ったこともあった。でも、これは紛れもない事実だ。歌うのが馬鹿らしくなるほど切実な本物だ。昨日と同じ今日、今日と同じ明日。つまらないとかじゃなくて、ただただそれが怖い。テレビをつけても、バラエティ番組はどれも再放送ばかりだ。そのうえ、自分の今日も昨日の再放送だなんて悲し過ぎる。

本を読んで、ラジオを聴いて、音楽を聴いて、アニメを観て、酒を我慢する。酒を我慢することで、昨日とは違う、今日は今日だったと安心する。素面だとこんなくだらないことを考えてしまうから、やっぱり飲みたくなる。

ギターを弾いても曲には程遠い。ギターからは、ただギターの音が出るだけだ。夜はケンタッキーフライドチキンを食った。美味いものは悪い。それを体に詰め込むと安心する。

4月21日　火曜日

朝10時起床。本を読んでいたら眠たくなって、30分だけ昼寝をした。やっぱり寝過ぎて、急いで飯を食って、急いで家を出る。

ＴＢＳラジオへ。毎週火曜日は「ＡＣＴＩＯＮ」の生放送。打ち合わせを終え、いざ本番。日付と時刻を読み上げ自己紹介を済ませれば、もうその先には何もない。ただ無が広がるだけだ。早速オープニングトークでつまずいた。メモに書きつけた言葉が、頭を通して声になる前に揺らぐ。目で見るぶんには良いけれど、声に出して伝えるほどのことなのか。その確信が持てず、よどむ。落とした言葉を拾いに戻っても、もうそこには何もない。時間に流されて、ただ喋るだけで精一杯だった。行ったり来たりして何度も同じ言葉を重ねるのは、コースの壁に車体をぶつけながら蛇行するミニ四駆みたいだ。自分が書く字によく似た声が、頼りない線となって震えている。その後は納得の行く放送ができたものの、もうアフターフェスティバルだ。

こんな状況下で、喉から手が出るほど欲しかった仕事を掴みきれなかった。それは、それを触った本人にしかわからない。来週こそなんとかする。

夜はスカパラ加藤さんとオンライン飲み。やってみるととても良いものだ。飲みものや食べものに髪の毛が入っていたとしても、１００％自分のものだから気にならないし、トイレに行った時に知らない人が上げっぱなしにした便座の裏を見ることもない。

2時間半語りつくした。加藤さんとの楽しい時間で、ささくれ立った心が治る、ということはない。それはそれでやっぱり悔しい。加藤さんに腕立て伏せを勧められたので、早速やってみる。ぷるぷる震えながらどうにか10回。疲れ果てて寝た。

4月22日　水曜日

昨日のことを引きずったまま、頭が重い。

腕立て伏せでぷるぷるして、夕方に、雑誌「MUSICA」のZoomを使ったオンライン取材。画面の向こうからでも、鹿野さんの迷いが伝わってくる。何かを押し殺して、それでも何かをせずにはいられないという気持ち。それはこっちだってそうで、こんな時、表現者はちょっとうつむいて笑う。照れたような顔で、正しく迷う。今、自分が考えていることを話した。

夜は、福岡のCROSS FM「Challengeラヂヲ」に電話生出演。直前に何気なくインターネットで同業者の動きを調べていたら嫉妬酔いしてしまって、電話インタビューの調子が今ひとつだった。変なタイミングで言った下ネタが、電波のせいでちゃんと伝わっていなかったり。「駄を「目」で煮しめたような電話生出演だった。パーソナリティーのコウズマ君には、今度「博多通りもん」を持って謝罪に行きます。（絶対いらねぇよ）

夜、本を読んでいるうちにいつの間にか寝ていた。

4月23日　木曜日

起きて、本を読んで、文章を書く。ぷるぷるしようと床に両手をついた瞬間に悟った。もうこれ以上体が沈まない。極度の筋肉痛で、体がぷるぷるを拒否している。予定より早い13時過ぎに家を出て、運動も兼ね、歩いて下北沢へ。途中で時間が無くなってしまい、タクシーに乗った。道を伝える際に運転手さんが何度も聞き返すので、意地になって大きな声で言い直すと、運転席からとても気持ちの良い返事。こっちの声が小さいだけだった。これだからバンドマンは……。以後気をつけます。

事務所で松居大悟と合流して、オンラインで取材を受けた。マスク着用、十分な距離を取って、画面の向こうからの質問に答える。1時間半の対談を終え、事務所でMVの打ち合わせ。この人が良い。あの人が良い。出てくれる確証もないのに、2人で勝手に盛り上がる。まだメジャーデビュー前のあの頃も居酒屋でこんな話ばかりしていた。もういっそ映画にしちゃおうと、さらに盛り上がる。今後が楽しみだ。

夜、書き始めた小説の結末が浮かんでほくそ笑む。気を良くして朝方まで書きながらメモを見返したら、前にも同じテーマで書いていたことに気がつく。今のも良いけど前のも良い。苦笑いで寝た。

4月24日　金曜日

朝起きて。本読んで。文章書いて。ほねっこ食べて。ほぼ、昨日と同じ。でも、今日はちゃんとぷるぷるできた。やったぞ。

夜は、ライターの山田宗太郎とオンライン飲み。どうでも良い話ができる幸せ。どうでも良い日々を笑い合う幸せ。

明日も今日と同じ日がやってくるだろう。

かかってこい。

4月25日　土曜日

本当にかかってきた。今日こそはと、ちょっと期待していたのに。昨日と同じ今日がとても辛い。

4月26日　日曜日

珍しく調子良く文章が書けた。とても嬉しい。腕立て伏せでぷるぷるして、昨日から導入した機械をぺたんと貼り付け、腹をぶるぶるした。

夕方、「ＡＣＴＩＯＮ」のゲストコーナー用に初めての自炊。やればできるものだ。

夜は談春さんと電話。ここのところぐだぐだと悩んでいたことが解決したような気がした。

談春さんの声が優しかった。

ライブハウス店員

❖田中萌／二七歳／東京都
三が日以外三六二日イベントを行う阿佐ヶ谷ロフトⒶ勤務。慣れない配信を行うも、先のイベントは中止や延期ばかりで不安が募る。

四月十日（金）

近所の懇意にしているスーパーが三件ほどあって、それぞれ日用品が安い店、卵が安い店、肉・野菜が安い店、と時間があればそれぞれハシゴしていくんだけど今日は卵が安い店に行ったら「マスク未着用の方は入店禁止／一人でも禁則事項を守らない方がいる場合、営業停止します」とのことで、すこし面食らってしまった。けどすぐにべつにいいか、となり、肉・野菜が安い店で卵も一緒に購入。

この異常事態に慣れつつあってナイーブな人や世間に対しては少しのことで驚いたり憤ったりはあまりしなくなった気がする、人と会っていないせいもあるけど……。

夜は友人であるシンガーソングライターのマーライオンさんが運営しているネットラジオにリモートゲスト出演しないかと誘われたのでわたしなんかが……と思いつつ収録した。

この日記もわたしなんかが……と思いながら書いている。

緊急事態宣言後の職場は配信業態に切り替えて、毎日入れ替わり立ち替わり人がひしめき合っていた事実の方がうそみたいにがらんとした店内で少人数営業を行っている。

通常営業時の現場トラブルであればその場で解決！　力技！ができるけど、ネット環境はそれが通用しない。トラブルが起こるとかなり肝が冷える。

配信覚えたての時なんかはトラブル発生、解消、リカバリ完了、の一連が済んだあとにひどい顔をしていたらしく、何も言ってないのに同僚に「こわかったね、がんばったね……」と背中をさすられるほどだった。もういっそできることなら一生さすっていてほしい。

それでも、せめて配信があってよかった、と思うしかないんだよな。

本当は、三月半ばに八年くらい一緒に働いた、そもそもわたしを採用してくれた恩のある店長が栄転でうちの店舗から離れることになっていて、それに伴って背中さすってくれた同僚が店舗の店長に就任したのに、まだ「おめでとう」も「お世話になりました」もちゃんと言えてなくて、いつ言えるのかもわからなくて、ふとした時に未だになんだこの状況？と思っている。

四月十二日（日）

起きて早々に内閣総理大臣がアップした信じられない動画をみてしまい最悪の一日になることが確定。

認知の歪みがひどすぎて考えれば考えるほど自分の輪郭までぼやけていく錯覚を得てしまっ

たし、久しぶりに感じた怒髪天を突く怒りに体がついていかず、しんどい。

いままでにも十分怒るタイミングはあったけど、今回はとくに腹が立ったし、がっかりした。ソーリが安易に乗っかった元ネタのムーブメントが、いま身動きが取れないエンタメ業界の人たちが活路を見出したきっかけのひとつだったこと、外出を余儀なくされている人たちを傷つけないために考えて作られていたこと、大人も子供も安心して見て楽しめるもので、決してお粗末な啓蒙のための道具ではなかったはずなのに……と思うと元ネタが広がっていくのを楽しく見ていたぶん、やりきれないし怒りが湧く。無限に湧く。

異能系バトル漫画で中盤に出てきそうな、人の能力をコピーして攻撃してくる敵が「フハハハどうだ？　仲間の技で攻撃される気持ちは？」って言ってくるやつみたい。

いや異能系バトル漫画で中盤に出てきそうな、人の能力をコピーして攻撃してくる敵の方が全然いいな。だいたい何かしらの矜持があって攻撃仕掛けてくるわけだし。

異常なことに慣れてきたと思っていたけど、全然そんなことなくて、二重でびっくり。

正月以外の三六二日、週末は昼、夜、深夜で三枠。毎日イベントを組んでいるうちの店において、この騒動によるキャンセル対応は機械的にこなすしかなかった。先一ヶ月と少し、本数にして約四十～五十本。系列店全体のキャンセル本数なんて考えただけで胃がキリキリする数字だった。

「中止でお願いします」「延期で……日程は未定で……」「配信に切り替えはどうでしょうか?」

コピペみたいに同じような文面で毎日やりとり。

政府が何か発表するたび社内でまわるメール。そのたびに変わるルール。

中止・延期のアナウンス、延期日程の調整、払い戻し設定、の繰り返し。

われわれライブハウスはこのとおりだったし、身近なところでいえばお世話になっているからわかる、チケット販売サイトさん、あの時期はさぞかし大変だっただろう……。

イベントを予定していただいていた方たちに対して延期しましょう!という気持ちはあっても延期開催する日程が見つけられない。

いつも来月、再来月先のスケジュールを見据えて悪戦苦闘しているのに先のスケジュールどころか世界情勢もわからない状況で文字通りお先真っ暗という感じ。

外出制限が解けても、「じゃあ先日延期したアレ、来週やりましょう!」とはいかないわけで……。断食後に重湯から始めるみたいな、じわじわとゆっくりスケジュールを埋めていくことになるんだろうと思うと完全な「通常どおり」までかなり長丁場だ……気が遠くなる。ぞっとしないな。

仕事や生活が滞っている人たちがいて、みんなが不安抱えてんのにソーリは犬抱えてるしさあ。なんなんだよ。

丸一日情緒不安定に怒ったり絶望したりしていたら気づく頃には日付もかわっていてソシャ

ゲのログインボーナスを取り損ねていた。

見事なまでに最悪の一日。

四月十四日（火）

いいかげん、クソコラを作ったり大喜利をインターネットに放流していいねを稼いでも溜飲、下がらなくね？と思い二の足を二億回踏んでいた官邸に「ご意見・ご感想」を送ることにした。

いま死と隣り合わせでいることよりもこれが収束したあとにもこのひどい世界が続いていくことのほうが絶望。毎日景色の変わらないワンルームで少しでも何か変わるようにキーボードを叩き続けてやる。怒りのおうち時間。

四月二十三日（木）

自宅作業続きでずっと頭の具合が悪い。

今日は特にひどくて夜までベッドから動けずにいて、何かしないとマズいと焦って近所の公園に行ったけど、自転車でぐるっと一周してすぐ疲れてブランコの柵に腰掛けてぼーっとした。

もうあたりは暗いのに男性がふらりと公園に入ってきて、まっすぐこちらに向かってきたから（感じ悪いかな）と思いながらも少し避けた。けどなぜかわたしに一番近いブランコに乗って思い切り漕ぎ始めたから一気に恐怖を感じて聴いていた音楽そっと止め、自転車のスタンドゆっくり上げて（大きな音をたてて下手に刺激しないように）、背中向けずに、でも視線が合わないように全神経を研ぎ澄ましながら出せる限りの最速スピードで公園から出た。山で熊に遭遇した時の対応。こんなことにいちいちビビらなきゃいけない理由、わかりきっているけどそんなのは最悪すぎるので今日に限っては陽の光浴びてなかったせいだと思うことした。正解は、セロトニン不足。

家に帰ってから友人と電話して今日あったことや近況を話していたら頭の具合もすこし持ち直した。友人は自粛期間中に育乳するといって海外のサプリを取り寄せたらしく、ポジティブすぎて笑ってしまった。

四月二十四日（金）

配信機材メンテナンスのため久々の電車に乗って久々の新宿、久々の系列店へ。

自店舗でさえ週二〜三の出勤の現状で他店舗に行けるのはかなりレアイベントでテンションが上がる。電車はガラガラで、基本的に座る習慣がないわたしもさすがに座ってしまうレベル。ソシャゲやりやすい通勤電車、不気味だ。

って思いかけて、いやいや満員電車こそ不気味なんだよ。と冷静になった。

自宅で難なく仕事できた人、通勤時間をズラして効率が上がった人、いままでの習慣にならってきただけの思考停止かしこまりお仕事ルールが幸か不幸か一旦くずされたわけだから、より良いやり方だけが今後も柔軟に採用されていくといいよね。せっかくだし。

ややあって目的地について、もちろん他店舗の人（生身）と会うのも久しぶりだからつい口がまわりすぎて最近の心もとなさを吐露したら「焦ってるね〜」と言われて腑に落ちた。

あ、わたし、焦ってたのか〜。なるほどね。

このままじゃ頭がおかしくなっちゃう！なんて言ってるけど、すでにもう頭がおかしくなってたなって、この状況に慣れてきてることが異常だって思い出した。

お行儀の良い人間ではないから、おとなしくおうち時間はできないし、そもそも仕事をしないと、いまできることを続けないと、自分の生活どころかうちの店舗、うちの店舗どころか会社、会社どころか文化、エンタメ業界が死ぬらしい。わたしがいないと文化が死ぬことだってもしかしたらありえる気がしてきた。風が吹いて桶屋が儲かる的な。とっくに正気じゃない人間が書いています。

ライブハウスが全人類から必要とされているわけではないことも知ってるけど。

とかいってまたすぐ頭の具合悪くなって夜まで動けないみたいなことになったらウケるけど。

純喫茶店員

❖僕のマリ／二七歳／東京都
文筆業をしながら老舗の純喫茶で働く。慣れない電話注文やテイクアウト対応に奮闘する。常連さん、同僚、音楽、お酒が心の支え。

四月十四日　火曜日

朝七時に目覚める。本来だったら出勤なのだが、シフト調整で人員を削減しているので今日は休み。今月は稼ぎが少なくなるだろうが、休業している店も多いのでうちはラッキーなほうだと思う。そういえば昨晩、店のテイクアウト用の入れ物を買ったことを思い出したので、食事がてら行くことにした。かばんにポメラとiPadと文庫本を入れ、マスクをして家を出る。先輩に百均で買った容器を渡すと「え、あの大雨の中あそこまで行ってくれたの⁉」と労ってくれた。彼女はどんなときでもやさしい。みんな自分のことで精一杯なのに、些細なことでも言葉にして伝えてくれるのがうれしい。たしかに少し距離はあるが、何か行動を起こさねばと思い、大雨のなか夜まで空いているかどうかわからない百均に赴いた。店で朝食を済ませてテイクアウトの試作など。ほどほどにお客さんが来ていたので一時間もいないで去った。夕方家で家事をこなす。マスクは消毒して再利用。前みたいに気軽にほいほい捨てられない。大して何もしなかった一日なのに疲れた。最近は夜になると急に、暗い気持ちが押し寄せてくる。些細なことで苛立ち、誰かを傷つけたくなる。このところずっと抱えていたモヤモヤした気持ちを共有できる相手がいない。もう嫌だ、と冷蔵庫から発泡酒を取り出す。プシュ、という軽快な音が憂鬱だった。

四月十七日　金曜日

八時に目覚める。カーテンを開けて湯を沸かす。缶のゴミを捨てる日だが、目に見えて酒量が増えている。友人とLINEやダイレクトメールでやりとりする。お互いにこの窮屈な日々をどうやり過ごしているか発表した。誰と話しても「やっぱ居酒屋とか喫茶店に行けないのがつらいよね」という意見に帰結。もう二〇二〇年、オンラインで飲み会やお茶をするのも可能だが、やはり生の声が聞きたい。人と会うは大事なことだったんだ、と気づく。昼過ぎから喫茶店の勤務。マスクなので化粧はせず、髪だけ整えて出勤。マスターがうれしそうに「テイクアウトもドリンクチケットも売れてます！」と報告してくれた。常連の方やSNSを見た方が早速購入してくださった模様。やって良かった。衛生対策の為、お客さんが帰ったあとはテーブルをアルコール消毒。先輩と雑談をしながら仕事をして、SNS用に軽食の写真を撮ったりと試行錯誤。この日々のことは忘れられないだろう。退勤後、書店へ。「文藝」を手に取った後店内をぐるーっと眺め、新刊をチェック。村井理子さんの『兄の終い』を探したが見当たらず。お会計を済ませて、近くのスーパーへ買い物。今日はホッピーが飲みたい気分。「濃厚黒ごまプリン」と「濃厚マンゴープリン」が目に止まり、いくつか買う。家には栓抜きがないので店のものを拝借しに再び戻る。「栓抜き借りますよーん」とホッピーを見せつけたあと、プリンを差し入れた。喜んでもらえたのでよかった。帰宅してシャワーを浴び、読書をする。「わたしは大丈夫だから」と、色んな人に言っている。

四月十八日　土曜日

五時起床。大雨だし身体もだるいし働きたくない。いつもだと土曜日は激混みなのだが、今日はわずか三、四人しかお客さんがいなかった。久々に会う後輩とバトンタッチ。この天気、自粛要請で混むわけもなく、ひたすら掃除。マスターからは「暇だし座っててもいいよ」と言われたが、なんとなくそういう気にもなれずヤカンを金だわしでこすった。ピカピカのヤカン。素手でこすったのでマニキュアが剥がれた。しかしそんなことはどうでもよい。見る人もいないのだから。ふきんをハイターで漂白して、テーブルにはアルコールを吹きかける。暇で暇で疲れる。ただでさえやる気のない今日だ。冷蔵庫にもたれかかってパンの発注を考える。忙しくないのでいつもの半分以下の本数。申し訳ない気持ちになる。ここまでは一人で店を回していたのだが、昼過ぎからもう一人来る。しかしどう考えても二人はいらない。人件費もかかる。マスターに早退します、と持ちかけて了承を得て、本当は夜までのところを夕方までにしてもらった。十五時頃には雨は止み、窓から光が差し込んだ。テーブルの銀の砂糖入れに光が反射して、そのプリズムがなんとも美しかった。夕方に上がってまかないのピザを食べて帰る。満腹でシャワーを浴びる気力がわかず、二時間ほど横になった。今日、本当はトークイベントに出演する予定だった。会場を仮押さえしようという段階、確か二月頭に日にちの相談をしていたのだが、そのときすでに不穏な空気が漂っていたので、企画の方がストップをかけた。楽しみにしていただけに本当につらい。

四月二十日　月曜日

軽く掃除して、アイメイクのみ施して仕事へ。雨なので暇だろう。洗い物や卵サラダの仕込みをしながら先輩と雑談。昨日変なお客さんが来たようだ。初見のおばさんがジンジャーエールを注文後、トイレに入り扉を開けながら歯磨きをしていて、「それはちょっと」と窘めたら文句を言いながら出て行ってしまったらしい。ジンジャーエールには口をつけていなかったが、もうテーブルに出してある以上どうしようもない。お金を払わずに出て行ったので「泥棒かよ」と思った。他の店がやっていない影響か、こういう不快な客層が出現するのもコロナの弊害だと思う。暇だったのでひたすら掃除。マスターには「座ってコーヒーでも飲んでればいいんだよ」と言われるが、それはそれで落ち着かないので心を無にして掃除。手指が強いのでハイター漬けの布巾も素手で触れる。休憩でまかないを食べてぼーっとする。「こういうときこそ沢山食べなきゃ」と大盛りのサラダとサンドイッチ。お腹は空いていなかったが無理矢理全部食べた。時短勤務だったので午後もすぐ終わる。いろんな常連さんに「体に気をつけてね」と言われる。

　夜は知人男性とインスタグラムのビデオチャットでオンライン飲み会。結局朝の四時まで飲んでしまう。六時間も飲むとは。朝を迎え、お互いの歯磨きやスキンケアを披露しながら寝る準備をして、布団にもぐって「おやすみなさい」と言った。通話中のiPadを撮ったツーショット写真が、いかにもなディストピア感で、何度も見返した。

四月二十二日　水曜日

七時起床。夜中に目が覚めてしまったので眠りが浅く、うつらうつらとする。このところは一人で店番をすることがあり、今日がまさにそうだ。朝寝坊は基本的にしないけれど、一人で店を開けるのは責任重大。不安と気楽が半々だ。開店作業中、iPhoneで好きな曲を大音量で流す。朝刊をホッチキスで留めていたら、カネコアヤノの「ごめんね」が流れた。鼻の奥がつんとした。アルバム「燦々」はどの曲も大好きだけど、この曲はいつなんどき聴いてもじんわり泣けてくる。一人でよかった、と目をこすった。

　早く来て多めに仕込んでおいたのが当たって、午前中はなかなか忙しかった。客席はほぼ埋まり、常連の女性と小声で「密！」と言い合ってゲラゲラ笑った。みんなやさしくて、せかされることもなく、なんとか回した。消毒、換気、加湿、手洗い。神経を使うぶん疲れるがいいたしかたない。テイクアウトの電話注文が相次ぎ、まだ慣れていないので少し慌てた。取りに来る逆算をして料理を作るのは初めてのこと。頭がこんがらがる。これが出るからこれを多めに仕込む、パンがこのくらい出るから発注は何本、あれ明日って何曜日だっけ……とずっと考え事をしていたら、包丁で指をざっくり切った。いや、なんなら爪もいってる。スパッと切れて、あ、と思った五秒後くらいに血がだらだら流れる。しかし、流血しても一人。とりあえず消毒して血が止まるのを待つが、深く切ったせいでなかなか止まらない。この時期に怪我なんて、と色んな心配が脳裏をよぎる。消毒液を沢山つけて絆創膏を貼り、ビニール手袋を付け手首のところを輪ゴムできつく縛った。念には念をと、さらにゴム手袋も嵌めて仕事を続けた。やりづらい。痛さはあとからやってきて泣きたくなった。昼過ぎからは先輩やマスター夫妻が来たので気が楽になる。好物のいちごジュースを飲み、しばし休憩。指が痛いのは誰にも言ってない。トイレでこっそり確認すると、血が固まって赤黒くなっていた。病院に行くか迷う。悩んだ末、耐える。午後も忙しくて、ちょっと笑顔が保てなかった。お客さんは途絶えない。自粛、我慢できないよね。

夕方に退勤して早めにお風呂に入り、発泡酒を空ける。まだ十九時だが今日はもう好きなことをすると決めた。iPadでネットウインドウショッピング。好きな古着屋さんの通販がささやかな楽しみ。「指が痛いんだ」と知人にこぼして慰めてもらう。「心配だ」と言われて、くさくさした心がすこし生きかえった。

映画館副支配人

❖坪井篤史／四一歳／愛知県
緊急事態宣言の七大都市から外れホッとしたのもつかの間、客足は減る一方。新作映画の上映も次々延期となり、閉館が脳裏をよぎる。

4月7日（火）

東京を含む、7大都市に「緊急事態宣言」が出た。自分が働く映画館は名古屋にある。7大都市に愛知は入らなかった。正直、ホッとした。しかし確実にシネマスコーレにコロナという恐怖は襲いかかっていた。3月中旬から客足は減り、3月31日と4月1日はお客様が0名の上映回が。ちなみに前日4月6日には0名の回が2度。正直僕らスタッフはこれ以上営業を続けていても、自主休館または閉館になってしまうのではと思うようになった。まさにシネマスコーレが「緊急事態」でした。

4月8日（水）

都内での「緊急事態宣言」をきっかけに、シネマスコーレでプログラムしていた新作映画の上映が次々と延期になる。これを一番恐れていました。新作の映画が自分たちの映画館から消える。3月頭から、シネコン（シネマコンプレックスの略）では度々起こっていた事態で、我々ミニシタアーには無関係の問題だと思ってました。その問題がいよいよやってきてしまった。当館の場合、3月末には4月の上映スケジュールならびに上映時間をすべて告知してしまっているため、組み込まれていた新作が消えるごとにスケジュールの変更をしなくてはならない。また予定されていた舞台挨拶もどんどん中止に。僕には映画館の命がコロナという目に見えない侵略者によって殺されているように感じるようになった。

4月9日（木）

いよいよ愛知県でも独自の「緊急事態宣言」が発令されることになった。発令日は翌日の4月10日。一体、劇場としてはどのようなスタンスでいれば良いのか。自分だけの判断はできない。まずは名古屋の各劇場さんと連絡を取り合う。シネコンはもう休業を決めている劇場もあった。ミニシアターではさてどうするか。発令されて、すぐに休館にするか、ある程度営業させてもらって休館にするか。ただはっきり言えるのは、我々スタッフの精神状態はかなりギリギリのところまで来ており、発令後、休業せずに継続できる精神の強さが無いことは明確にわかっていた。午前中にスタッフの緊急会議を開きたいと思い、上司の支配人・木全に朝から連絡を入れるが全く携帯が繋がらない。映画館にはマスコミからどう対応するかと問い合わせが何件か。そして自分の携帯には、連携をとっていたミニシアターさんやシネコンの支配人からスコーレはどう対応するかの連絡が続々やってきてぷちパニック状態に。そんな中、当館スタッフの大浦が出勤したので、木全と連絡が取れないので先にスタッフ同士の打ち合わせを始める。最初の論点は、4月11日から休館にするか、土日は営業して4月13日から休館にするか。自分はできれば、4月17日まで営業して休館にしたかったが、風評被害やスタッフの精神状態も含めてそれは難しいと思い、意見しなかった。ようやく木全と連絡が取れ、昼過ぎに緊急ミーティングを開始。最初の論点であったいつから休館にするかは4月13日から休館で落ち着くことに。更に次の論点は、このまま休館が長引く場合、シネマスコーレはどれだけ保つのか。僕はここが一番知りたいところだったので、きちんと答えが出るまで支配人の木全を問い詰めてしまった。ここまでやらなきゃいけない。映画館が守れなくなると判断した結果だった。今、思えば物凄い怒号と恫喝な会議だったけど、答えはちゃんと知れた。答えは「3ヶ月」だった。つまり「3ヶ月」何もしないまま休館することはシネマスコーレの「死」を意味することでした。

4月10日（金）

13時より愛知県独自の「緊急事態宣言」が発令される当日。昨日の打合せで、シネマスコーレは4月13日から休館を決めていたので、今日いつ発表するか。確か発令後の夕方までに発表した。映画館に貼紙をして、SNSでも情報を流した。自分のTwitterでも。正直悔しかったし、ムカついたし、悲しかったけど、今そうしなければ劇場を守れないとわかり、ちょっと安心もした。ただ、頭をよぎるのは映画館としてのデッドラインだ。緊急事態宣言自体は5月6日までの予定。これもあくまでも予定。今の情報は予定が未定になり、未定がいつの間にか決定になる恐ろしい世界。先を考えるのはやめたいけどやめれない。まだ営業は2日残っているのだから。

4月11日（土）

休館前の最後の土曜日。この日から公開する新作もあるが、客足は変わらず。「音楽」の岩井澤監督と原作の大橋先生が、シネマスコーレの支援Tシャツを作って下さり、これを購入して下さるお客様がたくさん来館してくれました。これは本当に嬉しい。ただ休館ムードより閉館ムードが強いことには、笑ってしまった。でもどんなことでもシネマスコーレのことを気にかけてもらえるのはやはり嬉しい。

4月12日（日）

いよいよ休館前最後の営業日。朝から劇場に出勤しているが、夜には休館になっているという感覚はあまりない。この日もお客様の動員はあまり良くない。明日から休館するからといっても、世の中はコロナ禍。お客様が増える状況ではない。だが昨日に続き、支援Tシャツを購入しにたくさんのお客様が来館され、早速完売するサイズも出てきた。これは嬉しい。そして最後の上映作品のアナウンスをする。この時やっと休館の実感が湧く。このアナウンスが終わったら、次いつアナウンスするのか。もしくは本当に最後のアナウンスになるかも。と思っているうちにすべてプログラム終了。あっけなく休館になってしまった。最後の戸締りの時、うちのスタッフが涙ぐんでいた。これを見て自分は明日から休館か閉館かどうなるかわからない闇の戦いが始まると実感した。

4月13日（月）

ついにシネマスコーレは休館となりました。期間としては、緊急事態宣言が終わる5月6日としているが、自分の中では、無期限の休館とすることにした。いざ休館となったシネマスコーレに出勤してみると、映画を上映していない映写室の静けさ。問い合わせが無いので電話は鳴らない。配達業者は来るけど、当然お客様はやってこない。こんなに静かなシネマスコーレは生まれて初めてかもしれない。緊急事態宣言が発令された時に感じたのは、周りが年末年始のような静けさと似てるなと思ったのですが、今考えるとそれ以上の静けさを感じます。その静けさの中に年末年始のような幸福感が無いのがまた息苦しいのですが。ちなみにこの日は深田晃司監督と濱口竜介監督らが立ち上げてくださった「ミニシアター・エイド」（＝ミニシアター・エイド基金）の記者会見に配信で参加させていただきました。自分自身の言葉ではっきりと「3ヶ月休館でミニシアターは閉館に追い込まれる」と発信した。これ、正直発言してからかなり苦しくなりました。この記者会見には自分がお世話になっています全国のミニシアターの支配人さんらも出席しており、明らかに顔が疲れきっているのがわかってしまった。本当に悲しい。だが映像作家の皆様による数々の動きにより、ミニシアターが救われることを心から願う。

最後にこの原稿を書き終えた現在（4月26日）、シネマスコーレは休館のままです。世界、というか日本をとりまくコロナ禍の状況は更に悪化。5月6日に本当に宣言は終わるのだろうかという状態です。おそらく映画館は休館2ヶ月目に突入する。でも、もう暗いことはたくさん考えた。無かったとしても明るい未来のシネマスコーレのことを考えたい。そう思いながらこの原稿を終わりにする。

女子プロレスラー

❖ハイパーミサヲ／東京都
出演予定の興行がことごとく中止となり、動画配信での無観客試合を実施。今後在宅でどのようにお客さんを楽しませられるか思案中。

四月七日（火）

政府から緊急事態宣言が発令された。いよいよか。本来なら、今日はアメリカから帰国する日だった。四月三日に予定されていた東京女子プロレス初のアメリカ大会は、早い段階で中止の判断が下されていた。今思えばあらゆる面で正しい選択だったように思う。初海外を仕事で行くのが密かな夢だった。仕方ない。私たちだけじゃない。命がかかっているのだ。仕方ない。ぱたぱたと日常が閉じていく感覚にまいってしまいそうになるところを、私たちは「仕方ない」という言葉をおまじないのように口にしてなんとか立っている。

結局三日は無観客興行を打った。皆、動画配信ならではの試合を闘い切った。少しでも画面越しに楽しさを届けられるように。プロレスラーという生き物は、とにかくどんな形でもいいからお客さんを楽しませたいという気持ちが強い。しかし、緊急事態宣言が発令された今、その無観客興行ですら今後は難しいだろう。今夜、事務所から配信が予定されていたサイン会も急遽中止が発表された。ファンにはもちろん、選手同士ですらしばらく会えないだろう。ぱたぱた。このまま閉じていってしまうのか。そんなふうに思いかけていたが、のどか（天満のどか）が作った「#笑顔ＹＥＳ東女」というハッシュタグを見たら何とか踏ん張れた。今できることをすぐ行動へと移せるメンバーに救われた気持ち。

四月十一日（土）

本来なら板橋大会の日。土日に何の予定もないのは不思議な感じだ。少し前から合同練習もなくなった。こんなにリングから離れるのは前十時靭帯の手術で長期欠場したとき以来だ。当たり前が脆く崩れ去る。合同練習は不器用で身体能力の低い私にとって精神安定剤のようなもの。

四月十三日（月）

あるお客さんの夢を見て起きた。

自分でも驚きなのだが、自粛期間でふとしたときに浮かんでくるのはお客さん、〝大きいちびっ子たち〟のことばかりだ。友達じゃない。家族でもない。でもデビューしてからこれまで、友達よりも家族よりも顔を合わせ、言葉を交わしてきた。直接会話するのは試合後の物販の時間だけ。一本の机を隔てて数分言葉を交わす程度で、一歩会場を離れたら街で偶然でくわしてもお互いに声をかけない。それが暗黙の了解。奇妙な関係だ。わかっていたつもりだったけど、思っていた以上に愛着が湧いていたことに気づく。

夢に出てきたお客さんにはもう二度と会えない。すでに亡くなっている人だから。いつものように物販の机越しに握手し去ろうとする彼の姿を見て、ハッとして咄嗟に腕を掴んだ。「あなたもう死んじゃったよね？」。彼はいつもの笑顔で「そう！　パミちゃんさすが正解！」と返した。現実ではあり得ないことなのだが、そのあと二人で喫茶店に向かい、小さな机に乗る限りのメニューを頼み、思う存分話し込んだ。店を出る折、他の客から「変な人たちね」「何かしら……」とヒソヒソ話をされている気配がした。何とでも言えばいい、変に誇らしい気持ちで胸を張って退店しようとしたところで目が覚めた。

こんな感傷的な夢をこのタイミングで見るなんて、自分はなんて〝少女漫画脳〟なんだろうと恥じつつ、涙が止まらない不思議な朝だった。お客さんに会えない危機感がこんな夢を見せたのだろうか。改めて関係の危うさを思う。今回だけでなく、いつ、どのような理由で会えなくなるかもわからない。友達でも家族でもない。他人から見たらいびつな関係。それでも私にはどうしようもなく宝物の居場所。失いたくない。

四月十五日（水）

高木社長に呼び出されZoomで遠隔ミーティング。このタイミングで呼び出されるとは怖すぎる……と警戒したが、悪い報せじゃなくてよかった。「何でもいいから自由に企画でもやってみたらどうだ」「来週までに何かあれば自分に提出してくれ」「検討して実現可能であれば進めるから」。うちの社長の良くも悪くも丸投げ体質がここにきて！　しかし、これはチャンスだ。あちらからしたら軽く言ったことだろうが、創意工夫を毎回して闘う自分のプレースタイルを認められたような気がして嬉しい。同時にプレッシャー。この制約のある中で何ができるか。

四月十七日（金）

昨日、緊急事態宣言の範囲が全国に広がった。今日、都内の感染者数がついに二百人を超えた。覚悟していたことだが、どう考えてもこれは年単位で闘わなければならない状況だ。四月三日の無観客試合が上半期最後の試合、最悪は今年最後の試合になる可能性すら頭の片隅に置いておかなければならない。災害時、エンターテイメント業界は一番初めにダメージを負う。確かになくても生きていける。しかし長期戦だからこそ、その力が必要になる瞬間があるはずだ。部屋の中で膝を抱え、自分の生命を呪った青春期を救ってくれたのはプロレスだった。今すぐに必要でないものだからこそ、火を絶やしてはいけない。何が誰の支えになるかわからない。いつでも走れるように。プロレス業界だけじゃなく、本来の活動ができなくなったあらゆる業界の人が今きっと同じような状況だ。暗闇の中で息を潜めて、それでも掌の火を守り続ける覚悟をしている。

四月十八日（土）

豪雨。本来ならこの週末は大阪、博多と地方連戦のはずだった。今でこそ頻繁に地方大会を開けるようになったが、これが当たり前になるまでには地道な積み重ねがあった。途切れたわけじゃないけれど、悔しい。しかし、こうして行えなかった大会について思いを馳せることは、ネガティブだと思わない。必ずまた「会場にお集まりの大きいちびっ子たち、こんにちはー！」を届けたい。

四月二十日（月）

お客さんとの距離を何とか縮めたい。自粛長期戦を見越しての企画を高木さんに提出した。高木さんのＯＫは出た。後は配信周りや運営各所のＧＯサインが出たら、動き出せる。

四月二十一日（火）

七日に行われるはずだったインターネットサイン会を改めて。私を含めた四名の選手はそれぞれ自宅から、YouTube のライブチャット機能で視聴者のコメントに反応しつつ生配信するという形態だった。映像越しとはいえ、皆と触れ合えたことが嬉しい。緊急事態宣言が解除されるのは五月六日。だけど、日付が変わった途端に世界がクリーンになることなんてない。あぁ、試合がしたいなぁ。リング練習もできず、試合もない今の状況で、果たして自分はプロレスラーだといえるのだろうか。いや、私は東京女子プロレスの愛と平和を守るニューヒーロー、ハイパーミサヲだ。身体能力に恵まれているわけでも華があるわけでもない。それでも自分にしかできないことがあると信じて、独自の方法で何とかレスラーとしてここまで続けてきた。プロレスのルールの隙間をかいくぐって闘ってきた自分にしかない今の過ごし方があるはずだ。

四月二十二日（水）

週プロのユカさん（坂崎ユカ。団体最高峰タイトルの現シングル王者）の記事を読む。ユカさんがインタビューの場所に選んだのは道場。今一番行きたい場所だから、と。皆同じ気持ちなんだなと嬉しさと切なさが混じり合う。

四月二十四日（金）

高木さんが新企画について、各所に連絡することを忘れていた！　これはまさかだったが、せっついてよかった。ここから加速していくしかない……。配信スケジュールをすり合わせ、何とか来週の火曜に放送開始をこぎつけた。

新企画は「ファン参加型で東京女子プロレスの二次元キャラをつくる」というもの。キャラクター設定で最初から決まっているのは、練習生ということだけ。選手は自宅から配信し、視聴者のコメントを拾いつつ、細かい設定を決めていく。ある程度固まったらキャラデザや声を一般募集するつもりだ。離れた場所でもファンと触れ合いたい、尚且つこの不安定な状況下でひとつでも目に見える創造物を、と思い考えた企画。無事に完成するかどうかはわからないけれど、これでひとつ扉が増えた気がする。

私たちはたくさんの扉を持っていていい。不安や悲しみに支配されそうなときに。暗く窓もない自分の中にひとり閉じ込められたときに。子供じみたふざけた色でも、扉と言えないような陳腐なものだとしても。私たちは助かっていい。美しくなくても、かっこ悪くても。私のやることが誰かの扉になる可能性は少ないかもしれない。だけど選択肢のひとつとしてあってもいいいんじゃないか。かつての私が路上プロレスを見たことで扉をひらけたように、可能性はゼロじゃないから。

留学生

❖**伊予／二三歳／東京都**
学校もアルバイトも休みになってしまった。明るい自分なのに、泣いてばかりいた中国でのつらい少女時代を思い出してしまう。

4／8 水

緊急事態宣言二日目。

学校も仕事も休みになってしまったから定期券の更新をする気が失せた。今日は定期の有効期間の最後の日で、留学生の私達は六月の留学生試験を受けないといけないから、池袋へ行って本を買いたかったが、店は全部閉まっちゃった。

世界各地は想定外のトラブルに対応が遅れたからコロナは悪化の一途を辿るばかりだ。店も通常通り営業できない。

普段はあっちもこっちも人がいっぱいでとても賑やかな池袋駅は、今日は意外に人混みにもまれない。桜が風にもまれながら落ちてきて、飛び交う。なんか寂しい。

4／9　木

緊急事態宣言三日目。

ベトナムの友達が国へ帰った。彼女からメッセージきた。

「この一年色々ありがとう。あなたはちょっと変な人だけど、私は心からあなたのことが好き。将来私が結婚したらあなたは是非来てね！」って。

ありがとう。またいつ会えるかどうか分かんないけど、めっちゃ心あたたかくなる。

4／10　金

緊急事態宣言四日目。

緊急事態が宣言される前には一人で関西へ旅行に行ったけど、今はどこへも行けなくて家でごろごろしているから、たくさんのことを思い付いた。

みんなから見える今の私は、いつも笑顔だ。毎日変なことを言って周りの人を笑わせて、クラスの中心の人みたいな存在だ。「イコちゃんはいつも元気で、楽しくて何も考えないだろう」と思っている人が多いと思う。

実は、私は鬱病になって家族と喧嘩をして日本へ来ました。

私は家族と関係よくないです。

三歳の時父が死にました。そして七歳の時母も亡くなりました。母が生きてる時は仕事で忙しかったから、私は叔母さんの家族と一緒に暮らしていました。母が亡くなる前は、全ての親戚は私に対して態度がとても良かったけど、両親がいなくなって、両親の遺産が多くないことを知った後で、私に対しての親戚の態度が全てチェンジしました。

叔母さんは私のことが好きじゃない。

私は、叔母さんの「お前が醜い」「そんなに醜いなら化粧しても仕方がない」という声を聞きながら成長しました。叔父さんと喧嘩した時は私のご飯を作らない。部屋の隅で他の家族全員で晩ご飯を食べる様子を見ながら、頭を下げて一生懸命涙を我慢して宿題をしました。これまでそんなことがたくさんありました。私は、誰もいない時は、いつも昔のことを思い出します。

私の少女時代は、泣いてばかりで、色々なことがありました。

私にはたくさんの秘密があります。

これは、山のようにある私の秘密の中で、何度思い出しても、泣くことの一つです。

4／15　水

緊急事態宣言九日目。

「イコはさあー、真面目すぎじゃない？」「この世界は、あなた一人が何をしても変わらないよ。変わらないから何もしない方がいいよ。」って日本人の知り合いに質問され、忠告された。

そうだね、無関係を装う日本人はたくさん存在する。私はとってもとっても、真面目な人だよ。

若くて真面目な私は、毎日社会問題と向き合っている。女性の社会的地位、ＬＧＢＴ問題、人権問題など興味が尽きることがない。

私が社会問題に興味があると、周りは暗いと言う。

そうだね。じゃあ、なぜ私はいくら辛くても自分の意見を発信するの？

小学生の時友達の力でサポートされたけど、中学生の私はいじめられ子だった。私はいつも何も言わない。クラスメートは私のことをいじめても大丈夫だ。害がないと思ってしまっていた様です。もちろん、反抗したこともあったけど、一人の力は小さ過ぎて仕方がなかった。家族も毎日叱ってくる。「それはお前の自業自得だ」と言われ続けた。毎日学校へ行く時も地獄へ行く感じがしていました。

中学二年生の時、自殺しようと思った時、ある女の子が現れた。身長が低くてとても痩せているが、勉強が得意な女の子だった。

彼女がある日、私が家に帰る時に突然話しかけてきた。「私も近くに住んでるから、一緒に帰りましょう」。

その日から、毎日二人で一緒に学校へ行って家に帰って、宿題のわからない部分を教えてくれた。

彼女はめっちゃ変な人だ。私はそう思った。だって、私と友達になったら、たぶん他の人も彼女のことを一緒にいじめる。けど彼女は、毎日私を笑わせて、私と一緒に変な言葉を言いながら、単純に「ただあなたは善良な人だから、私はあなたの友達になりたい」って言ってくれた。

そんな細くて小さい彼女は、私がクラスメートの男子にいじめられた時、私の前に出て、その男子に「お前、なにを言ってるの？　クソヤロウ、死ね！」って言った。

ある時、彼女によって、私の考えをチェンジさせる出来事があった。その日、学校が終わって一緒に帰る時、突然雨が降ってきた。「どうしょうか」私がつぶやいた。その時彼女は自分のバッグを開けて、一枚しかないレインコートを取って、私の頭の上にかぶせた。

「それじゃあ、あなたはどうするの?!」と、私が声をかけた時、彼女は「大丈夫よ、心配しないで！」と言いながら、雨の中で走って家に帰った。

私は雨の中で立って、しばらく涙が出て止まらない。

「私はその人に愛されてる。その人の為に、チャント生きなきゃ」と頭の中で浮かび上がった。私はやっとできました。家族と離れて、卒業して毎日バイトをしながら日本語を独学していて、子供の時から大好きな日本へ来ました。日本でバイトも生活も忙しくて大変だし、今も心の中に暗い所があるけれども、私は少しずつ強くなった。

今は顔をあげて綺麗な空を見ると、自由な感じがする。それだけでやる気が出る。

今までも、彼女が私を気にかけてくれて、彼女がいるからこそ、私が今生きてる。もし彼女が「なんでもいい」と思うような無関心の人なら、今の私は存在しないと思う。

幸いに、私の周りも、彼女と私とのように社会問題に向き合う人がいる。日本人も台湾人も中国人もいる。彼らは言う。

「一人の力は小さいけど、皆一緒に頑張ることに意味がある！」

「何に対しても私と関係ないって思ったら、終わりじゃん？」

「何も言わない方が自分のため？　私はそんな考え方が嫌で仕方がないんだ！」

いくら濁ってる環境で生きていても自分が悪くなる理由にはならないと思う。私は、もっと私みたいに、檻の中に閉じ込められて苦しんでいる若者たちに手を差し伸べたい。周りのみんなを影響して環境を生きやすくなるようにしたいとの夢がある。

「あなたは一人じゃない、ここに仲間がたくさんいるよ」と。

私は、一人の小さな力でもいつか世界を変えることができるかもしれないと思う。

ずっとそう信じてる。

4／20　月

緊急事態宣言何日目（かな？）私もわからなくなった（笑）。

とりあえずバイトに戻った。留学生は自分の家賃とか生活費を稼がないとダメなのよ（笑）。

六月に留学生試験を受けないとダメだから、今もバイトの休憩時間に本を読んでる。昔中国のレストランのバイトをする時何回も心の中で「机の上に3つ皿があります」などと日本語で言えるように訓練をした記憶を思い出した。

コロナにも、自分の過去にも負けずに、未来に向けてみんな一緒に頑張って生きましょう。

彼らは金を稼ぎに来ているんだ。

Ⅳ章 率いる

ホストクラブ経営者

❖手塚マキ／四二歳／東京都
経営する店は大幅赤字。事業者を代表して嘆願書を政治家に渡す。取引するメガバンクに融資を頼むも、担当者からむごい言葉が……。

4月7日

緊急事態宣言。私は正直安堵した。

営業するのか？　しないのか？　0か100じゃなく、公共機関の発表に照らし合わせて、業界、街の風潮を加味し、それぞれの店舗で方針を決めていた。そうやって日々の変化に対応しながら方針を決めることはマネージャーたちの成長になると思っていた。しかし私も含めて皆疲れていた。

4月8日

私は1996年からホストをして、2003年に独立して現在はホストクラブ、美容、飲食、介護など約20軒のお店を運営するグループ会社の経営をしている。自分が歩んだ水商売の道で足りなかったものを皆に提供したいという思いで、ずっと教育に力を入れてきた。金を稼ぎたいのは当たり前で、金以外のものが大人になって残るような場所になればいいなと思ってやってきた。成長度合いは遅いが歌舞伎町の老舗大手グループになっていた。

この時期に従業員教育に更に力を入れると決めた。その為に全従業員に100％の保障を明言した。個人事業主のホストに対しても個人売上がないとしても通常月の最低金額の100％を保証した。そしてスマッパアカデミーと名付けて、30分の授業を1日1つずつやり始めた。

4月9日

午前中に自民党本部にて岸田政調会長と面談。水商売協会という団体に矢面に立ってもらって、事業者を代表して歌舞伎町から私ともう1人、銀座から2人、六本木から1人の体制で伺った。天気もよく気持ちの良い午前。こんな時間に出かけることは普段ほとんどない。

本部のロビーに簡易喫煙室があり、たばこを吸う。ぞくぞく人が入ってきてすぐ密になる。「密ですね」と笑いあう。

高級車のハイヤーで続々大物政治家がやってくる。テレビでおなじみ元大臣がマスクをしていなかった。本部は、自らの感染症対策には手が回っていないのだなと思った。定時になり、集まった人間たちで政調会長のいる会議室に案内される。エレベーターを降りた瞬間、テレビでよく見るフラッシュの嵐。カメラマンの密度が凄い。フラッシュの密度も凄い。写真を共有することは出来ないのかな？

政調会長に水商売協会の人が嘆願書を読み上げる。政調会長の目が真っ赤。お疲れのご様子。要望書に対して政調会長が応えて終わろうとしているところに横やりを入れる。一瞬身構える雰囲気を私に向ける。しかし政調会長の認識のズレであった中小企業融資から水商売が除外されている話と、現実的にクラスターを生み出さない案を直訴。認識のズレを指摘されたことに、ちょっとムッとした顔をされたが、しっかり聞いてくれた、と思う。

約10分の政調会長との面談後、柴山政調会長代理が残ってくれて丁寧に話を聞いてくれた。論理的に話せる人間が、この業界にも居るんだ。ということを知ってもらうことが大きな意義だった。感情的にならず冷静に話せたと思う。柴山さんもただ聞く態度を見せたのではなく、聞いてくれた。我々のことを理解しようとしてくれた。それは、私の言葉ではなく、彼の頭の中で彼の言葉として変換されて、引き出しの中にしまってくれたように見えた。

帰りも晴れていた。

4月10日

悲しいことがあった。

店舗の小口現金がなくなった。

バー部では初だ。皆戸惑う。

4月12日

4月の頭に、今回のコロナに対してのスマッパグループの方針を動画で撮った。先ずはどんな時だろうが、変わらない根本的な考え方、そして今回の非常時における会社の0か100じゃなく柔軟に対応するという考え方、その上での状況共有の大事さ、そして自分が少しでも体調が悪いと感じた時はチームを組むというルールを作った。微熱が出たり具合が少しでも悪くなったら、5人ほどでグループラインを組んで、5時間ごとにズームをして体調のチェックをするというのがルールだ。症状を聞いて、政府のガイドラインに従った行動をとれるように周りが冷静に判断してあげるというものだ。病院を調べたり、食べ物を届けたり、健康な人が冷静に対応する体制を決めた。

ホストクラブの副店長が微熱を出した。彼は寮に住んでいたいので、すぐに近くのホテルを手配して、ホテルに移動させた。5時間ごとの検温ズームをした。翌日の昼の確認ズーム時、「朝、病院に行ってきたが診察してもらえませんでした」と言われた。

以下事前に共有している文章〜〜〜〜

①コロナに感染するということがどういうことなのか?を事前に知っておく。
②コロナに感染した場合の対処法を知っておく

健康な状態で、必ず知っておいてください。実際に微熱が出たりすると精神的にも弱くなります。普段の風邪よりもずっと怖い気持ちになるでしょう。しかし、事前に知識があれば、冷静でいられます。そして、ここからはスマップグループのガイドラインです。

①ちょっと具合が悪い→店長に連絡し自宅待機

②チームバチスタを結成する→約4人チーム→このチームの誰かと基本5時間に1回ズームで病状を確認する。

③3日間熱が下がらない

④近所の診察をしてくれる病院に行く。そこの指示に従う。

という流れにします。

しかし、いきなり「息が苦しい」「熱が高い」などの症状がある場合は、すぐに病院に行くようにするか、救急車を要請するなど、チームバチスタと共に相談してすぐ対応する。

・チームバチスタ（一緒に考える人）のすること

→5時間ごとに交代で病状の確認。睡眠時間にハマる可能性があるので、その時間なども苦慮して柔軟に対応する

→近所の診察して貰える病院を調べておく

→毎回状況を、運営陣に共有すること

→決めつけず、必ず相談すること

※同居人の有無などで柔軟に対応する。
↓不安感をぬぐってあげて、励まし、元気付けること
〜〜〜〜〜〜〜〜〜〜〜〜〜〜〜〜〜〜〜〜
事前の動画で、感染症疑いの人は病院に行っても追い返されること、感染症指定病院に行かなければいけないこと、そして微熱でむやみやたらに病院に駆け込むことが医療崩壊を生むということの説明をしていた。

副店長というスタッフへの伝達係の立場の人間ですら、行動方針を理解していないことが露呈した。動画も見ていない、文章も読んでいなかった。

夕方ズームをした。今度は寮にいた。「荷物を取りに来ました」、更にその数分後に事務所にやってきた。「どうしても渡さなければいけない書類が……」。

必要なものがあったらホテルに届ける。ホテルから出てはいけない。そういう指示をすべて聞いていなかった。全身の力が一気に抜けた。

4月17日

自宅の外壁工事の音がうるさくて眠れない。テレビをつけても音が聞こえない。毎日苦情の電話を入れるが意味がない。

4月18日

耳の中にドリルを突っ込まれて頭蓋骨を削っているような音で目覚める。今日も抗議の電話を入れる。しかし工事をしている人たちにはアリナミンの差し入れをする。ドラマの性格の悪い近所のおばさんのような行動。

4月19日

シンナーでラリッてしまう夢をみる。ぼぉーと目覚めると鼻の内側にシンナーを塗られたような強烈な匂い。現実だった。頭がキーンとはならないが、匂いに慣れない。睡魔なのかシンナー中毒なのかわからないが、頭がぼーっとしてそのまま眠る。このまま起きないのではないだろうか?と一瞬思って冷静に状況を確認しようと思ったが、まあいいやと思い、そのまま眠る。人はこうやって死ぬのかもしれない。

4月27日

メガバンクの課長が事務所に来て、税理士を含めて話し合い。グループには3つの法人があって、そのうちの2つは風適法の範疇の業種（ホストクラブ・深夜酒類）で、残る1つは美容院など、風適法を持っていない事業を集めている。その会社は銀行から既に融資を受けている。そしてその融資には私の個人資産を同額担保でいれている。

銀行は、うちがホストクラブをメインとしている会社だということは当然知っている。融資を受けていない法人もメインバンクはそこで、給料振り込み、支払いはすべてそこで行っている。従業員たちも個人口座をそこに作り、証券を持っている子もいる。10年以上付き合ってきた。

銀行は担当が数年で変わる。タイミングが悪かった。支店長も課長も担当者も、最初に思いに同調してくれて付き合ってくれた人たちが、もう誰もいなかった。

3月から交渉をしていた。しかしどうも話がうまく伝わらず今日に至る。

税理士が吠えた。

「みずほさんは何もしてないですよね？」

信用保証協会の除外業種にホストクラブはなっている。なので、信用保証協会の保証は得られない。だからホストクラブで融資を受ける為には、みずほのプロパー融資でしか手段はない。

真摯にうちは10年付き合ってきた。しかし課長から出た言葉が辛かった。

「地元の地銀さんに変えるとかお考えではないですか？」

今までの付き合いは何だったのだろうか。所詮水商売なのか。

「人として、銀行員として、聞いているんです」と税理士。

「わたし、使えないんですよね……」と課長。

人を大事にしてきたが、会社が強くないと人を守れないんだな。

4月28日

政策金融公庫に来た。先輩の怒鳴り声が聞こえた。その先輩に「事務所で高いワイン開けようぜ」と誘われた。こんな時は飲むしかないだろう、と100万はするワインを昼下がりから飲む。

ホストへの保障の話に驚かれる。個人事業主としての尊厳を持ち、会社とホストは対等でいるべきだ、という話をされた。一攫千金を夢見て覚悟を決めて水商売の世界に入った彼らを私は侮辱しているのかもしれない。中途半端な教育者ぶって、いい顔して。経営者としての覚悟のなさが露呈した。

情けない。教育をしたいなら、教育者になれ。彼らは金を稼ぎに来ているんだ。

そんな根本を突き付けられた。

4月30日

3月にうちの方針はバイトも含めた全従業員の最低限の生活が出来るようにする、と宣言した。経営者としてのいやらしい考えとしては、どこの飲食店もバイトを解雇し、社員への給料も大幅にカットしていく中で、そうすることで会社へのロイヤリティも上がると思ったし、噂が広がれば採用にも繋がるし、教育をする良いタイミングだし、投資として考えれば問題ないと思った。そして月頭の売上や飲食店の売上などが多少あれば、財務的にもそんなに問題ないかなと思っていた。しかし実際は殆ど営業することが出来ず、予想を上回る大きな赤字になり、そして思惑していた教育もうまく機能しなかった。

5月も生活を守ると宣言していた。どうしたものか……と悩んでいる時に、一律10万円給付の話が現実味を帯びた。とても安心した。

会社の方針として、売上が0の約17万円の個人事業主ホストたちの最低保証額を、7万円にする方針にした。手元に10万円給付金が来て、プラス7万円あれば生活は出来るだろうという算段だ。

しかし、それは私の理屈だった。国から貰える10万円を会社に搾取される。というツイートをするホストが現れた。そしてそれを拡散する他のメンバーもいた。

説明不足、伝達不足だった。弊社は全額保証だ。という意識を持たせてしまっていた上で、10万円カット。と思われてしまったのだ。

4月、数千万円の赤字を投資した意味はなくなった。うちの会社は酷い会社だと広められた。私は働いている人の気持ちが本当にわからないんだなということを突き付けられた。正にマリー・アントワネットだ。私が一人一人の仕事の仕方、一人一人の生活の仕方に首を突っ込んではいけない。と本当に反省した。経営者として、大きなビジョンを描き、困った時に助けられるような器を持っていることが私の仕事だと、実感した。

こういう時だから、トップダウンで経営者としての手腕を発揮せねば。と意気揚々と張り切っていた自分が恥ずかしい。普段していないことはいつだって出来ない。私がやるべきことを責任をもってやることがチームでやってきた意味だった。

そのチームの意義を一番乱しているのは私だった。

校長

◆中野浩／六二歳／神奈川県
神奈川県の桐光学園で卒業式や入学式、高校総体などの中止や規模縮小の対策に追われる。生徒の気持ちを考えるといたたまれなくなる。

四月七日（火）

とうとう緊急事態宣言が発令された。遅きに失した感、否めず。思えば、中学入試、高校入試明けから始まった新型コロナウイルス騒動。まだ二ヶ月も経っていないのかあが実感。その間、さまざまな対応に追われ続けていたからかも知れない。後期期末試験、中学の合唱コンクール、高校の芸術鑑賞、修了式等々の中止や延期。最も悔やまれるのが卒業式の規模縮小。放送で関係教員、卒業生のみの卒業式。卒業生の姿を見ながら保護者や全教職員とともに祝いたかった。新年度に入ってからも、入学式、始業式を延期とし、五月六日までの休校をとらざるを得なかった。教員生活三十七年目を迎えるが、このような非常事態はかつてなかった。その規模もさることながら、いつまで続くかわからない先が見えない不安と日々向き合っていかなければならない辛さに負けそうになる。一斉休校以来、幹部会で決めた日程変更をさらに変えなければならないこともしばしば。昨年の四月に校長に就任してから、日常の中に時々非日常が忍び込むことがあり、その都度対応してきたが、非日常がこんなにも続くことはなかった。日常においては、確実性、安全性、公平性を念頭におきながらも、即時性、先端性を心がけてきた。でも、このような非常時では、教育現場において即時性、先端性を求めることは危険なような気がする。めまぐるしく変化する状況を冷静に見きわめ、どの生徒たちにとってもより安全でより確実な方向を模索し続けていくしかない。

四月十三日（月）

緊急事態宣言からちょうど一週間。先週は学年別の登校日を設けて、入学式、始業式で配布できなかった教科書や副教材、さまざまなプリント類を生徒たちに渡す予定だったが、生徒たちの安全を考えやむなく登校日を中止にした。代わりに中一から高三までの学年別の教員の会議を実施。その記録からは、先生だけでなく、生徒や保護者の意見や不安、不満も見られた。休校二ヶ月目に入り、一ヶ月目ではあまり見受けられなかった切迫感が増えてきたように思う。新型コロナウイルスという見えない脅威に、効果的な対応が見つからない不安に、それぞれの立場から必死になって答えを見つけたいという思いが感じられる。生徒たちには自分の命を守ることの大切さ、自分にとってかけがえのない人の命を守ることの大切さを訴えてきた。二ヶ月目に入り、それに加えて、学習支援と心のケアをさらに強化していく方法を先生たちと考えていかなければいけない。それにしても、今回の非常事態の間に、いろいろな新語が生まれた。「正しく恐れる」「三密」「ソーシャルディスタンス」等々。これらの言葉がどのようにして生まれ、どのような形で人々に受け入れられ、非常事態後も生き延びることができるのか、ちょっと興味がある。「緊急事態宣言を発出」、「発出」という言葉は、果たして新語なのかどうか、あとで調べてみよう。

四月十五日（水）

今週は、生徒たちに手渡しできなかった配布物を郵送するための作業を先生方に手分けしてやってもらっている。学年によって配布物の量が違うので、予定の勤務時間をはるかに超えてしまった日があった。休校中とは言え、先生たちは各種会議、学習課題作り、生徒・保護者対応に追われている。自宅でのテレワークが世間で推進されているが、教師の仕事は、それになじまないものもあり、模索中というところ。オンライン授業等のＩＣＴ教育をどのように展開していくかをこの機会をとらえて考えていく必要がある。ピンチはチャンス。この絶対的なマイナスの局面をプラス志向で乗り切っていくことが大切だと思う。ピンチはチャンス!!　これが現状での自分の座右の銘になっている。現状だけでは座右の銘とは言えないかぁ。このピンチの中でも一番の収穫だったのが、「学校」という存在意義が見えてきたことではないか。あれだけ休日を喜んでいた生徒たちも今や一日も早い学校再開を望んでいる。クラスメイトや部員、先生たちと会いたがっている。ここに学校というものの本質があることを自覚できたのは、自分にとってかけがえのない経験に違いない。

四月二十日（月）

今日は会議漬けの一日だった。教科長会、学年主任会、幹部会。幹部の先生方とは連日のようにさまざまな意見交換をする機会があるが、教科長や学年主任とはそのような機会もまれなので、今日は直接教科や学年の考えを聞くことができてよかった。特に、学習のサポートや生徒たちの心のケアについて意見交換ができたことで、今までの不安がかなり軽減できたような気がする。明日からは、連日教科会が入っている。インターネットを利用したサポートシステムと従来型の教科書、問題集等の紙媒体を利用したシステムをうまく融合して、計画的、効果的な学習を生徒たちに提供できればいいと思う。校長に就任して以来、何をどのように教えるのかという教員主体の教育のあり方に加えて、何をどのように学ぶのかという生徒主体の教育のあり方の必要性を、教職員だけではなく、生徒や保護者、受験生に事あるごとに訴えてきた。今回の休校は、たしかに生徒たちに不安やいらだちをもたらした。でも、それと同時に、普段ではなかなか手に入れることのできないたっぷりとした時間ももたらした。学校から与えられる学習課題とは別に、是非ともこの機会をとらえて、自分が興味、関心のあるものの探求を試みてほしい。緊急事態宣言発令から二週間が経過した。先週との違いは、電車がかなりすいてきたこと、繁華街の人並も減ったことか。でも、ニュースを見ていると、地域や場所によっては「三密」の状況があるようだ。人の心のあり様も少しずつ変化しているような気がする。最前線で死と隣合わせにいる医療従事者を讃える声がある一方で、医療従事者やその家族を差別する言動も見られる。この振れ幅は、不安の裏返しであると同時に、非常時における人間の特性を示しているに違いない。

四月二十四日（金）

五月六日までの休校を五月末まで延長することにした。生徒たちの心のケア、学習の遅れを考えると、苦渋の決断だった。やはり、生徒たちや教職員の命を守ることが最優先目的なのだから、この決定も致し方ないと思う。休校で授業ができない日は、四月で十七日、五月で十八日、計三十五日に及ぶ。この三十五日分をどのように補っていくか。案として出ているのは、七月末まで授業をやる、八月の授業開始を早める、文化祭や体育大会の行事を中止にして授業に当てる等々。来春に受験を控えている高校三年生の学習体系をどのように構築していくかを筆頭に、各学年に具体的かつ体系的な学習システムを提供したい。本来であれば、五月十九日から四日間行われるはずだった前期の中間試験も延期になった。六月以降も休校という最悪のシナリオも想定せざるを得ない。その場合、期末試験だけで前期の評価を出すことも考えられるが、大学の推薦入試、ＡＯ入試に出願を希望する高三生には、夏休み前に仮評定を出さなければならない。高三だけでも中間試験は実施したい。一クラスの人数を分割したり、教室の二方向のドアと窓をあけて換気したり、手洗い・マスクの着用を励行する等、「三密」にならないような環境作りが求められる。一刻も早い推薦、AOに関する大学からの情報が待たれる。

四月二十七日（月）

緊急事態宣言が出てから三週間が経とうとしている。今週は、学年会と幹部会。そして初めての試みとなる教科長、学年主任の合同会を実施する予定だ。休校の継続や再開、休校中の授業の補填等、さまざまなケースを想定して取り組まなければならないことが多いため、学年と教科のコンセンサスは必要不可欠である。昨日、八月に開催予定だった全国高校総合体育大会の中止が決まった。本校でもサッカー部、バスケットボール部、水泳部等、出場を目指していた部員が数多くいる。特に、スポーツ推薦で大学を目指していた高三生の気持ちを考えるといたたまれない。思えば、新高三生は、大学の入試改革における騒動に振り回され、そして今回のコロナによる休校と、ついてないの一言ではすまされない混乱が続いている。本人たちは何も悪くないのに理不尽な状況に振り回されている。今はとにかく、希望を失わずそれぞれの目的に向かってがんばってほしい、という言葉しかない。

ピンチはチャンス！　がんばれ、高三生!!

V章　添う

お葬式ができるって、ありがたいね。

葬儀社スタッフ

❖**赤城啓昭／四五歳／東京都**

遺族にコロナウイルス対応のマニュアルの書面を読み上げる。家族でも火葬に立ち会えないと伝えると、電話の向こうで沈黙が……。

4月8日（水）

「父がコロナウイルスで亡くなったかもしれないのですが」

朝礼後、入念に式場のイスやドアノブをアルコール消毒して、事務所に戻って初めて取った電話で、Aさんと名乗る遺族はそう話し始めた。

葬儀社に勤めて20年以上経つが、訃報の連絡を受ける時はいつも緊張する。でも「この度はご愁傷様でございます」という決まり文句まで、うわずってしまったのは今回が初めてだ。

朝礼で受け取ったばかりの「コロナウイルス対応マニュアル」と表紙に書かれた書類を慌ててめくる。

「それは、確定なんでしょうか？」

「いいえ、肺炎で亡くなったので、一応病院で検査してもらっています。結果はもうすぐ出るそうです。こちらに向かう親戚のために、まずお葬式の日取りだけ決めたいのですが」

「もしコロナウイルスだった場合……」すこし間を開けて書類の文章を読み上げた。

「お通夜お葬式はできません。場合によっては今日、火葬することになるかもしれません。病院で消毒した後、専用のビニール製の袋に、お父様のお体を収める必要があります。その後、面会はできません。火葬にも立ち会えません」

予想通り、電話の向こうでしばらく沈黙があった。

「家族であっても……ですか」

「はい。残念ですが」


厚生労働省の、コロナウイルスで亡くなった場合のガイドラインは、「意外にも」と言っては失礼だが、遺族感情に配慮したものになっている。しかし実務上は感染防止が最優先で、都内の火葬場の通達の内容は厳しく、遺族感情に配慮しているとは言いがたい。我々葬儀社の人間は、火葬場の指示に従うしかない。

車に白い防護服を積み込んで、ひとまずAさんのいる病院に向う。車中で、ざっと防護服のマニュアルに目を通す。これまでパニック映画の中でしか見たことがないものだ。もしコロナウイルスだった場合、これを着なければならない。

世間ではテレワークだ、自粛だと言われているが葬儀屋さんには関係ない。自分の大切な人が、いつ、どんな亡骸になってしまうのかは、誰にも分からない。

我々はそんな状況で遺族に寄り添いつつ力を尽くすしかない。

霊安室の隣の控室で会ったAさんは、背の高いまじめそうな中年の紳士だった。私が名乗ると少し安心した表情を見せた。

「こういうの初めてなので……」とすまなさそうに言う。

（ええ、私も伝染病のケースは初めてなんです）と心の中で思ったが、そんな不安は悟られてはいけない。仮にコロナウイルスでなくても、肉親を亡くした遺族は、不安な気持ちで一杯なのだ。まずは安心させることだ。

状況のヒヤリングが終わった頃に、ノックの音がして看護士の女性が顔を出し、Aさんを室外に連れ出した。これから担当医の説明があるらしい。

Aさんが席を外している間に、火葬場に連絡を入れる。コロナウイルスの場合、特定の火葬場で、特定の時間しか、使ってはいけないと通達が出ている。その火葬場は結構遠い場所にある。火葬炉は空いていた。これからのタイムスケジュールを手帳に書きこんでいく。

コロナウイルスの場合、特例として24時間以内の火葬が可能だ。火葬するにはすぐに死亡診断書を役所に提出して火葬許可書をもらわなければいけない。

ちなみにこの火葬許可書には「一類感染症等」と「その他」の表記があり、どちらかに○をする必要がある。今回初めて「一類感染症等」に○をすることになるかもしれない。

この手続きを同僚に任せて、自分は現場対応すればぎりぎり今日の火葬はできる。できることなら明日の火葬にしたいが、故人の安置場所が問題になる。本来なら葬儀社の霊安室か、火葬場の安置スペースが選択肢だが、コロナウイルスだとそれはできない。結局病院に一晩安置させてもらうしかないが、果たして病院がそれを認めてくれるかどうか……。

ああでもない、こうでもない、考えているうちに、ドアが開いた。

結果は、Aさんの表情で分かった。

「ただの肺炎だったみたいです」

「あぁ……それは良かったです。じゃ、お葬式の日にち決めましょうか」

お互いニコニコしながら、打合せを始めた。後で考えると、不謹慎な話だが。

4月12日（日）

結局お通夜はしないでお葬式だけを行う、いわゆる「一日葬」になった。故人がコロナウイルスではなかったといっても、お葬式で参列者から感染する危険性がある。高齢者は死亡率が高く、お葬式には高齢者が集まる。できるだけ集まる時間は短くしたほうが良いだろうという判断だ。ちなみに関東ではお通夜に大皿料理をみんなで食べる習慣があるのだが、これも感染リスクを高めるということで行われなくなっている。

さらに一般の参列者はお断りし、親族だけを招いた。高齢者の親族の参列も、できるだけ辞退して欲しいと伝えたので、大体10名くらいの規模になった。

式場の準備は、まずイスを離して並べるところから始める。念のためイスとイスの間は1・5mほど空けた。家族葬用の小式場とはいえ、10名の参列者は少ない。しかしそれでも式場の空間をいっぱいに使うことになった。

イスやドアは当然のことながら、記帳用のボールペンまでアルコール消毒をした。換気を良くするために、窓をすこし開けておく。暖房を少し強めに効かせて、膝掛けを多目に用意した。

マスクをしているお坊さんの声をちゃんと拾えるように、普段は卓上マイクを使用するところを、スタンドマイクにして、寺院席の近くに設置した。

マスクを着けた遺族がぽつぽつと到着するたびに、アナウンスする。

「マスクを着けたままの参列は不作法だと思われるかもしれませんが、いまは非常事態です。ずっと着けたままにしておいてください」

今回のお葬式の新しい試みは2つ。

お棺に副葬品として入れたいものを尋ねた時、「筆」という答えが返ってきた。俳句が趣味で俳号もお持ちだったらしい。そこで和紙でできたコピー用紙を、前日文房具屋で購入し、生前詠まれた俳句を1枚1枚に印刷した。葬儀屋さんはお葬式の表記を作るために、きれいな毛筆の書体を出力できるパソコンのソフトを持っている。最終的には30枚ほどになった。それを式場内にずらっと並べる。

なかなか良い感じだ。

もう一つの試みは、大事をとって参列を取りやめた故人の妹さんのために、お葬式の中継を行うことだ。妹さんのお孫さんの協力を仰いで、AppleのFaceTimeというテレビ電話のアプリケーションソフトを使うことにした。iPhoneを固定するためのスマホ用三脚を前日Amazonで購入しておいた。

式場側の機材はiPhoneだが、視力の良くない妹さん側はiPadを使用したようだ。

これもうまくいった。

後で聞いた話だが、私が式中、故人の俳句を読み上げた時は、涙ぐんでいらっしゃったらしい。最後、棺にお花を入れ終わった後、遺族の承諾を得て、iPhoneを故人の顔に近づけた。iPadの液晶画面には、ピンクと黄色の花に囲まれた、故人の安らかな顔が写っていたはずだ。

火葬場で拾骨が終わり解散というときにAさんが言った。

「お葬式ができるって、ありがたいね」

「そうですね、もしコロナウイルスだったら、こうやってお見送りすることなんて、できなかったですもんね」

4月20日（月）

Aさんから御礼の手紙が届いた。桜色の和紙の便箋には、良いお葬式をありがとう、と書かれていた。

おそらく一周忌の頃には、あんなこともあったね、と笑いながら話せるようになるだろう。

Aさんの電話番号を、来年のGoogleカレンダーに入力した。

馬の調教師

❖**山田質／四四歳／東京都**
コロナの影響で競馬もついに無観客に。調教の仕事は続くが、新人ジョッキーのデビューに観客が入らないのはやはり寂しいもの。

四月八日　緊急事態宣言後二日目

緊急事態宣言発生後、初仕事。

スタッフとその日の馬の様子をみて、どのような調教メニューにするか相談し、騎乗するスタッフやジョッキーに指示するのが調教師の主な仕事です。いつも通り朝の3時30分に起き、厩舎に顔を出しそれから調教馬場に向かいました。

4時からのニュースをみても、昨日出た緊急事態宣言で世の中がどうなるか?との話題。他の調教師の方々と顔を合わせても、この先どうなるんだろう?との話題。

スタッフとも今後、仕事にどう影響するかなんともだが、自分達の出来る手洗い、うがい、不要不急の外出控えようと改めて話しました。

来週月曜日から始まる川崎開催出走予定の日程が9時に発表されるのですが、この日も通常通り発表されました。

オーナーさんへ競馬出走予定をお伝えしたとき、競馬はやるよね？との問い合わせがありましたが、現段階では無観客以外は何も聞いてないのでとしか答えられませんでした。

夜、通常通り大井競馬が開催されていたので、緊急事態宣言発生後も南関東の競馬は、現時点では今まで通り無観客で開催されました。

四月十日　緊急事態宣言後四日目

今日もいつも通り朝の調教。

競馬が近い馬が多いので、本番に向けてスピードの速い調教（追い切り）をしたりと、いつも以上に緊張感のある調教でした。

来週月曜日から川崎開催が始まるので、前週金曜日の10時から必ずおこなわれる、主催者と調教師が出席する訓示がある予定ですが、新型コロナウィルスの影響で、連絡事項は紙面のみ、個々のポストに入れておくという形で中止になりました。

こういう形でも、新型コロナウィルスの影響が……。

四月十二日　緊急事態宣言後六日目

今日もいつも通りの朝の調教。

明日からの川崎開催に向け、馬も人も気合いの入った朝の仕事でした。競馬前日、オーナーさんに出走予定馬の競馬新聞をファックスや写メで送るのですが、明日からの川崎開催から競馬新聞発行社が、紙面での新聞発売を中止するとのこと。

競馬場は無観客でやっており、場外馬券場も閉まってる状況で、馬券発売はネットのみになっている現状では、新聞印刷しても売れ行きが良くないということです。ネット新聞は継続しているので、調教師会事務所にそれをコピーしてくれたのを、オーナーさんに送ることが出来ました。身近な存在に感じている新聞会社にも、新型コロナウィルスの影響があり、驚きです。

四月十三日　川崎競馬開催初日

先週火曜日に出された緊急事態宣言後初の地元開催、川崎競馬がスタート。

川崎開催前に神社に競馬安全をお詣りし、社務所にて清めの砂を授かるのがいつものパターンですが、お詣り出来ても社務所が開いていませんでした。川崎競馬、4月の開催から例年通りスパーキングナイターで本日よりナイター競馬でスタートしましたが、例年通りでないのは先月に続き無観客での開催ということです。先月までは昼間競馬だったので特に気になりませんでしたが、ナイター開催でパドックから場内の方に目を向けると、照明を最低限にとどめており、明らかに薄暗い場内で、寂しさを感じます。この時期は新人ジョッキーがデビューする時期で、川崎競馬場からも2名の新人ジョッキーが本日デビューしましたが、無観客なので、新人ジョッキーにとっては、晴れのデビューの日にお客さんが居ない状況なのは、何とも寂しいですね。

本日自分の厩舎から2頭がレースに出走しました。そのうちの1頭のオーナーさんは、初めて自厩舎に預けてくれ、競馬出走時の生観戦が楽しみと預けてくれた時から話されていましたが、この状況でそれも叶わず、テレビでの応援になってしまいました。ただ、こういう状況の中でも競馬開催してくれるのは、ありがたい限りなので、1日も早く新型コロナウィルスが終息し、当たり前の光景を当たり前に過ごせる世の中になってくれればと思います。

四月十四日　川崎競馬開催二日目

緊急事態宣言から1週間経ちましたが、今日も朝の仕事をこなして午後からのレースに合わせて川崎競馬場へ。競馬場へ着いたあと、新型コロナウィルスに関わる募金として、今開催は調教馬1出走につき500円の寄付を考えていると話があり、賛同させてもらいました。1レースに出走したあと、8レースまで時間があったので、競馬場周辺を散歩へ。

川崎競馬場に隣接している商業施設の僅かなスペースから競馬場のコースが覗けるスポットがあり、散歩途中にそこへ寄ってみると、15人前後の方々が、そこから生の馬の走りを観戦してました。1日も早く、場内にお客さんが入れる状況になって欲しいものです。

四月十五日　川崎競馬開催三日目

この日もいつも通り仕事し、午後からのレースに合わせて川崎競馬場へ。毎年五月中旬に札幌競馬場でおこなわれる2歳馬によるトレーニングセール（馬にスピード出す走りをさせ、調教師やオーナーさんが馬を買うかを決めるセリ）が、今年は新型コロナウィルスの影響で中止になったと情報が入りました。改めて新型コロナウィルスの影響を感じました。

今日もレースの間に時間があったので、歩いて川崎駅方面にある銀行へ行きました。平日の夕方、いつもなら人通りの多い通りも閑散としており、途中にある飲食店やスポーツジムにも、時短営業の知らせや5月6日までの営業自粛の張り紙が目立ちました。早く今まで通りの世の中が復活してくれればいいのですが。

四月十六日　川崎競馬開催四日目

いつもの通り朝の仕事が終わり、出走に合わせて川崎競馬場へ。僕らが臨場してる関係者ゾーンも、今開催から取材の方々が少なくなっています。また、取材も今まではあまり場所を制限されてなかったですが、場所も制限されていたり、ジョッキーは普段、主催者が用意したタクシーで競馬場入りするんですが、今までは乗り合わせだったのが1人1台になっており、改めて色々なところに新型コロナウィルスの影響があるなと思いました。

四月十七日　川崎競馬開催最終日

今日も通常の仕事を終えて、レースに合わせて競馬場へ。この日、自分の厩舎から競走馬としてデビュー戦を迎える仔がおり、オーナーさんも来場はされましたが、今開催は来場出来ても、普段は入れる僕らのゾーンやパドックなどには一切出入り禁止になっています。レース前のジョッキーとオーナーさんとの作戦会議や、レースの回顧など出来ず、仕方ないことですが、そういった楽しみも新型コロナウィルスの影響で奪われています。最終レースの馬が走り終え、今開催を無事に終えました。競馬中、無観客なのでナイター競馬特有の照明は感じられず、全体的にオーナーさんの来場もかなり少なくて、色々な意味で寂しく感じました。競馬が出来るのは本当にありがたいですが、やはりお客さんがいて場内が盛り上がってくれる中での競馬が最高だと感じました。

四月二十一日

今日も仕事。

今日は自分の厩舎では今年初の2歳馬が北海道から無事到着しました。例年ならこの時期は月に一度は北海道へ行き、2歳馬の状況を確認していつこちらに持って来るかなどを牧場の方と話したりするのですが、今年はこの状況なので、2月の中頃に一度北海道へ行っただけで、後は牧場の方と電話で連絡を取り合い、入厩時期を決めました。午後には2歳馬のオーナーさんが、馬を見に来厩されました。その方は目黒区内でマンション賃貸をしているのですが、ちょうど厩舎に来ているときに、飲食関係の仕事をしている住人から電話が。

その方は20代後半の女性らしいのですが、「仕事がなく収入が減ったので家賃を下げてくれ」とお願いされたそうで、今までより更に身近に新型コロナウィルスの影響を感じました。

四月二十四日

今日も通常通り仕事を終え、明日が休みなので昼休憩の時間、買い物に行きました。車の通りは相変わらず少なく感じます。

午後、調教師会のLINEで、先日の寄付金を川崎市に寄付してきたと報告がありました。神奈川県調教師会からは管理馬1走につき500円、神奈川県騎手会からは1騎乗につき500円、厩舎で働いている厩務員さんからなる神奈川県愛馬会からは1人500円出し、合計46万500円を川崎市に寄付してきたということです。

新型コロナウィルス感染防止策に、役に立って欲しいですね。

水族館職員

❖浅川弘／四九歳／静岡県
休館になっても生き物の生活は続く。ショーがなくなりイルカは暇そう。夏が来る前に収束することを願い、将来に思いを馳せる。

4月7日（火）

この日、娘は中学校の入学式、息子は小学校の始業式で、規模は縮小されたものの、無事行われた。しかし、7都府県に緊急事態宣言が発出されることが発表され、翌日からの休校が決定した。3月2日から新型コロナの影響で休校となっており、既に自宅待機に飽き始めていた子供達は、4月からの学校生活を楽しみにしていたのは明らかだったので、可哀そうに思ったが仕方がない。

私はというと、勤めている下田海中水族館が4月11日からの休館を決めたことで、スッキリとした気持ちでいた。

昨日まではどのように安全を確保しながら営業を続け、新コロナで潰されてしまった春休みの集客を、GWと夏休みでいかに挽回するかを考えていた。

この3年間、水族館の入場者数は毎年前年を超えていて、一生懸命に取り組んできた施策が流れに乗った感触を得ていた私には、ここでその流れを断ち切らせまいという苛立ちがあったのだが、休館という決定がされたことで気持ちの整理が付いた。

もう一度やり直し、仕切り直しだと、気持ちは切り替わった。

そんな折、伊豆半島内では初となる感染者が、隣町である松崎町で発表された。

明らかに昨日までと違う状況下に置かれたと、感じざる得ない日となった。

4月8日（水）

朝から管理職が集められ、各課の休館中の業務に必要な人数と仕事内容の洗い出しが行われた。休館の決定により、雇用調整による休業が必要となるからだ。

下田海中水族館は藤田観光グループに属する。パート従業員も含め、通常の賃金が支払われるよう既に通達が来ていた。とりあえず従業員が皆、生活への不安を最小限に抑えられる。改めて良い会社だと思った。

休館中の出勤体制については、総務課と営業課は問題もなくすんなり決めることが出来たが、多くの生き物の命を預かる飼育課はそうはいかない。

飼育課は、魚類とイルカやアシカといった海獣に担当分けされている。魚類担当の仕事の多くは日頃目立たないが、催し物の有無に関係の無い仕事が多いので、休館だからといって単純に人を減らすことが出来ない。例えば展示水槽は、観覧する人が居ないからといって掃除をしないわけにはいかない。手を抜いた挙句、大掛かりな清掃が必要となってしまい、生物の移動なども必要となるなど、飼育生物に余計な負荷をかけてしまうからだ。

海獣担当の場合は、日頃ショーや催し物が多いこともあり、日常の業務は減る。しかし長期の休館となると、動物達をずっと休ませておくわけにはいかない。動物達が運動不足になるからだ。

ショーは、その動物の持つ能力を短時間で楽しく学んでいただける優れた展示方法の一つとして行われている。一日に何度もジャンプをしたり高速で泳いだりさせるのだが、これが運動不足の解消に一役買っている側面がある。運動不足は動物のストレスにもなるため、動物の健康維持には適度なショーや調教は欠かせない。調教はショーの為だけでなく、例えば治療が必要となった場合には、動物と人の双方の負担を減らすことが出来るなど、とても有益なことが多いので、必要不可欠なのだ。

飼育スタッフは、日頃から生き物の命を預かっているという意識が高く、これらの業務を減らすことは嫌うし、私も譲ってはいけない部分だと指導してきた。

会社もそのことは充分に理解していて、飼育課の主張した適正な人数を、必要人数としてもらえた。

そんな中、昨日に続いて、もう一つの隣町である南伊豆町での感染者が出た。近隣から2日連続で感染者が出たことになる。南伊豆町は前日の松崎町よりも生活圏が下田市と密接だ。万が一、飼育課内で感染者が出たりすれば生き物達の飼育が立ち行かなくなる。他の職員で一時的に代用しても、飼育員のように、些細な変化は気付けないだろう。

誰が見ても体調不良が分かるような状態のときは、既に重篤なことが多い。経験が必要な仕事なだけに、担当者の代わりはいない。

4月11日（土）

今日から休館となった。

私は古巣の飼育課の手伝いで、餌を切ったり給餌に行ったりと、久しぶりの飼育の仕事は楽しかった。

ショーやふれあいプログラムの無くなった水族館の中で、イルカ達はのんびりというより、とても暇そうに見えた。

お客様の歓声の中、イルカ達が元気よく飛び回る日常に、いつ頃戻るのだろう。一向に出口の明かりが見えてこないトンネルの中にいる感じだ。小さくてもいい、何かしらの明かりが欲しい日々が続いている。

4月17日（金）

前日に緊急事態宣言が全国へ拡大されるニュースが流れた。

4月30日までの休館としているが、この状況では、少なくとも緊急事態宣言が終了する5月6日、またはそれ以上の延期もあるかもしれないが、今は再開を急がない方が良さそうに思う。最悪の状況は「夏になっても、観光客を迎えられる状況にない」ことだ。もしそんなことになろうものなら、今年に留まらず、このエリアの将来に大きな打撃となることは誰もが想像するところで、それだけは避けたい。

4月21日（火）

5月31日までの休館延期が決まった。

予定していた5月の企画展示は当然中止となったのだが、それ以降の企画展や特別展示について、飼育員の間で少々混乱が出始めていた。

企画展や特別展は、その為の生物を収集したり解説板を作るなど、なかなかの労力が要る。先が見えない中、取り掛かるべきなのか？ということのようだ。

現状は先の予測は困難で、日々の状況の変化を見ながら判断していくしかない。再開を予定している6月1日に向けて進むよう話をした。

但し、世間の雰囲気も含め、以前とは状況が違う。計画にとらわれず、内容や発信の狙いを今一度見直し、吟味したうえで実施しようということになった。

展示計画も仕切り直しが必要となった。

7都府県に緊急事態宣言が発出され、更に全国に拡大されてからは、当館だけでなくエリア内の同業者、ホテル、そして道の駅までもが休業を決め、既に休業していた施設も期日が延期された。観光地の伊豆に、遊べる施設は無くなったと言っていい状況だ。

更に、無料開放されている駐車場にはバリケードが設置され始めた。この状況下でも他県、特に関東のナンバーを付けた車が珍しくない現状では仕方のないことなのだが、普段当館をご利用いただくお客様の多くは、その関東エリアに住む方々だ。

普段は来て欲しいと思っている方々に対し、このような対応をしなければならない事態に、どこか残念な気持ちになった。

22時過ぎに、友人から送られてきたラインを見て驚いた。「下田でコロナが出たらしいですね」と書かれている。一緒にお店に張られたお知らせの張り紙の写真も送られてきた。

これはデマではなさそうだ。

4月22日（水）

この日は雇用調整の為、休業の日だ。学校に行けない子供達と家で過ごしながら、下田でのコロナの情報が気になる。午後になり、下田で感染者発生の発表があったが、市中感染の可能性が高いということが気になった。だとすれば、小さな町なのでウイルスを持った人が身近にいてもおかしくはない。

自分や家族への感染を防ぐことは勿論だが、会社のスタッフ、特に若い飼育員が気掛かりだ。根拠の無い「私はきっと大丈夫」という考えを持っていないだろうか？

若い飼育スタッフは皆、飼育員になる夢を追って他県から来ていて、一人暮らしをしている。送り出した親御さんも心配に違いない。

4月24日（金）

ニューヨークの動物園で無症状の飼育員を介し、トラが新型コロナウイルスに感染した記事が新聞に載っていた。もちろんこの出来事は知っていたが、改めて館長と再開後の生き物とのふれあいのあり方について、話をすることとなった。

下田海中水族館は、イルカをはじめ、生き物とのふれあいを求めて訪れるお客様が多い。日常では味わうことの出来ない体験となるので、特にGWや夏休みといった繁忙期は大人気だ。出来るだけ多くのお客様に体験いただき、多くの思い出を持ち帰って欲しいと思い、様々なプログラムを用意している。しかし、今の状況のままだとすれば、お客様と動物達を守る為に多くの制限を付けた上で実施するか、または中止せざる得ない。

再開出来たとしても、まだまだ出口の見えないトンネルの中に居るようで、今よりもこの先への不安は膨らんでいる。

教師

❖**アポロ（仮名）／二六歳／東京都**
担当科目は物理。在宅勤務を推奨されるも、個人情報を持ち出せないなどの理由から学校に出勤。オンラインでも生徒とやりとりする。

四月八日（水）緊急事態宣言二日目

緊急事態宣言が出た後だったけれど、一昨日に今日の通常出勤の連絡を受けて出勤した。職員会議があって、来週に予定されていた始業式と入学式が延期になるとわかった。新年度はいつになったら始まるのかな？　授業の開始はもちろん遅れ、授業数確保のため夏休みが大幅減に。いつもはこの休み中に帰省とか旅行ができるのに、お盆近くまで出勤かぁ。寝正月ならぬ寝夏休みになりそう。ただ、各行事が延期や中止になるし、細かな予定も頻繁に変わるから、年間の予定が定まらない。今後もしかしたら夏休みの概念もなくなるのかな。予定を組む担当の先生は毎日のように行事予定の改訂版を作っているから大変そう。

他の学校の話を聞くと、始業式と入学式を時間を分けて一日で行ったり、やっぱり入学式が中止になったり、いろんな状況になっているみたい。保護者がコロナウイルスにかかった学校では、出勤すらできない状況らしい。無事に学校が再開しても、誰かしら（教員も含め）がコロナウイルスに感染して、結局広がって、しばらく休校になっちゃうのかな。

私はまだ目先のことしか考えられないけれど、学校全体で動いていくべき文化祭も担当の先生任せになっている。他の学校の話も耳に入るけれど、学校全体に関わる運動会とか他の学校行事を若手の先生が主としてやっているのはどうなのかな……。こんな事態なんだから、全体の動きなら、管理職が方向性を打ち出してくれればいいのに。

まあ私は、とりあえずやれることだけ頑張ろう！

四月十日（金）

在宅勤務を推奨されているけれど、来週の頭に書類や休校中の課題を各家庭に郵送することになったので、その準備のため連日出勤。個人情報を持ち出せない上、在宅勤務ができるだけの環境整備ができていないため、今は学校に出勤せざるを得ない。時間があればその分良い課題を作れるけれど、家で作るのは難しいから、出勤時間よりも前に行き、完全退勤時間までの時間のほとんどを課題作成に充てた。ひとまず生徒がすぐに取り組める復習メインの課題のみ約一ヶ月分作り終えた。その課題をしっかりやりきるのに必要な生徒向けの解説はまだ一部しか仕上がっていない。

今一番心配なのは、受け持っている高校三年生。例年なら夏休みに講座を行なっているけれど、夏休みがほぼ無いので、今年は講座も中止だし、夏休みの課題も多く出せない。この子たちにどれだけやってあげられるのか、何か他の策はないのか、と悩みは尽きない。特に今年は、大学入試がこれまでのセンター試験から大学入学共通テストに変化するのに、それに対応するだけの生徒の能力を身に付けさせるための準備不足は否めない。おそらく塾も休みだろうから、生徒一人でできる学習は限られている。この休校中の過ごし方で、入試結果が左右されるんだと思うと不憫でならない。一人でできるなら学校は必要ないよな。本当に生徒たちは今頃どう過ごしているんだろう？

知り合いの教員の中にはYouTuberデビューという報告もあって、教育の在り方が大きく変化しているなと実感する。なんでも限定公開で授業風景をあげているらしい。その他にも、既にオンライン授業が始まっている学校や、報道番組でもやっているような会議や無料通話アプリで複数の教員とのやり取りなども始まっていたりするようだ。私の学校では特に話に出てきていないけれど、オンライン授業になるのかな？

例えば、自分の授業を撮った動画を配信し、授業としてカウントするために生徒から質問やレスポンスを必須として、学校再開後に動画の続きの内容から授業する、という形なら良いかもしれない。ただ、この場合は配信と生徒の視聴にはタイムラグができるため、出欠確認がうまくできない。しかも評価はどうするのだろうか。ただ、このご時世だし無料で利用できるサービスも増えているから、乗らない手はないのかも。

オンライン授業について調べてみると、教員はＰＣの前で授業を展開し、生徒はリアルタイムでタブレット端末で受講するというスタイルで、三月～四月分の授業の遅れを取り戻している学校もある。でも、私は、学校教育の一環としての授業としてカウントされるのは、どうなのだろうかと思う。ネット環境が整っていない家庭があるだろうから、何らかの形でサポートしてあげないと、教育の機会均等が成り立たない。紙面上にまとめて各家庭に配布するなど、個々のサポートがそれぞれ必要になるだろう。

この先学校が再開されオンライン授業から対面授業に戻るとすると、対面授業に加え、これまでのオンラインの使い勝手の良さから、例えば生徒や家庭からの要望で「行った学校の授業全てを動画配信してほしい」という意見が出てきそう。無理な話では無いかもしれないけれど、編集や配信など細かい作業が増え、負担が大きすぎて、できる気がしない。

例年のこの時期となれば、授業準備に加えて、クラブや委員会活動がさかんに行われ、学校行事の準備に追われている。特に運動部となると大会は毎週のようにある。これは個人的な考えだけれど、もしオンライン授業を実施するとするならば、学校が再開された後のことも考えてやっていかないと、それこそ本来の意味の〝overshoot〟になりえそう。

もちろんICT活用の有効性はわかる。もっと活用したら良いし、もっとやってみたいとも思う。でも、ただでさえ、普段から勤務時間前から閉門ぎりぎりまで仕事をして、それでも終わらずに休日出勤、自宅でプリント準備とかもしているのに。特に、今年度は、世界に目を向けて活動するという学校独自のプログラムが新たに始まるので、できることならこれまでと違うことは最低限しかやりたくない。あーやだなぁ。こんなこと考えずに済むように、早く学校が再開しないかなぁ。

四月十三日（月）緊急事態宣言から一週間経過

学校に出勤。各家庭に課題などを郵送した。なんだか一仕事を終えたようで、ほっとする。でも、まだ仕事は終わっていない。学校としての方向性が言われていない以上、動きようがないのかもしれないけれど、特に高校三年生が学校再開後に少しでも受験に向かえるように今自分ができることはしておきたいな。今日は、課題の解説や追加プリントの作成を家でやるつもりで、教材を持ち帰ってきた。ちょっとずつ在宅が増えるから、家で集中してできるようにしなきゃな。

四月十四日（火）

在宅勤務なので、教材を参考にプリントを作った。プリントを配信できれば良いけれど、配信は今のところできそうにない。全教員と全校生徒が利用している唯一のサービスが先週よりストップ。プリントなどは教員がそのサービスを使って配信し、生徒たちにはダウンロードやプリントアウトをしてもらう流れだったのに、そのアクセスができない状況がしばらく続いている。復旧するまで待つといっても何日かかるのかな……。配信ができないから（言い訳だけれど）自分の仕事が捗らなくて、途中途中お菓子を食べたり、ゲームをしたり、スーパーに行ったり。在宅勤務ってこんなもんなのかな？　みんなどうやって在宅勤務しているの？？

四月二十日（月）

今日は久しぶりの出勤。研修と会議があった。そろそろオンラインを進めようということで、WEB会議システムを利用することになりそう。来週にはそのシステムを用いてクラスの生徒たちと一斉にコンタクトを取ることができるみたい。今週はいくつかの出勤日を設けて学年を分散して、このシステムの試運転を始めることになった。使い方に慣れないけれど、生徒と一緒に少しずつ慣れていければ良いかな。パソコンのカメラ・マイク機能を使うみたいだから、不具合がなければ上手に使えるかも。授業に関する話はまだないけれど、今後このシステムを用いた授業が始まると想定して、ここでしっかり使い方をマスターしておきたい。今度、自分のタブレットとパソコンとスマホでやってみようかな。

四月二十三日（木）

この前のシステムを使って、生徒とやり取りが少しできた。生徒も初めてだったから、スムーズにいかなかったり、できないこともあったりしたけれど、副担任の先生や保護者の協力もあって何とかほぼ全員と顔を合わせることができた。これだけならできそうだなー。でも、時間に間に合うように生徒たちに言っても、参加するためのURLやIDを入手するのに不具合の多いサービスを使っているから、アクセス過多になって、全員が一斉に同時刻に参加は難しい。今はバラバラに参加していてもこちらで一人ひとりの参加確認がとれるけれど、オンライン授業だと、学年やクラス全員が参加するまで待たなきゃいけないのかな？　待ち時間のこととか出欠確認とかその他まだまだ壁はあるけれど、とりあえず一歩前進。来週から本格的に始まるからもう少しこのシステムについて調べて、効率的にできるように頑張りたいな。

美容師

❖**瀧澤友美子／三七歳／東京都**
美容師歴一七年の中で初めて二週間以上の休業生活、自宅で資格試験の勉強とカット練習に励む。見た目が変われば気持ちも変わる。

四月十日金曜日

緊急事態宣言前から、お客様からの問い合わせやキャンセルの連絡が相次いでいた。結局、休業要請の中に美容室は含まれない方向で決まった。直前までネットやニュースでは、いろんな意見が飛び交い、正直混乱してしまった。周りの美容室やお店では早い段階から休業を宣言するところも多く、自分の立ち位置について疑問をもつ。お店は、身体に影響の少ない次亜塩素酸系を使い手指と器具の消毒、加湿器、テラスの窓を大きく開放等の対策のもと、短縮営業で続けていくことになった。今後どうなっていくのかとても心配だけど、せめて少しでも明るい色の服を着て、お店に立とう。

四月十一日土曜日

検温やマスク着用、健康管理とできるだけ電車に乗る時間を減らすために最寄り駅から一駅歩いて通勤をしていること、自宅待機中の夫が毎日おにぎりを握ってもたせてくれることは、そろそろ習慣になってきている。今日は緊急事態宣言後、初めての週末だった。お客様は以前と比べてだいぶ少ないし、キャンセルされる方ももちろんいる。スタッフ五名のお店だけど、私も含め意識もだいぶ高くなってきていて、店内の消毒はかなり気を使うようになってきた。お一人お一人が安心していただけるように、予約の枠を減らして席の間をあけて、密集している状態にならないようにもする。まだ私自身にも今の状況に戸惑いがあるけれど、目の前のことに集中をしていこう。

四月十三日月曜日

スタッフの出勤を、最低限にするようになる。今日は、休みをとらせてもらった。友人の美容師にも連絡をとったところ、同じ短縮営業のお店と、スタッフは休ませてオーナーひとりで営業しているところ、自主的に休みにしている子もいたりと、様々だった。同世代はママ美容師も多いから、さらに大変になっていると思う。

四月十四日火曜日

毎朝やっている、ストレッチポールにのって深呼吸をしながらのストレッチ、シートマスク、リンパマッサージ……無意識にできるルーティンみたいなものがあるとすごく救われる。次にやるべきことに向かえる。もちろんこんな毎日ではないけれど、そんなに完璧じゃなくてもいいのではと自分に言い聞かせてみた日。

四月十五日水曜日

三日ぶりの出勤。先週まで営業していた吉祥寺の商店街のお店が、次々と休業し始めていた。人通りも少なく感じる。なんだか取り残された気持ちになった。先月から予定していた新しいトリートメントの講習会もキャンセルになっていた。今日はいつも通り出勤したが、予約の入っていたスタッフだけ残り、私は十三時に帰宅。家に帰ったら、実家から大量の野菜と手作りマスクが届いていた。

四月十六日木曜日

カットをしている最中はすごく楽しいし、いつも通り以上の期待に応えたいと思い仕事をしている。もともと人前に立つのが苦手な性格だったから、接客は最初すごく苦手意識があったけど、一人のかたとしっかり時間をもって対応できるこの仕事にどんどん夢中になっていた。お客様も少しずつ増えていき、もっとパーソナルな部分に近づきたく、勉強を始めていた矢先に、この状況になった。正直、もっと仕事をしたい！と思っていた時期だった。今の現状は、ご来店やお電話の際、お店に来ることをご家族が心配しているという話をよく聞く。仕方のないことだと思う。大切な人を思う気持ちは私も同じだから。今日は、お昼過ぎまで仕事をして十六時に帰宅。

四月十八日土曜日

このところの不安定な状況と健康と安全、休業中の補償などいろいろと決まり、来週から五月六日までお店が休みに入ることに決まった。気持ち的には、安心した部分と心配なところと半分ずつ。でも今は無理をせず、体調をととのえ、また再びお客様に会える日のために、充電をする。今日は、明日が公休日のため、臨時休業前最後の出勤になった。他の美容院が閉まっているからと、いつも来てくださっているお客様からご主人を紹介していただくという嬉しい出来事もあった。

四月二十二日水曜日

二週間以上の臨時休業、美容師歴十七年くらいの中で初めての生活。九年前にあった東日本大震災の時も思ったけど、私たちの仕事は、世の中が平和なうえで成り立っていると改めて思う。街から灯りが消えていた日々。またこんな気持ちになるとは思っていなかった。あの時と違うところは、今は人と人との接触を極力減らさなければいけないということ。休みの間は、外出自粛はもちろんのこと、今の状況になる前から取ろうと決めていた資格の勉強と自宅でのカット練習を中心に生活をすることにする。今日は映像カメラマンをしている夫が、今月初めての撮影に向かった。もともとイベント関係の仕事も多く、ほかの撮影もほとんどキャンセルが続いていた。帰ってきたら、感染予防のため、そのまますぐお風呂へ直行していた。

四月二十四日金曜日

臨時休業後、五月七日にお店は営業再開予定。だけど、今のこの状況とは長い目で付き合っていかなければならないだろう。本当の意味で前と同じに戻るまでは、まだまだ時間がかかると思う。焦っていても仕方がないから、見直すところはしっかり見直して、新しく更新できるところはしていく。またコツコツ始めていくだけだと思う。緊急事態宣言があけたあと、お客様もどうか髪を切りに来て欲しい。思うところは人それぞれだし、そう出来ない状況の人もいると思います。ただ、近所にある美容室とか、前髪のカットとか、できる限りでいいので。髪型を変えることのパワーはとても大きいと思っています。見た目ももちろんですが、やっぱり気持ちが変わるから。私たちも、皆様も、最善の工夫をして、この困難を乗り切っていきたい。私も、また皆様にお会いできるようにがんばろうと思う！

ピアノ講師

❖大峰真衣／三〇歳／千葉県
フリーランスのため普段は演奏をしたり、自宅で教えたり、教室で教えたり。緊急事態宣言後は完全休業、収入なし。貯金を切り崩す。

4月7日（火）

13時過ぎにもらった本部からの電話で、5月6日までの完全休業が決まった。電話の向こうには仕事先のスタッフがいるにも関わらず、素で変な声が出た。

つい1週間前、コロナの影響で4月半ばまで音楽教室のレッスンを休講にする連絡を受け、日々の生活で疲弊し切っていた私は、不謹慎ながら大層喜んだ。ゲームができる。本が読める。2週間、堂々と仕事もせず家に引きこもっていて良いなんて、なんと素晴らしいことか。収入は半分になるだろうか？　まぁ何とかなるだろう。

しかし、今度は休講期間が1ヶ月に延びたという。演奏の仕事も全部飛んだ。つまり、4月分の収入はゼロ。しばらくは貯金を切り崩して……節約して……その間に還付金さえ振り込まれれば……それでも足りなかったらどうしよう。

豊かで安全なはずの日本にいて、この青天の霹靂を誰が予測できただろう。いきなり目の前の仕事と報酬を失ったのは、私だけではないはず。果たして、貯金で賄える間に収束するのだろうか。

それなのに。

年金納付書だけは当たり前にやってきた。

〝例年通りですけど、何か？〟みたいな澄まし顔しやがって。

私は忌々しい封筒を部屋にぶん投げ、とりあえず、寝た。

4月8日（水）

暖かそうな陽気に誘われて窓を開けると、気持ちの良い風が入ってきた。起きたのはだいぶ日が高くなってからだったが、それでもとても清々しい気分だ。せっかくなので、誰に会うでもないのに気合いの入った化粧とおしゃれをして、近所の散歩に出かけた。

家を出てすぐ、近所の学校の制服を着た女の子とフォーマルなベージュのワンピースを着た女性が、目先の道を横切った。どちらもマスクをしている。例年通りとは行かないだろうが、何らかの形で入学式が行われたであろうことは見て取れた。

そういえば、母校の大学の入学式が4月1日に予定されていたようなことを、新年度から後輩になる教え子が教えてくれたが、果たして本当に行われたのだろうか。コロナの影響でレッスンがなくなり、その子とも顔を合わせなくなって久しい。新生活をこんな状況下で迎えて、期待より不安が勝っているだろうに、私はそんな教え子の話を聞いてやることもできない。入学祝いに渡そうと思っていたプレゼントはまだ手元にある。いつも通りレッスンが続いていれば、まさに今日渡すはずだったものだ。

彼女だけじゃない。幼稚園から小学校へ上がった子もいる。中学校へ上がった子もいる。だけど私は、大事な生徒たちの人生の節目に〝おめでとう〟の一言が伝えられずにいる。

葉桜に残った白い花びらがちらちらとアスファルトの道路に舞う。

みんな、元気にしているだろうか。

4月11日（土）

完全休業して、もう10日が経つ。

仕事で溜まった疲れが抜け、人間らしい生で健全な自律神経と精神の安定を取り戻してくると、まともにピアノに触れていない自分に段々と嫌気が差してきた。

1年半前、安定的な収入源としてピアノ講師として働き出すと同時に、パートナーと同棲するために実家を出た。だが収入も貯金も雀の涙だった当時の私には、家賃の嵩む防音の部屋を借りてグランドピアノを置くだなんて、夢のまた夢。絶対にヘッドフォンを外さない約束で何とか許可の下りた電子ピアノを普通のアパートの1室に置くことで、その時は我慢した。それでも、電子ピアノとグランドピアノには、ポケベルと最新ＰＣくらいの差がある。だからたくさん仕事を入れて、練習は可能な限り仕事先のグランドピアノですることにしていた。

まさかその命綱が、全てコロナに奪われようとは。

休業中で時間だけは膨大にあるから、一応自宅の電子ピアノには向かう。しかし、1日に何時間も電子ピアノを触っていれば、無意識に電子ピアノのための弾き方に変わってしまう。それでいざグランドピアノを弾いたら調子が狂っていたなんてことは、既に経験済みだ。その変な癖を抜くのにかかる手間を思うと、今はレパートリーを楽曲分析し直したり、新曲の譜読みをするくらいに留めておいた方がずっとマシだった。

しかし本当のプロならば、1日中練習していられるこの期間にこそ、誰よりも努力し、より高みを目指して自分の技に磨きをかけるものだ。少なくとも私はそう思うし、そうありたいと思って生きてきた。だが、今の私の有様はなんだ。こんなことをしているうちに、きっと他の音楽家たちはどんどん腕を上げて、事態収束と共にばんばん演奏会を開くはずだ。その中で、私は取り残される。憧れの音楽家とは一層差が開き、今まで無関心だった相手にも抜かされて、私だけが腕を落として置いていかれるのだろう。ありえない。そんな自分は、許せない。

我慢できずに、母に連絡を取った。

「グランドピアノ弾きに行ってもいいですか」

これまでウイルスを持ち込まないようにと県を跨いだ先の実家は頼らずにいたけれど、もう限界だった。

返事は早かった。

「気にしなくて大丈夫だから、いつでもおいで。車で迎えにいくよ」

断られるだろうと思っていたが意外にもあっさりと受け入れられ、母に私の心境を見透かされた気がした。とても救われた。

〝ありがとうございます〟とメッセージを打ちながら、私は固く誓った。

絶対に防音の家に住めるくらい稼いで、自宅にグランドピアノを入れてやる、と。

4月14日（火）

今日、留学中にお世話になった教授に連絡した。感染が欧州に拡大してから、ずっと気掛かりだった。

「連絡ありがとう。幸い、僕も家族も元気です。でも、9月までの僕の演奏会や企画は全て中止になりました。……」

いま音楽家が置かれている状況は、どこも同じか。欧州の方が、状況としては日本よりも厳しいだろう。健康で過ごしてねという結びの句を眺め、遥かドイツの師匠を思った。

日本でも感染が広がった頃から、演奏会やライブが真っ先に自粛対象となった。

確かに、私たちが活動を休止した所で誰も死なない。医療のように全ての人間が生活に必要とする職でもない。有事の際にはまず排除されて当然。大勢の人命を守る為にはそれが正義。

その〝大勢〟の中に勘定されない私たちは、お前たちの仕事は重要でも急ぎでもないことと公で高らかに宣言されて、仮に誰か生活に困ろうが、長々とした文章で頑張ってねとだけ声明を出されて、おしまい。だって本当に、なくても社会は困らないから。

でも。

生活に困ってもフリーランスには対象外の補助制度。自己責任で選んだのだから嫌なら会社員になれ、なんて言われるのは日常茶飯事。偉い人の中にさえフリーターと混同している人がいる始末。来る日も来る日も大切に磨き続けて来た宝物を、いきなり取り上げられ、フォローするどころか無残に打ち捨て、口先では頑張れと言いながら、ギリギリと踏みにじり続けられるような感覚が拭えない。頑張るって、何を？　誇りを汚され続けることをか？

不要不急。

不要不急。

不要不急。

本当は分かっている。芸術が、平和でなければ存在できないことくらい。裕福な国か、文化を手厚く保護する国でもない限り、芸術家が淘汰されて行くということも。

だからこそ、むくむくと湧いたくせに怒りにも悲しみにもなれず、ただひたすらに屈辱的な色を湛えたこの感情を、私はどうしたらいいのかずっと分からずにいる。

この国では、フリーランスはまだまだ弱い。

4月15日（水）

自宅のトイレが詰まった。犯人は私だ。

様々な解消法を試したが、その甲斐虚しく水面は上昇し続け、とうとう溢れた。あわや業者案件かと思ったが、結局スッポンを買ったら解決した。同居の彼は始終笑っていて、2人で使っているから片方のせいじゃないよと、一緒に掃除してくれた。全て元通りにして、私たちはこのスッポンに〝グングニル〟と名付けた。

手作りお菓子で一息ついて、美味しいねと話す。

ベランダで洗濯物が揺れている。

ふと、この人と家にこもって過ごす柔らかな時間が、とてもとても大切なものに感じられた。いま隣にいるこの人は、私が仕事のストレスで荒れ狂っても、今日のようにトイレを大惨事にしても、変わらず笑顔で穏やかな家庭を作ってくれる人。両手を失えばピアノは弾けなくなるが、この人は変わらずそばに居てくれるのだろう。この人となら、苦しい時でもずっと笑っていられる。この人となら。

4月21日（火）

もう、何もしたくない。

ここ1週間ほど、ニュースを見て、厚生労働省公式HPを見て、SNSを見て、コロナの情報を精査しながら集めているが、随分前から医療関係者だけでなく、全員が全員、困窮していてどこにも救いがない。自分の職業について、最初の頃は国からの扱いが理不尽だとずっと思い込んでいたが、いまとなっては理不尽に追い詰められていない人なんかいない状況である。

完全休業できるだけ私は幸せだ。本当は、今でも経済や医療や社会を支えるために働いている人に感謝して、慎ましく過ごさなければならない。けれど、引きこもれば引きこもるほど自己中心的になっていく感覚がある。頭に浮かぶのは、自分の不安ばかりだ。

緊急事態宣言延長の有無。来月の払い込み。給付金やら補償やら。情報を調べるのも、他人の気持ちを知るのも、自分で思考するのも、感情を隠すのも表すのも、家事も呼吸も、全部疲れた。私なんか、何もしていないのに。

現実逃避をするかのように、20年近く昔のポリゴンの粗いゲームをダウンロードした。主人公たちは運命と戦いに旅立ったが、私は家で布団に包まっている。考えるだけ考えて、何もしないうちに全てが嫌になった。社会も、それに甘んじる自分も。

延長がなければ、あと2週間弱で緊急事態宣言が解ける。

社会が元に戻った時、私はちゃんと人間に戻れるだろうか。

元の生活に戻りたいような、幾分、戻りたくない気持ちの方が大きくなってきてしまったように思う。

4月24日（金）

子供たちはどうしているだろう。

急に、以前考えていたオンラインレッスンのことを思い出した。ＬＩＮＥなどのテレビ通話で、通常のレッスンとまでは行かなくても、家から出られない子供たちの気分転換を兼ねて、通話しながら普段の練習の仕方を少し見直したりできないかと思っていたのだ。それをすっかり忘れていた。何故？　ああ、実家に帰れずピアノに触れていないからか。

２週間前に数日弾きに帰って以来、事態の深刻化もあって実家へは帰っていない。ピアノが手元に無いだけでこんなに意気消沈して鬱々としてしまうなんて、近い将来自宅にグランドピアノを入れないと本当に自分の生死に関わって来そうだ。

オンラインレッスンだけなら、自宅の電子ピアノでも、最悪しゃべりだけでもできるだろう。ピアノがないからって自分勝手に落ち込んでいたせいで、こんなに生徒を待たせてしまった。音楽を少しでも支えにしてあげよう。支えにするその方法を教えるのも、私の仕事だ。とても小さなことだけれど、それが今の私にできること。

早速メールを送った。良い返事が来ますように。

客室乗務員

❖小田沙織（仮名）／二八歳／東京都
三月頃よりフライトが減ってゆき、四月の出勤は二日間のみ。同僚たちと情報交換しつつ、何があってもいいようにスキルアップを図る。

四月七日（火）

今月の仕事は二日間しかない。緊急事態宣言が出たこの日も休みであったため、最近のルーティンとなっている早朝のランニング、家事、読書や英語の勉強を行い、一日を終えた。

二月に乗務した中国便で防護服を着用している検疫官を初めて見たとき、コロナウイルスの恐ろしさを感じた。ただ日本国内ではそこまで感染が広がっていなかったため、どうせ日本ではすぐに収束するのであろうという気持ちでいた。今日の緊急事態宣言を受けて、いつ収束するのか定かでないことやオリンピックを控えて士気を高めていた職場がこれからどうなっていくのであろうかという不安を感じずにはいられなかった。

四月十六日（木）

明日は四月が始まって以降初めてのフライト。毎日、社内連絡用の掲示板を見て更新されている新しいフライト情報やサービス内容等の変更点を確認し、突然のシフト変更にも対応できるようにしているが、これまでこんなにも長くフライトしないことがあっただろうか。そのため今日は特に念入りにフライト準備を行った。また情報交換のために会社の同僚と電話をした。三月頃から日に日にフライト予定だったスケジュールが消えていき、月に数回のフライトとなってしまっている状況。ひっ迫している現状が伺えていることに二人して不安を覚えていた。同じように家事をしたり、テレビや動画を見たりして、家で過ごしているようだ。休みであるこの期間を利用し、何かしらのスキルアップを図り、転職活動も視野に入れておく必要があるのではないかという話になった。

四月十八日（土）

今日は約一ヶ月ぶりの仕事だった。久しぶりに電車を利用したが利用者の少なさに驚いた。客室乗務員は機内でマスクと手袋を着用しており、通常の機内サービスを変更し、お客様、また客室乗務員の感染防止のため、通常より接点を少なくした上で運行している。

便によっては客数が客室乗務員数を下回るような異常事態が起きているが、客室乗務員は保安要員として最低限の人数が必要となるため、客数によって客室乗務員を大幅に減らすことはできないのである。

乗務した便は沖縄線。乗客は百名以上。旅行、帰省やマイルを稼ぐためのマイル修行など目的は様々であるが、こんな状況にも関わらず百名以上の乗客がコロナ疎開として沖縄を訪れるということに驚愕した。ここからウイルスが蔓延していくのではないかと、少しばかり怖さを感じた。

同じフライトの若手クルーのひとりは、一人暮らしを始めたばかりで、切り詰めた生活をしていると言う。今後もコロナウイルスによる利用者数の減少が長く続いた場合、給料が減ってしまうことが予想される。家賃の支払いや日々の生活にも支障をきたしかねないと悩んでいた。またパイロットも月に数回のフライトしかないとのこと。客室乗務員と同様、日頃の生活が一変したようである。

四月二〇日（月）

今日が今月最後の仕事だった。今日も国内線の乗務、乗客は五十名以下であった。あるお客様から「仕事でどうしても飛行機を利用しなければならない。減便ばかりだから、この便が運航してくれていて本当に助かった」というお声をいただいた。

周りの友人からは、海外で航空会社のリストラや経営破綻が起こっている今、国内の航空会社でもリストラや倒産があり得るのではないかと心配されることがあった。当初はリストラや倒産は絶対に起き得ないであろうと思っていたが、コロナウイルスが長期化することが現実味を帯びてきた今、最悪の事態も起き得るのではないだろうかと大きな不安に駆られている。このような状況の中、一客室乗務員としてできることは大変小さなことではある。それでもお客様と身近に接することができる者として、コロナウイルスが収まった時に飛行機を利用したいと思っていただけるお客様が一人でも増えるよう最高のサービスを届けようと心に誓っている。

またあるお客様からは弊社が報道されている事柄について質問があった。他の職種でも同様なことが起こっているかと思うが、様々な報道がある中でその情報が事実であるのかを確認する必要がある。会社がリリースしている情報と一部のネットニュースなどでの報道やSNSで広まっている情報が、食い違っていることが多々あるように感じる。また社内で噂も広まりやすいため、なにが確実で信頼性のある情報であるのか、見極めなければならない。そして安易に噂を広めないことも大切なことかと思う。

四月二四日（金）

今日もテレビではコロナウイルスに関する報道ばかりである。今となっては長時間のフライトの疲労で足腰が痛くなる感覚や水分補給をすることすら忘れてしまうほどの忙しいフライトの日々が遠い昔のように感じる。感染拡大が一日でも早く収束し、楽しそうにガイドブックを広げて旅行計画を練っているお客様や、旅行帰りに訪れた場所についての思い出を振り返りながら教えてくださるお客様にまた会える日を切に願う。

介護士

◆いしあいひでひこ／五七歳／埼玉県
介護士の仕事はこんなときでも続く。医療介護関係者には優先的に検査を受けさせてほしいと願う。小説『ペスト』のＮＨＫ番組に泣く。

4月9日（木）

夕方、いきなりの強い雨の中、ワイパー全開、ライトもオン、ピーター・バラカンのラジオ聴きながら帰宅。家着いて間もなく原稿依頼を受けて、そのあとフロ入ってメシ食って、いまこれ書いてる。

おれの仕事は介護職、ホームヘルパーで、なので、こんな時でも仕事は続く。

事業所には厚労省や県からコロナ云々のメールが最近は毎日届く。まあ、要は注意してくださいってなことで、んなことわかってるけどさあ。あと、出来る限り業務は継続してねってことで、ライフラインだからな、それは当然。だけど、もし職員、あるいは職員の家族、あるいは訪問先の誰彼に感染と疑わしい事例が出た場合には強制的に該当職員は自宅待機になる可能性はあるし、したら、集約労働の最たるもの、利用者（福祉現場でのジャーゴン、一般的にはお客さん、だ）への対応は不可能になる。デイサービス、ショートステイなどは丸ごと閉鎖になる可能性はあるし、訪問介護（ホームヘルパーと云えばわかりやすいか）は基本1対1で、1人の利用者に対して1～2人しか対応出来る人間がいない場合も普通にあり、替えが利かない。簡単には。利用者及び家族の状況などを知り、介護内容（大雑把に云えば家事か身体介護か）を知り、更に利用者との相性というものもある。誰でも即日に代われるもんじゃない。その上、その利用者に入れる曜日、時間というものも決まっており、日時を動かせないケースも普通にある。デイサービスから戻ってきたのを受けてオムツ交換ともなれば、帰宅時間は限定的になるわけで。例えば。そう、スケジュール管理ってやつがメチャ大変。そこの辻褄を合わせて、時間的に都合のつくヘルパーを探して、更に介護内容次第では、入れるヘルパーも限られてくるし、更に相性までとなるとクリアすべき条件がありすぎる。それでもまあ、実際なんとかはなってんだから、なんとかはなるんだなあ（他人事の様な言い回し）。急に誰かが抜けちゃうみたいなことはあるわけでね。ヘルパーの体調不良もあれば、子供が熱出して、みたいのもあるし、更に突然辞める、なんてこともあった。けど、いつもなんとかはなってきた。なんとかはなっちゃうんだよなあ。だから、常に綱渡りみたいな面もあるが、渦中にいるとこれが案外馴れるというか、ほんとになんとかはなると経験的にわかるんで、その場では慌ててるけど、どうにかはしちゃう。その繰り返し。といってそこまで毎日張り詰めてるわけでもないけどね。

んで、ここんとこずっと思ってんのが、医療、介護関係の人間には優先的に検査受けさせてくんねえかなあってことで、そうじゃないとさあ、いつ自分が保菌者んなってるか、わかんないじゃん？　ねえ。でしょ？　その不安な状態のまま、現在の仕事を日々続けてくのはちょっと無理ある。無理というかモヤる。もやもや。毎日。まあ、検査をするのが必ずしも有効ではないのかも知んないけど、そこらへんは専門家の見解を俟ちたい、でもまあ、気分としてはプラスマイナスはっきりしたいよね。せめて一度ぐらいは。そうでないと、ＣＯＶＩＤ－19を利用者にうつす可能性を常に抱えつつ仕事してんのはつらいよ。おれには同居してる高齢の母親もいるしね。といって仕事に行かないわけにはいかないし。人と会って濃厚接触をするのがおれの仕事だしさ。

4月10日（金）

おれは普段は母親と二人暮らしだが、先週ぐらいから大学4年生（この秋に卒業予定）の甥っ子が来てる。

彼は原宿のピザ屋でバイトしてたが、店が余りにヒマになり、徐々にシフトは減り、バイトの出番はなくなったらしい。といって今は他の仕事もそうはなく、またステイホームという意味でもむやみに出たり入ったりするわけにもいかず、いまはこうして家にいる。いつもは埼玉のそこそこ奥の我が家ではなく、もうちょい都心よりの、大学により近い場所に一人住まい。ちなみに3人兄弟の彼の家族はアメリカ在住。おれの妹とその配偶者、彼は長男で、あと次男、三男。長男の彼だけ日本の大学へ来てる。
妹家族はケンタッキー州におり、この前ＬＩＮＥで妹と遣り取りしたが、町はロックダウン、レストランも閉まり、リモートワーク、授業はon-lineとのことだった。日本はロックダウンどころか、まだなんかゆるゆるだ。

4月11日（土）

今日は午前中に仕事が一件だけ。直行直帰。移動支援という名目の、簡単に言えば散歩の付き添い。しかしこの時期、どこも開いておらず寄れるところは唯一ＧＥＯのみ。あとは天気がいいんで適当に歩いたり、駅の改札前のベンチで休んだり。ＣＯＶＩＤ－19の影響はこんなとこにも出てる。

午後、Ｅテレで「１００分de名著」、カミュの『ペスト』回再放送を見る。暫く前にＮＨＫオンデマンドで朝メシ食いながらとか見てたが、その頃はまだ疫病は起きておらず、今回はＮＨＫは意図的な再放送、そしておれもそれに素直に乗っかる。けど、アルベール・カミュ、『異邦人』しか読んだことがない。若い時分に素通りしたことを今更ながら悔やむ。しかしこれはいい番組だった。情緒不安定なのもあり、無闇に泣きながら見てた。連帯。「人間がほんとうにシンプルになった時には実は神々しいんじゃないのかみたいな感動をここに覚える」と番組MC伊集院光。人生には意味がある。

4月18日（土）

今回、幸い、COVID-19は今のところ免れているが、もう10年ほど前、新型インフルエンザに我が家は襲われた。

アメリカから2年に1回、妹が甥っ子たち3人を連れて夏ぐらいにひと月くらい我が家で過ごすのだが、その時、甥っ子3人のうち、2人が新型インフルエンザと判明。するとすぐに保健所の人間が防護服着てうちに来た。そこからは1週間、自宅に隔離。おれとおれの両親、妹、甥っ子3人、計7人が閉じ込められた。幸い、新型インフルエンザ、症状は軽く、1日軽く熱が出たら翌日には治ってた。更に、症状の出た甥っ子2人以外、誰もなんもなかった。両親もおれも妹も、かつても、そして今もだがインフルエンザに罹ったことはなく、たぶんそういう体質なのだろう。そして甥っ子3人のうち1人もその性質を受け継いでいると思われる。

4月20日（月）

今日、事業所でマスク1個貰った。厚労省から来るやつじゃなくて、事業主が知り合いから購入したものらしい。布マスクだが、水着と同じ素材で作られている、なんかちょっといいやつみたい。うちにはまだ例のやつは来ない。

ＣＯＶＩＤ－19の影響はおれの仕事でも当然あり、どこかの施設で感染者が出たとなれば、直接ではなくとも、その施設関係者周りの人間は現場を離れることにはなるので、その分の仕事が臨時という形でうちの事業所へ回ってきたりすることもある。

また、感染疑わしいという話のあった施設が利用不可になり、そこへの送迎が中止されることもある。

ヘルパーも家族からはなんとかウイルスを持ち込まないでくれ、仕事は休止してくれと言われてる人もいる。続けてはいるけど。

重度の障害で寝たきり状態の利用者の中には、外部の人間を入れることを止めて、家族で介護をするようなケースもある。

入所系の施設では人の出入りを嫌い、既にショートステイ中の人は自宅へ戻らず、逆に新規のショートステイの受付けはしないと云う所もある。

デイサービスなどでも感染を怖れて通所を止めている人たちもいる。

ざっくりと言って利用が減り、売り上げも減っているといえばわかりやすいか。

おれ自身は毎日変わらずに仕事に行っているので、なんだか変化がない気もするが、そうしてじわじわとＣＯＶＩＤ－19は浸食して来ている。

4月24日（金）

岡江久美子ショックはでかかった。彼女は先日、COVID−19由来の訃報が報じられた。おれも泣いた。それにつれ、今日になり今まで以上に不安感と忌避感が浮上してきた。それは職員も利用者も。死ぬんだっていうのが生々しく、目前のことに突如思えることに変化した。どうしようかって、訪問、減らそうか、減らしたいという話が出た。ヘルパーでも家族に止められてという人も出て来てるし、シンプルに怖いと口にする人もいる。

今日、あらためて厚労省からの通知を見てみたりしたが、結局は気をつけてねと云うきり。

医療は特にそうだが、介護もその性質上、こういう際に、こういう時だからこそ、止められない。いちばん危険であるにも関わらず。最前線。

しかし、もし業務の継続という事であれば具体的な指針が厚労省、県、市町村などから出てしかるべきで、現場任せである限りは感染者が出るその瞬間までなんとなく業務は継続されるだけになる。行き当たりばったり。

まずは明確な指針。そして後は危険手当と定期的なPCR検査。そういうもんがない中で、時給で働くヘルパーも、おれのような常勤で働いてる人間も、日々ギャンブルでもしてるみたい、今日もとりあえずなんもなかった、けど明日は？って感じでやってくっかない……。

こんな絵が
少しでも
役に立てるのならと
思い全て受ける。

Ⅵ章　描く

イラストレーター

❖ **新井リオ／二五歳／東京都**
三年前から計画していたドイツ移住を断念し、日本で一から絵画を学ぶことを決意。ショックを受けつつも自分の進むべき道を問い直す。

四月九日（木）

ドイツ移住断念。

ヨーロッパでイラストレーターとして挑戦してみたいと思い続けた三年間。すべての準備が整い、日本の家を解約した直後の出来事だった。

オリンピックが延期になるくらいなのだから、自分のような個人的人間の海外移住自粛は当然であり、受け入れる。

しかし海外移住とは尋常じゃないカロリーを要する人生の一大決心であることに変わりはなく、このために仕事や学校を辞めた同志も多いと思う。国内で引越しをするのとは全く異なる行為であり、背水の陣というか、人生を棒に振るかもしれない恐怖に己で打ち勝つ覚悟が必要。日本でも面倒な家の契約、銀行口座の開設などを、誰の助けもなく母国語ではない言語でおこなうのだ。これまで感じたことのない類のプレッシャー。圧倒的孤独。

同級生がみんな就活をするなか一人でカナダに住み始めた二十一歳の頃、「君は好きに生きていいいな」と友人に言われたが、こちらはこちらでちゃんと悩んでいた。

四月十一日(土)

これを機に、自分はそういえば何がしたかったのだろうと考えた。ヨーロッパでアーティストとして成功したいと、たしかに思っていたのだけど、結果(＝こうなりたい)だけを目標にしていると、自分の手の届かない要因によってそれが叶わなかったとき、一直線で不幸になったりする。

だからもっと、過程(＝こういたい)を大事にした方がいいんだろうな。社会では結果がすべてと言われるけど、これって少し冷酷だとも思う。もがいてもがいて結果を出せなかった人間や、そもそも現状維持をすることに着実な心地よさを感じている人間に存在意義はないのだろうか。みんなちがって、みんないい。んだよね?

将来の夢を訊いたとき、「このまま犬と平和に暮らすこと」と答えてくれた先輩のことを、僕はたしかに好きだった。

過程。こういたい。理想の状態のこと。自分はどういたいんだろうか。

何をしているときが一番自然で、楽しかった?

自分は何をしているときに一番感動しているのだっけ?

自分の場合それは「勉強しているとき」だったような気がする。

別に頭がいいわけでは全くないし、いまだにスコアや資格を取得するための勉強行為に興味はないのだけど、なんだろう、「新しい知識を体内にぶち込んでいる瞬間」とか、「先月できなかったことが今月できるようになっていること」に体が疼くような幸福を感じる。仕事やお金のためではない、自己研磨的勉強。生活的快感。

五年ほど勉強してある程度英語が話せるようになり、カナダでイラストレーターとして働いたり、英語学習本を出したりした。しかしよく考えてみれば、このような外面的な結果より、「自分は本当に英語が話せるようになったのだ」という内面的事実の方に、よっぽど興奮しているじゃん。いまだに自分の口から英語が出てくることに感動してしまう、純粋に。勉強はいつでもできる青春。

四月十二日（日）

【今年一番正しい行為は勉強】

これが今日、悩んだ末に自分で決めた標語。

どうせいま強行突破で具体的な結果を得ることにチャレンジしても、世の受け入れ態勢が整っていないから、来年同じチャレンジをするよりも失敗する確率が上がってしまう。いろいろなことが「いま」ではない。

そしてそもそも、僕は、僕たちは、社会的な結果を求めすぎていたのだと思う。こんな状況においてもブランド品を買い集めたい人はいるだろうか？　みんな生きることに必死なんだ、いま。

だからこそ、自分が心地良いと思える状態や、もっと個人的な成長過程を、いまこそ楽しんでみるべきなのだ。気づかせてくれてありがとうコロナ。憎いけど感謝。

久しぶりの感覚だ。なんだか一気に風が吹いた気がする。

もっと自由に生きようよ、蝶のように。俺。

四月十四日（火）

美大受験予備校に通うことを決めた。

然るべきときが来たのだ。

実は、絵の基礎が足りていない実感がずっとあった。独学スタートではあったが今年でキャリア七年目、今あるスキルとテクニックで基本的にはなんでも描けるようになった。それなりに気に入ってもいる。しかし、表現の幅の狭いのだ。これがやりたくてやっているよりも、これしかできなくてやっているに近くなってきた。

多分僕は、表面的な結果を出すことに必死で、基礎を抜かしてきてしまったのだと思う。若気の至り。昔はそれでも楽しめたのだが、歴が長くなるにつれ、表現力の乏しさ、線や構図の甘さなどが自分で痛いほどわかるようになってしまった。無知の知。すぐにでも改善したいのだが、基礎力を徹底的に上げる練習がこれまで足りていなかったためできないのだ。すごくもどかしい。そして恥ずかしい。

例えるなら、ふつうに美味しいハンバーグもカレーも作れるけど、野菜の切り方がめちゃくちゃ雑なのだ。だから最後の説得力が出ない。家では美味しいと言ってもらえるけど、レストランはひらけない。そんな感覚をいま、というかずっと抱いていた。

それなのに、ひとまず生きていけるだけの仕事があることに甘え、楽をしていた。この現状維持は、「このまま犬と平和に暮らすこと」と答えてくれた先輩の気持ちと少し違うのだ。先輩はもう、かなりいいレストランのオーナーになっていて、自分の料理に誇りを持っていた。

＊＊＊

僕は今日、美大受験予備校に入学申込をしてきた。

実際に日本の美大に通うわけではないが、これまで抜かしてきてしまった基礎を埋めるため、予備校のような「勉強を主目的とする環境」に身を投じてみたくなったのだ。だって、今年一番正しい行為は勉強だから。

まわりは高校生ばかりで少し怯んだが、「今よりもっと絵が上手くなった人生はどれだけ楽しいんだろう」と考えると、世間体などどうでもいいように感じた。

もっと自分のために生きよう、蝶のように。俺。

四月十五日（水）

美大受験予備校がコロナの影響で閉校になった。

四月十六日（木）

十八歳のときバイトをしていた古着屋の店長に言われた言葉を思い出す。

「リオくん。人生って基本的にうまくいかないものなんだ。だから楽しいんだけど」

ドイツ在住イラストレーター

❖高田ゲンキ／四三歳／ドイツ
ベルリンに移住して七年。夫婦ともにフリーのイラストレーターなので、保育園休園で自宅育児になった以外はそれほど変わらず。

4月7日（火）

3月17日にベルリンの保育園が休園になってから、今日で3週間が経過したことになる。3月23日からはドイツ全土で外出制限ならびに接触制限が発令されたので、3歳の息子は休園中のほとんどの時間を家で過ごす自粛生活を強いられている。市中では公共交通機関は動いているが、これも感染を避けるために自粛生活が始まってから僕らは一度も利用していない。そのため、さぞかし不便な生活になるかと思いきや、僕も妻も在宅のフリーランスイラストレーターなので、交替で仕事をすることもできるし、幸い息子もインドア派なので、保育園がなく家でばかり過ごしていてもそれほどストレスが無いようだ。もちろん平時に比べれば生産性は落ちるし苦労も多いが、この3週間は「保育園が無くとも生活や仕事は思ったよりも何とかなるものだ」ということに気づいた期間でもあった。

もちろん、これまでは完全に「保育園ありき」の日常だったので、それが無い日々は辛い。

特に急激な人口増加による待機児童問題が深刻なベルリンで本当に苦労して入ることができた保育園であり、ようやく息子も慣れてきて楽しめるようになってきたところだったので、今回の休園は殊更無念に感じる。しかし、これはもはや「日常」ではないので、与えられた条件の中で最善を尽くすしか無い。

今日も午前中は家の中で息子と絵本を読んだりおいかけっこをして遊び、午後は息子と原っぱで「宝探しゲーム」をした(外出制限中も散歩をしたり運動をすることは可能)。僕が隠し持って行った息子のお気に入りのおもちゃをそっと原っぱのくぼみに置くと、息子はそれを次々と見つけて原っぱじゅうを走る。保育園が休みの間の運動不足はこれで解決。疲れたようで、夜には息子は僕の隣で寝息を立ててぐっすり寝てくれた。コロナによる自粛生活、たいへんなことも多いけどなかなか幸せだ。

4月8日（水）

毎週水曜日午前は日本とのオンラインミーティング。そもそもは息子の保育園の時間に合わせてもらってこの時間にしたのだが、保育園が休園になってしまったので妻に子守をしてもらって僕は仕事部屋に籠ることに。いつもならこれで仕事場の静寂が確保できるのだけど、今日は違った。なんと、最近急に背が伸びてドアノブに手が届くようになった息子が、ミーティング中に自分でドアを開けて仕事部屋に突入してきてしまったのだ。幸いチームの皆が優しく理解してくれて、声をかけたり手を振ってくれたので息子も嬉しそうだった。そして、何より息子の成長を目の当たりにできた僕は一番嬉しかった。でも、来週は鍵をかけなくては……。

4月13日（月）

今日は約一ヶ月ぶりにベルリン市中に出かけた。保育園の休園が始まって以来人混みを避けてきたのだが、週末に息子と原っぱで遊んでいた折にポケットからiPhoneを落としてディスプレイを割ってしまい、その修理のためである。

幸い修理店は営業しており、「1時間で直る」とのこと。待ち時間、僕はアレクサンダー広場にまで散歩してみた。いつも人で賑わっていたベルリンの中心地が、この外出制限中にどんな様相を呈しているのかを見てみたかったのだ。

広場は予想以上に閑散としていた。周囲の店は全て閉まっており、広大な広場には片手で数えられる程度の人しか歩いていなかった。そんな全く現実感の無い光景は何かの映画のワンシーンに似ている気がして思い巡らしてみたけど、結局何の映画だったか思い出すことができなかった。ひとつ言えることは、今僕らは映画よりはるかに非現実的な現実を生きているということだろう。

4月17日（金）

朝、必要に迫られてスーパーマーケットへ。外出制限が出てから、我が家はコロナ感染のリスクを下げるために食材や日用品のほとんどを宅配サービスに頼っているが、今日は朝から息子がショートケーキが食べたいと騒ぎ出したため、妻から生クリームを買ってきてほしいと頼まれたのだ。

開店直後のスーパー店内は、人もまばらながら互いに距離を取り合っていて独特の緊張感を感じた。これまで絶対にマスクをしなかったドイツの人たちも、かなりの割合でマスクを着用している。それだけでもこの新型コロナウイルスの恐ろしさを実感する。

ドイツはもともとの医療レベルの高さに加え政府の先手先手の対策が功を奏して死亡率が低く抑えられているが、欧州全土で見ると特にイタリアやスペインの罹患率や死亡率の高さに目を見張る。地続きであり同じEU圏という共同体の中でのそうした惨状は、ドイツの人々が当事者意識を持つには十分すぎる理由になっていると感じる。

そういえば、スーパーの店内を歩いていて、除菌や消毒系の商品、トイレットペーパー、パスタ、そして強力粉（おそらくパンを焼くため）等の商品だけが売り切れて部分的に棚が空になっていることに気がついた。みんな、なるべく家に籠って外出の頻度を減らしたいのだろう。

4月18日（土）

今日は日本の知人数人からドイツの助成金について質問を受けた。ベルリンでは3月26日よりフリーランサーや芸術家、個人業者救済の助成金の受付が始まりオンラインでの受付に数十万人が殺到。申請は比較的簡単で、申請後数日で指定の口座に5000€（約60万円）が振り込まれたという話を多く聞いた。このスピード感は本当に素晴らしい。

ドイツ連邦政府のモニカ・グリュッタース文化相は「アーティストは今、生命維持に必要不可欠な存在」と話した。僕自身は現時点では仕事も減っておらず生活に困窮しているわけではないので支援金申請はしていないが、政府や社会全体に文化育成を重要視するこのような意識があるだけでもこの国の人たちを心から尊敬できるし、この国に移住して本当に良かったと改めて思う。

4月19日（月）

本当なら、今日は保育園が再開される日だった。しかし、先週ベルリンの保育園再開方針が発表され、新型コロナウイルス対策の休園は8月まで延長されることになった。理由は、「未就学児どうしがウイルスの危険性を理解して対人距離を保つことは不可能だから」とのこと。これは非常に賛同できる考え方だしそもそも僕はこのコロナ禍が1ヶ月で収束するはずが無いと思っていたので、この発表は想定内だった。

しかし、こうした保育園の休園に伴う自宅待機生活に限界を感じている人も周囲に多い。我が家はたまたま夫婦共にフルデジタルのフリーランスということもあり社会システムへの依存度が低かったので、この非常時でも比較的ストレスが少ないのだと思う（もちろん、事態が長期化すれば僕らの仕事や生活だってどうなるか分からない訳だが）。いずれにしても、これを機に人々の意識は大きく変わるだろう。コロナ禍が収束しても、多くの人々が今までのような生き方や働き方に戻りたいとは思えないのではないだろうか。僕らは生き方や社会の作り方を根本的に考え直す、かつてない大きな転換期にいるのかもしれない。

ところで3年前に息子が産まれてからは毎年2～3ヶ月の一時帰国をすることにしており、今年も4月末の日本行きの航空券を取っていたのだが、こんな状況なので中止にしてベルリンで過ごすことにした。残念だけど、今はできる限り移動を控えるべきなの仕方ないだろう。それに、初夏をベルリンで過ごすのは4年ぶりなので、それはそれで楽しみだ。保育園再開までの数ヶ月間、親子で何をして楽しもうか……。そう考えながら、また息子を連れて原っぱに出かけた。さて、今日は息子にどんな宝物を探してもらおうかな。

画家

❖**長嶋祐成／三七歳／沖縄県**
海のそばに暮らし、魚と水生生物を専門に描く。東京滞在中に事態が深刻化し、石垣島に帰るべきか帰らないべきか悩む日々が続く。

四月七日（火）

噂の通り、緊急事態宣言が出されたとネットニュースで知る。既に外出は控えており、そこからさらに生活が変わるということもなさそうだが、またスーパーが品薄になるであろうことが憂鬱。買い占めをするなと良識派は言うが、このような事態になれば普段より入念に買い物しておこうと考えるのはごく自然なことだろう。

自宅は沖縄の石垣島だが、先月から東京にある恋人の家に寄宿している。この半年ほど、仕上げに向けて力を注いできた書籍の色校正を確認するまでは滞在するつもりでいる。島ではまだ感染者は出ていないが、感染症病床がわずか三床という医療体制から、危機感はひしひしと伝わってくる。

四月九日（木）

世界堂（文具・画材専門店）新宿本店が十日からしばらく休業すると知り、午後から買い物に出る。ほとんどの画材は通販で十分事足りるのだが、大判の水彩紙を少量買うには実店舗の方が都合が良い。

電車に乗るのも二週間ぶりだ。車両はガランと空いている。新宿三丁目駅から大通りに出て、その人けの無さに改めて驚く。世界堂はいつもの客足で、つまりは相対的にやはり駆け込み客が集まっているのだろう。水彩紙のほか、気分転換にとこれまで使ったことのない絵の具をいくつか買ってみる。

店を出ると既に陽が傾いていた。営業中の寿司屋を見つけ、握りを選んで折詰にしてもらう。「豪華なお土産ですね」と言いながら渡してくれる職人さんの笑顔が明るくて嬉しい。お客さんありますか、と訊ねると、「昨日は一晩開けてましたから、それなりに」とのことだった。

帰って寿司を開く。久しぶりの「外のごはん」に気持ちが晴れる。ビールの酔いがふわりと立ち上り、気がつくと食後二時間ほど眠っていた。

四月十一日（土）

レンタサイクルで多摩川沿いを走る。普段の人出がどの程度かは知らないが、家族連れや友人連れで賑わっている。これぞ模範的な「都市生活の余暇」の形だなと思う。

目論見通り、もっとも水位が下がる干潮のタイミングで河口干潟に到着する。生き物を観察しようと足を踏み入れると、ハイカットの防水ブーツはあっけなくまるごと泥に埋まった。諦めて二人して泥まみれになりつつ、目の長いカニ（ヤマトオサガニ）を捕まえ、シジミ（ヤマトシジミ）を掘った。充実しているとは言い難かったが、久々の野外活動だった。

四月十三日（月）

石垣島で、ついにコロナウイルスの感染者が出たとの報道があった。感染経路は県外からとのこと。島の知人からすぐに連絡があり、「しばらく東京から戻れないだろうから、もし自宅に置いたままの荷物で必要なものがあるならば、合鍵を預かって発送対応しますよ」とのご好意。折しも、書籍の担当編集者さんから「状況を鑑み、やはり関係者で集まって色校正を確認するのはやめておきましょう」と連絡が入る。これで東京にとどまる事務的な理由はなくなった。待ち受ける他の絵の仕事の進捗を考えると早めに島へ戻るべきなのだが、実際に感染者が出てしまった今、自らもまたウイルスの運び屋になる可能性を思うと決断できない。

四月十四日（火）

ここから短期間で状況が好転するとは考えられないため、島へ戻ることに決める。島をリスクにさらすことへの後ろめたさと、先が見えない中で恋人と離れることへの不安に苛まれる。二日後の航空券を予約すると、もう引き返せないと少し腹が据わった。

四月十六日（木）

早朝から荷造りする。飛行機は午後の便。

島に戻ったら、ウイルスの潜伏期間とされる二週間は自宅にこもったまま人と接触せず生活できるようにと、食料品を買い込んで送っておく。バス停への道すがら、さらに甘いものを買い足してスーツケースに詰め込む。

羽田空港は閑散として、手荷物受付のカウンターは臨時で設けられたものになっていた。那覇まではそれなりに乗客があったが、乗り継いで石垣に向かう機内は数名のみ。

新石垣空港では、馴染みのタクシードライバーさんが迎えてくれた。「おかえりなさい！」といつもの笑顔を向けてくれて、後ろめたい気持ちがかすかにほぐれる。聞けば、明日からしばらく休業するという。「リーマンショックのときもひどかったですけど、今回はその比じゃないですよ」。声こそ明るいけれど、言葉の端々から強い不安が伝わり、島の状況が深刻であることを改めて思い知らされる。帰ってきたことは黙っていた方がいいかもしれないですね、というアドバイスに、感謝と申し訳なさが募る。

一ヶ月ぶりの自宅。つけっぱなしのサーキュレーターの風に、干して出た洗濯物が揺れていた。空港で買っておいた焼き鯖寿司がとてもおいしくて、いつか恋人と旅行するときにはこれを買おうと思う。

夜、石垣市独自の緊急事態宣言が出された。

四月十八日（土）

朝、ベランダに出るとベージュ色のきれいなコガネムシが三頭、網戸にしがみついている。オキナワコフキコガネのようだった。しばらく飼うことにする。

買ったままになっていた棚を組み立てたり、パソコンの配置を変えたりして、家の環境を少しずつ整えてゆく。

午後、近所を散歩して、コガネムシの餌にと適当に何種類かの葉を摘む。ネットでコフキコガネの食草を調べたのだが、なにぶん植物の知識がないゆえ適当にならざるを得なかったのだ。湿らせたティッシュで切り口を包んで、虫かごに入れておいた。

東京滞在中は、ほどほどに規則正しく寝起きしていたが、一人になったので久しぶりに明け方まで絵を描く。夜中、虫かごからコソコソ音がするので覗いてみると、葉の縁がかじられていた。

四月二十一日（火）

コガネムシが虫かごを居心地悪そうにし始めたので、外に還す。小さな生き物を飼う楽しみを思い出した数日間だった。少なくとも数ヶ月間は自宅を長く離れることはないだろうから、水槽を設置して海の生き物を飼おうと思い立つ。

干潮で浅くなるタイミングを見計らって、家の裏の浜へシュノーケリングに出た。薄曇りで水も冷たく感じるので早めに切り上げようと思っていたが、エビやカニに夢中になって長居してしまった。すっかり冷え切って震えが止まらなくなり、波打ち際まで引き返してくると手にしていたはずの水中カメラがない。どこかに置いてきてしまったらしい。

水の中にはこれといった目印がないし、泳いでいる間は方向感覚が鈍っているので、ルートを正確に引き返すのは至難の業だ。干潮の時刻を過ぎて少しずつ潮が満ち、海底が遠ざかり始めているのも焦りを誘う。半ば諦めつつも闇雲に探し回っていると、赤いストラップに目が留まった。さっきウニに見とれた岩の横に落としていたのだった。

帰宅後、水槽にカニを放すと、冷えた体にどっと疲れが出た。夜まで畳に転がって眠った。

四月二十二日（水）

東京で見るはずだった色校正が届く。石垣発着の航空機が減便され、小包の多くが船便に振り替えられて日数がかかっている中、予定通り手にすることができたのは幸運だった。

この日も明け方まで絵を描く。水彩紙への下処理や下描きの工程は面倒に感じることが多々あり、絵に関係のないネガティブな感情や思考にいつの間にか支配されることもあるけれど、着彩の段階になると打って変わってひたすら無心になる。それが、「絵から意図を消す」ということを、この数年にわたって追い求めてきた結果だということにふと気がつく。

四月二十四日（金）

昼前から、色校正確認のウェブ会議。原稿や絵の遅れで散々ご迷惑をおかけしてきたデザイナーの方が、昨年秋にお会いした時と変わらない淡々とした態度で対応を進めてくれることにホッとする。

会議を終えると、ほぼ徹夜明けの頭が回らなくなった。寝床を整えて夜まで眠り、深夜の海へ生き物を見に行く。こうして一人で海を歩くことを愛してきたはずだし、今日も楽しんではいるのだが、どこか以前とは違う寂寥感がある。その正体が何なのか、今はまだ判然としない。

漫画家

❖**瀧波ユカリ／四〇歳／北海道**
連載誌の休刊やテレビ出演中止など予定の仕事が飛ぶも、非常時こそ頼りになる夫に惚れ直す。小学四年生のはるまき（娘）は休校へ。

4月7日（火）

札幌の小学校は今日から通常授業。しかし家族で話し合った結果、自主休校することに。小学校にはアルコールもなく、マスクも配布されず、頻繁に手を洗う時間もなく、1クラス30人以上の子どもたちが教室に詰め込まれ、1日5時間も6時間も授業を受け、給食を食べる。まさに3密。しかしこれは学校の怠慢などではなく、どうしようもないことなのだ。行けと言うほうがどうかしてないかと思ったり、行くなというほうが過敏なのかと思ったり、私の心は揺れまくった。最後は夫が「1週間様子を見よう」と決断してくれた。

小学4年生のはるまきは「いいよ、私は行かなくても全然だいじょうぶ」と言うが、私は胸が張り裂けそうである。みんなが学校に行っているのに自分だけ休む、ということが平気なはずがない。札幌市が自主休校を認めていて、プリントを提出すれば欠席扱いにならないことが救いだ。私は一日じゅう原稿を書かねばならないが、夫がはるまきの勉強を見てくれるのでその点も安心である。
※しかし1対1の学習体制ゆえふたりは頻繁に険悪ムードに。何度か仲裁に立つ。
夜、安倍首相が会見を開き緊急事態宣言を発令した。質疑応答の一番最後に、イタリア人の記者がこのような質問をした。ロックダウンをしない日本政府の対策は一か八かの賭けに見えるが、失敗したらどう責任を取るのか。これに対し首相は、仮に最悪の事態になった場合、私が責任を取ればいいというものではありません、と返した。このやりとりが話題になったが、私は「失敗したら」という言葉をこのコロナ禍で初めて聞いた気がして、とても恐ろしくなった。だれも「失敗したら」などということを口にしない。失敗とは何かが定義されていない。つまりこの国が失敗することはない。どんなにたくさんの人が死んだとしても。

この日の東京の感染者数80人。北海道4人。4人とも札幌市で、うち2人は東京で感染。全国の累計は3817人。

4月8日（水）

緊急事態宣言が出されても現金一律支給や店舗の休業補償などの話は進まない。進まないというか政府は「考えてない」ときっぱり言っている。全国知事会は国に補償を求めているがどうなるか。

知人から連絡。飲食の仕事をしている配偶者の給料が激減したので、別の仕事を探しているそうだ。夫が家にずっといるのがストレスでこのままだとコロナ離婚しそう、昨日は殴り合いの喧嘩をしたと。こんなことが全国で起きているに違いない。原稿を描きながらちょくちょくTwitterをチェックする。昨日あたりから急に、医療関係者のツイートが増えた。マスクや防護服が足りないのはもう当たり前のようだ。小さな子どもとしばらく離れて現場に赴く決意をした人、コロナの現場で働き続けることを親に反対されて心が折れそうな人、深刻さをわかっていない患者や外出自粛をしない人への怒りをむき出しにする人。医療従事者のなまなましい叫びがタイムラインを流れていく。

21時、毎月イラストを寄稿している雑誌の担当者から連絡。翌月の号の休刊が決まったとのこと。社内に感染者が出た上に、3密になってしまうため撮影ができないそうだ。震災の時でも休刊は無かった。愕然。

東京144人、北海道10人、うち札幌市4人。全国累計4168人。

4月9日（木）

北海道の鈴木知事の会見。東京から人が入ってきてしまうことを止められない、国に動いてほしいというようなことを訴える。

その会見の途中に電話が入り、テレビ出演の仕事が飛ぶ。4月に計5回、生放送の番組に出演するはずだった。2週見送ったが、のこりの3週も無理という判断に。そうなるだろうと思っていたので、悲しさはない。ずっと前から、今に大変なことになると思っていた。感染者が増えることも想定していた。でもこんなにも政府の対応がお粗末だとは思っていなかった。そこだけは読みが甘かった。

夜更けのTwitterには #現金一律支給がなければ二度と自民党には投票しない のタグ付き投稿が溢れていた。

東京181人、北海道18人、うち札幌市8人。全国累計4667人。

4月12日（日）

朝から事件勃発。ミュージシャンの星野源が「うちで踊ろう」と歌う映像があるのだが、それに合わせて安倍首相がお茶を飲んだりテレビを見たりして家でくつろぐ姿を撮影した動画がアップされたのだ。それも安倍首相の公式アカウントがである。

失職や減給、そして感染におびえながらも補償がないために働くしかない人たちの叫びが響き渡るこのタイミングでそんな動画を出してくる意図を、多くの人々と同じく私も理解できなかった。タイムラインは怒りと嘆きに溢れていて、この10年で1番の炎上だと思った。でも、これの何が悪いの、という人の声も普通にあった。そして多くのメディアは「首相の動画に戸惑いや批判の声」という「状況の紹介」程度の表現をしていた。怒りは無視される。しばし絶句の後、短歌を6つ作って #コロナ短歌 のタグをつけてツイートした。ちなみにふだん短歌を作ることはない。

自粛のマンネリで家族仲は微妙になりがちで、今日は私がリビング、夫が寝室、はるまきが自室に分かれて過ごした。夕方に狸小路にあるイタリアンまで行き、ピザをテイクアウトした。

東京166人、北海道12人、うち札幌市10人。全国累計6616人。

《コロナ短歌》

起きてすぐあの動画見て夕方に感染者数見る日曜日

この土地は4日連続二桁でうちで踊って月を見そびれる

ボリスもう回復したって、ほっとする9歳の手を荒らすアルコール

髪を纏めリビングの夫に逢いにいくほんとだったねクラスター発生

もう時を合わせる予定もありませんあの人にしてほしいG-SHOCK

けがをした人に言った「今病院は行けない」夢の中もコロナ禍

4月14日（火）

頭の中が忙しくて体が重くて、昼前まで寝ていた。夫が日清やきそばの新商品「U.F.O.ペロリ」を寝室に持ってきてくれた。クロワッサンとカフェオレをベッドで食べるフランス人（イメージ）みたいにして食べた。そしたらかなり元気になった。

イラスト1枚を仕上げ、はるまきと散歩。公園の中を走らせてタイムを測ったりした。大人も子どももなるべく、体を動かすようにしないと。

夕方に婦人公論のエッセイが公開され、共感したという声をいくつか見て嬉しく思った。

それからふと思い立って、「Twitter で1日1枚1コマ漫画をアップすることにした。さっそく1枚描いて公開した。「現在進行系女子日記」というタイトルで、キャラクターの女の子は我々と同じコロナの世界で生活しているという設定だ。漫画の中の世界もこっちと同じ世界なのだと思うと、なんだかほっとする。読む人にもそんなふうに感じてもらえたらいいな。どんどん忘れていくことを、漫画の中にこめることも大事だと思う。

今夜は餃子のお店のテイクアウト。我が家は3人ともあまり大食いではないのでたくさんは買えないけど、少しでも飲食店の力になりたい。

夕飯中に夫の母から電話があり、はるまきと他愛ないことを話していた。神奈川と札幌。またなんの心配もなく会えるのはいつだろうか。

東京161人、北海道18人、うち札幌10人。全国累計7509人。

4月19日（日）

政府の動きが鈍すぎて、いろんなことが進まない怒りをずっと持っていたんだけど、そのエネルギーがついに途切れてしまった。不安が増大すると怒りは萎んでしまう。そして不安になると言葉が見つからなくなる。

朝からどんどん気持ちが暗くなっていきそうだったので、考えてみることにした。何から何まで不安だけど、つきつめて考えていくと自分や家族が感染したらどうしよう、というのが一番の不安だ。外出は極力自粛しているけど、通院や買い物などで感染する可能性もある。恐らく長期化するだろうし、半年や1年のあいだ家から一歩も出ないというのは現実的ではない。１００%は防げない。だったら、感染しても軽症ですむための体力づくりをするのはどうだろう？　感染防止対策をしつつ、感染してからのことも考えておけば、少しは不安も薄らぐかもしれない。さっそく体力をつけるために、ストレッチをしてエクササイズ用のフラフープを回した。

夕方、寝室に見慣れない段ボールを見つける。夫に聞くと「入院した時に必要なもの」だと言う。私が軽症ですむための体力づくりについて考えている間、夫はすでに入院した時のことを考えていたとは。さすが我が夫。先手先手を打ってくる。明日から総理大臣になってくれないかな。

夜は免疫力を高めるためにお風呂に入り、足をマッサージして、マヌカハニーを入れたハーブティーを飲んだ。

全国累計の人数がサイトによって違うことがわかった（集計した時間が違うため）。なので今日からはＮＨＫ特設サイトの人数を記入します。

東京１０１人、北海道27人、うち札幌12人。全国累計１０８０７人。

4月27日（月）

集中して漫画のネームを仕上げる日。机の上を片付け、リビングと仕事場の間の仕切り扉を閉じて打ち込む。夕方にはなんとか仕上がった。

今日のTwitterは「ユースビオ」という聞き慣れない言葉でざわついていた。政府が配った布マスクを製造したいくつかの会社のうちのひとつだが、政府がそこと契約した理由が不明なため騒ぎになっているのだ。毎日アップしている漫画「現在進行系女子日記」のネタにすることにした。家に届いた布マスクをじっと見る主人公いま子。そのかたわらにあるパソコンの画面には「What is Use Bio」の文字。何年か経ったら、なんのこっちゃだろう。でもそういうことを盛り込んでいきたいと思う。

夜、Nintendo Switchを立ち上げる。ボクシングのエクササイズができるソフトをちょっとだけ試してみる。画面の中にいる女性の指示に合わせて、夫がポーズとリズムを取る。普段みたことのない動きをし始めたので笑ってしまった。ゲームもあるし、家族もいるし、仕事も減ったけどちゃんとあるし、まだコロナにはかかってないし、なんてことない。大丈夫だ。余力がある。だから、怒るべきことにはきちんと怒っていこう。疑問や不安をそのまま抱えて考え続けよう。そう思う。

東京39人、北海道35人、うち札幌26人、全国累計13613人。

漫画家

❖ヤマシタトモコ／三九歳／東京都
もともと在宅仕事なのであまり変化なし。Twitterで情報発信のかたわら、Nintendo Switch「あつまれ どうぶつの森」をプレイ。

四月七日（火）

平時と変わらず仕事。漫画家の仕事はまったく出歩かず一人で作業するばかりなのでこの状況の仕事への影響は現時点でほぼゼロ。政治にいらだちや怒りがつのるが、政治的なツイートをするときはいつも強い恐怖を感じる。政治の話をするときに恐怖しなければならない社会とは一体何なんだろう。午後、インタビュー。担当編集以外は聞き手のお二人も私も初めてのZoomインタビュー、戸惑うシーンも少々。どうぶつの森で流星群。

四月九日（木）

平時と変わらず仕事。密閉空間が気になるので仕事場のエレベーターを使わず階段で四階登り降りしているがこれが習慣になるといい。芋、納豆、ホットケーキミックスなどがしばらく売り切れている。いち早く在宅勤務になった友人は納豆ご飯ばかり食べていると言っていた。

私が赴くいちばんの人混みはスーパーマーケットだが、人との距離にナーバスになっていることを自覚する。夜、大雨。

四月十日(金)

平時と変わらず仕事。ビッグイシュー、子ども食堂、女性シェルター、医師団体に寄付。どうぶつの森に勧誘していない住民が引っ越してきた。誰だお前は。

四月十一日(土)

平時と変わらず仕事。中国との取引が多いのでこのままでは会社が潰れるかもと言う友人に微々たる報酬ではあるがトーン貼りのアシスタントを打診する。グループLINEではお互いなんとなく慰め合うような肌触り。スーパーマーケットのレジにビニールの衝立が設置されていた。わずかだがほっとする思い。どうぶつの森で釣り大会。

四月十二日(日)

平時と変わらず仕事のつもりが、文化や学問や労働という私たちの基本的な権利への徹底した無理解を恥じもせず、科学と人命を軽んじる政権に怒りのあまり涙が出て仕事にならない。なぜ私たちはこんなにも無力感と無関心を植え付けられているのだろう。友人の一人は渋る上司にしつこく在宅勤務をかけあい続けている。どうぶつの森でイースター。

四月十五日（水）

何も思いつかないので実質的にほとんど休日。ストレスが大きくなってきたのでしばらくいろいろ無視することにする。もう何もかもどうでもいいや、という失望に近い気持ちだが数日経てば回復するだろう。心が凪いでいないと仕事はできない。そういえば三月にロシアにオンラインで注文したものは宙ぶらりんで、どれほど遅く届いても構わないのだが、いつ頃届くだろうか。etsyで取引したアクセサリーのアーティストで、送ります待っていてくださいい、とても楽しみです、というくらいのやりとりをしただけだが、彼女はどんなふうに過ごしているのか。近所のジャスミンの花が咲いている。匂いが嫌いだ。

四月十六日（木）

まだ何も思いつかないのでほとんど働けない。ツイッターの通知はもうすっかり切っているがあんな面倒くさいことを言わなければよかったという気持ちがたびたび押し寄せる。だが私がかつてどれほど無知で無関心で想像力に欠けて愚かだったか、そしていつでもそれを繰り返し得ると気づかされたのはうるさく声を上げ続けてくれた誰かのおかげだ。あしなが育英会に寄付。連載の原稿データを送る。〆切より一ヶ月ほど早く送ったが、担当編集からの返信に、写植屋や印刷所も稼働が落ちているため原稿を早くもらえるのは助かるという話。

四月十八日（土）

平時と変わらず仕事。遅々として進まない。それも平時と変わらず。久しぶりに映画「クラウド・アトラス」を見る。本編より、「Our lives are not our own. From womb to tomb, we are bound to others, past and present. And by each crime and every kindness, we birth our future. ／命は自分のものではない。子宮から墓まで、過去も未来も、我々は他者と繋がっている。すべての罪が、あらゆる善意が未来を作る」。

四月二〇日（月）

平時と変わらず仕事。一ヶ月先、半年先、一年先のことが想像できず漠然と大きな不安に日々襲われる。そういえば私は宇宙や海が舞台の「肌一枚隔てただけの世界そのものが命をおびやかす」という映画が苦手なのだった。午後、mocriで友人二人と雑談。日本での政治的な立ち位置の定義や、宗教観による倫理について与太話で三時間ほど。久々に人と長く喋って喉がかれたがこれも漫画家にはいつものこと。どうぶつの森で流星群。

四月二二日（水）

平時と変わらず仕事。人混みが怖い夢を見る。差し出がましいかと迷ったすえ、十年以上お世話になっているフリーランスの美容師に、困窮したら今後数回のカット代を前払いという形で支援させてほしいと連絡する。月に二～三日の貴重な外出はなくなったが仕事のペースも外に出ない度合いもまったく平時と変わらず、しかし常に動揺した状態で物語を考えなければならないことに強いストレスを感じていて（しかも現実に沿っていたはずの物語の世界が、急激に変容する現実からだんだん乖離していく。悲しい）、東日本大震災のとき病気で入院してしばらく連載を休めたのは幸運だったと思える。あのとき緊急病棟で隣のベッドにいた、看護師に「移植ももう何度目だから」と話しパソコンを叩き子供に電話してずっと騒がしかった女性、カーテン越しで顔も見なかったが今どうしているのだろうとぼんやり思う。悪い状況に慣れたくない思いと穏やかでいたい思いが矛盾して存在している。こと座流星群が流れるそうだが雲が出ている。

漫画家

❖大橋裕之／四〇歳／東京都
生活に変化はないが、いくつかの仕事が延期・中止に。政権に不満を抱きながら支援グッズの作成に力を注ぐ。

4月
4月11日
政府が緊急事態宣言を発令してから5日目
普段から自宅作業中心なので生活は大きく変わらないが
いくつかの仕事は延期中止となり当面の収入は目に見えて減った
打ち合わせやインタビューはZOOMで行われることが多くなった
部屋に置いてあるギターが気になる…
政府は依然として納得のいく補償をするつもりはないらしい

気分転換に
妻とチャリンコで
花小金井に行った
仕事で必要な本を
探すため恐る恐るブックオフへ
人多いな
30分以上の
立ち読みは
ごえんりょください
4月12日
店を経営している知り合い
から支援グッズの依頼が
続々とくる
こんな絵が
少しでも役に立てるのなら
と思い全て受ける
安倍首相が
星野源の曲に合わせて
動画をツイッターに投稿して
炎上
やることなすこと
アホで遅いので
ニュースを見る度に
やる気が失せる
そういえば最近タバコを
ＩＱＯＳに変えた
紙巻きタバコが
吸えない店が多いので
やむを得ずです

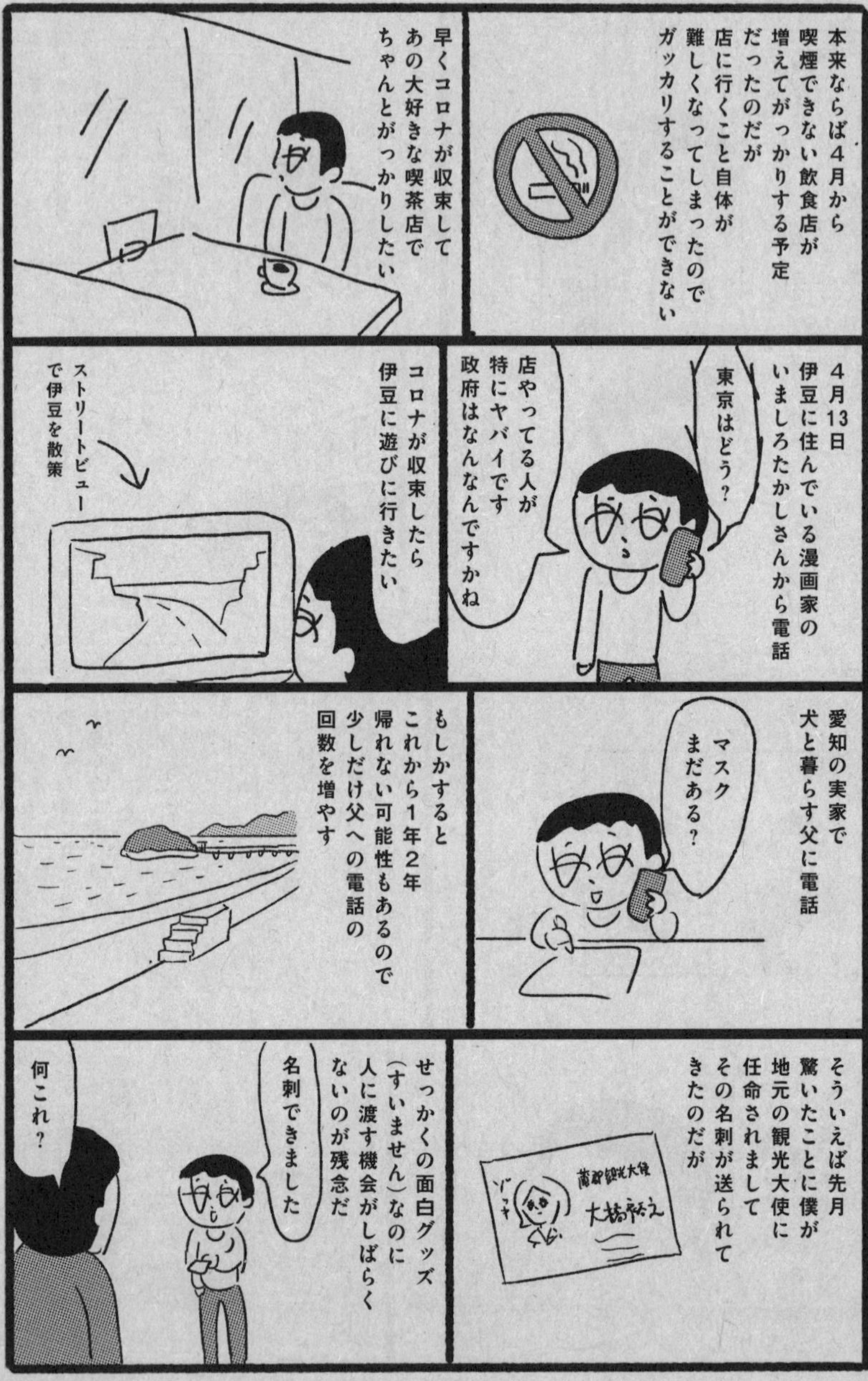
本来ならば4月から
喫煙できない飲食店が
増えてがっかりする予定
だったのだが
店に行くこと自体が
難しくなってしまったので
ガッカリすることができない
早くコロナが収束して
あの大好きな喫茶店で
ちゃんとがっかりしたい
4月13日
伊豆に住んでいる漫画家の
いましろたかしさんから電話
東京はどう？
店やってる人が
特にヤバイです
政府はなんなんですかね
コロナが収束したら
伊豆に遊びに行きたい
ストリートビュー
で伊豆を散策
愛知の実家で
犬と暮らす父に電話
マスク
まだある？
もしかすると
これから1年2年
帰れない可能性もあるので
少しだけ父への電話の
回数を増やす
そういえば先月
驚いたことに僕が
地元の観光大使に
任命されまして
その名刺が送られて
きたのだが
蒲郡観光大使
大橋裕之
せっかくの面白グッズ
（すいません）なのに
人に渡す機会がしばらく
ないのが残念だ
名刺できました
何これ？

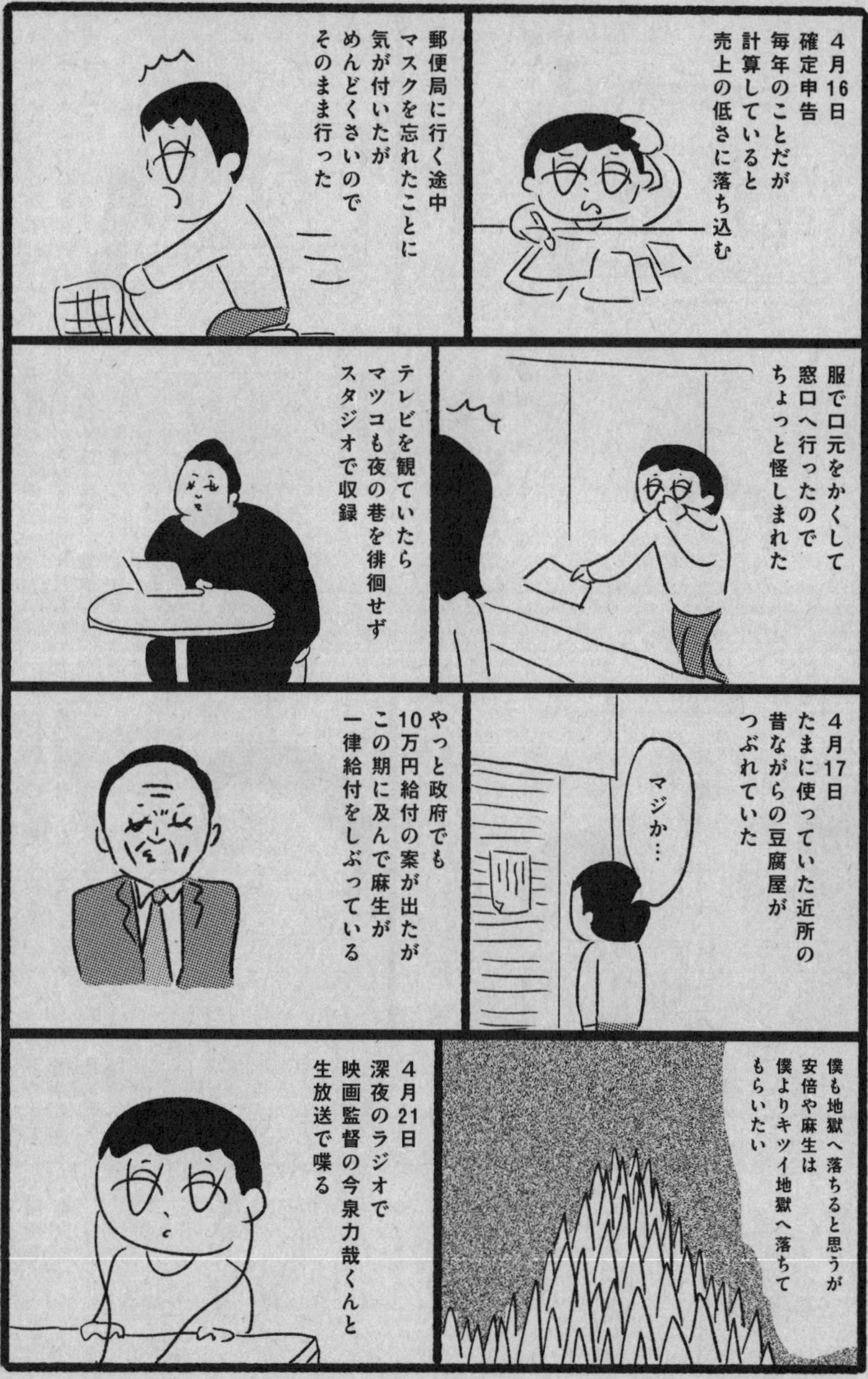
4月16日
確定申告
毎年のことだが
計算していると
売上の低さに落ち込む
郵便局に行く途中
マスクを忘れたことに
気が付いたが
めんどくさいので
そのまま行った
服で口元をかくして
窓口へ行ったので
ちょっと怪しまれた
テレビを観ていたら
マツコも夜の巷を徘徊せず
スタジオで収録
4月17日
たまに使っていた近所の
昔ながらの豆腐屋が
つぶれていた
マジか…
やっと政府でも
10万円給付の案が出たが
この期に及んで麻生が
一律給付をしぶっている
僕も地獄へ落ちると思うが
安倍や麻生は
僕よりキツイ地獄へ落ちて
もらいたい
4月21日
深夜のラジオで
映画監督の今泉力哉くんと
生放送で喋る

スタジオには行かず
自宅からZOOMを使って
放送した
どうしても
コロナの話題になる
政府が補償せんと
映画館とかも
ヤバイよね
マジでヤバイっす
本当はもっと
政府への不満をぶちまけたかった
がラジオの生放送に緊張して
しまってそれどころじゃなかった
オレの声
ちゃんとマイクに
拾われてるんかな？
とにかく
最低限　頭が回る人に
政治をやってもらいたい
もんです
日記なのか何なのか
分からなくなってきました
また以前のように
どうでもいい会話をしたり
どうでもいい漫画を
描ける日々を取り戻す
ために
できるだけ考えながら
生活していきたい
おわり

もっと
陽気にいけ、
どあほっ。

Ⅶ章　書く

小説家

❖町田康／五八歳／静岡県
ボーカルを務めるバンド「汝、我が民に非ズ」のライブや講演などが立て続けに中止となり、自宅で執筆活動に専念。歌詞を書く。

四月十日（金曜日）

今日は曇天なのか。わからない。雲雀の鳴き声が聞こえてくる。本日正午よりＮＯＡＨ渋谷一号店にてバンド修練の予定なれど首相緊急事態発出、我らも会合を自粛すべきであろうという意見出で修練中止となる。そこでいつものごとくに机の前に座って「漂流」（という題の小説。新潮に連載）原稿を書いた。なるべくおもろくなるように努力した。十時を過ぎてひだるくなってきたが、良いところだったので我慢して書き続けた。けれども十時半くらいにひだるさが極に達したのでやめ、厚揚と玉葱を炒め辛子味噌などで調味して食した。その後、作詞をして、その後、メールの返信を書いた。その返信の中には今書いているこの日録に関係するものもあったのだ！　感嘆符やめっ。その間に洗濁（洗濯のこと）もした。午からは群像に出す「神ｘｙの物語」を書いた。四百字詰原稿用紙にして三枚くらい書いた。それくらいで書いた書いた吐かすなアホンダラ。えらいすんまへん。桜が散ってきたならしい。ＳＭ（スーパーマーケットのこと）に参ってかしわを買うた。普段に比べると客は疎であったが、首都圏を脱出して来たらしい夫婦者が多くいた。装は所謂「意識高い系」、年は五十から七十の間、紙や食糧品を買うていた。その態度は在地の人間を土民と侮って尊大で横風。私はどつきまわしたくなった。でも耐えた。なぜなら暴力はよくないからである。狭い通路で闊達に振舞っているそいつらの間を、「すんまへん、すんまへん」と謝りながら身をよじって通過した。一寸の虫の魂は実際は何分くらいなのだろうか。夜は作詞をして地蔵さん（バンドのギタリスト・作曲者）に送った。即ちjizo58「転職節」である。森鷗外の「渋江抽斎」を禁弗（Kindleのこと）で読んだ。

四月十一日（土曜日）

今日はどう考えても晴天だ。昨日、雨や言うてたやんけ。そろそろ雨が降って欲しいのだが。鳴いているのは鶯だった。コーヒーを飲み飲み「漂流」を書いた。三枚くらい書いた。もっと書け、ど阿呆。えらいすんまへん。今月の書きの予定を暦に書き入れた。催しがみな中止になったのでそこそこ余裕がある。地蔵さんが「転職節」コーラス部分にも歌詞が欲しい、と言ってきたので書いて送った。かしわと韮と木綿豆腐を調味して食したら疲労を感じた。午後、「神ｘｙの物語」を書いた。その間、庭に木村養鯉さんが来ていたが、書いていたので挨拶できなかった。書いて初めて知ることがある。宵まで「渋江抽斎」。朝に拵えた豆腐と韮のなにを晩も食す。それが男じゃろ。真の勇者じゃろ。地蔵さんが、「転職節」を歌って送ってくれた。聴いた。

いい感じにはまっていた。バンドで合わせてみたいがいまは叶わない。風呂に入ったよポポポン。「小倉日記」を読む。

四月十二日（日曜日）

曇天、鳥も啼かず。天丼でも食うてこましたろか。食うかあっ。九時過ぎまで「漂流」を書く。平成元年頃、よく会い、暫くして袂を分かってそれきりになっていたギタリスト、下山淳とメッセンジャーでやり取りをする。大病をして酒をよしているらしい。昔は会うと必ず酒になった。午後、疲弊したので二時間休息後、「神ｘｙの物語」を書く。宵より雨。ＳＭに参り豆腐他バイ貝。極度に人が少ない。地蔵さんより、「転職節」修正版が届き、それを聴いてさらに歌詞を直す。きりがない。二階に上がって「小倉日記」を読もうと思ったが疲弊して即寝成仏。夜半に嵐。

四月十三日（月曜日）

強風、小雨。寒し。起きるなり「転職節」を修正。マジできりなし。しかし良くなっていく。というか、歌の心が土中から掘り出されてくる感じ。こんな気楽なことをいつまでやっていられるのかとふと思う。「漂流」八時半まで。九時過ぎ、辛子味噌、砂糖、醤油、牡蠣油、酒を混ぜ、挽肉と豆腐を炒め、余のこともして皿を作成して食した。首相の会見映像をミル貝。午睡。午後、「神ｘｙの物語」。池の水位旧に復す。雨が降ったので。地蔵さんより「転職節」修正版及び「曲六三」至る。「漂流」について清水氏より問い合わせあり。『猫のエルは』について森山氏より問い合わせあり。

四月十四日（火曜日）

晴天。暑いのか寒いのかわからない。土壇に鶯の死骸あり。先日の風雨で死んだか。裏庭に埋葬す。筍出てあるも鹿十。細いので。九時まで「漂流」。午後、「神ｘｙの物語」。心身の健康の為海浜を歩行。疲弊。中途で後悔す。ＳＭに参り挽肉をバイ貝。市中閑散として人影さらになし。旅館とかえげつないことになってんちゃうけ。夜、「曲五四」の詞を草す。感覚に任せて言葉を連ねると絶望的な言葉ばかり出てくる。知らぬうちに時勢の影響を受けているのか。弱っ。こころ弱っ。もっと陽気にいけ、どあほっ。えらいすんまへん。感覚でもない、理知でもない、そうしたものを含みつつ、心に踊る言葉を儂は探してるんや。素朴で作ってなくて、理屈のないやつ。技法のないやつ。狙いのないやつ。下心のないやつ。疲弊。早寝。深更復活してコントをミル貝。

四月十五日（水曜日）

晴天。無風。十時まで「漂流」。ぬまづ鍋を作成し朝餐となす。「曲五四」朧に形が見えてくる。〽あ、ちゃっきりちゃっりちゃきりな、と突然、歌う病。孤独のきちがい。手巾にアイロン掛。裏庭の枝垂れ桜の枝に、種々の鳥が入れ替わり立ち替わり来て、なにかしている。あれはおそらく虫を食っているのだ。と思い、十分ほど窓越しに眺む。カフェレオンに参りスマトラコーヒーを飲む。帰宅後、「曲五四」作詞。亥刻迄。生硬な、詩的でない言葉を多用して意味に近づける愚を怖れたらあきまへん。元来、神とは泥臭いものである。そんなわけあるかい。表の看板チンドン屋。裏の看板詩人。風鈴が鳴っているということは風があるのか、と思う。

四月十六日（木曜日）

曇天。目が覚めたとき、頭痛のような発熱のような感覚があり立てぬが起きてみればなんともなく、精神的の症状であったと知れる。九時半まで「漂流」。朝餐後、発熱のような感覚があり、二階へ上がり幕を引いて横になるが、やがて精神的の症状と知れ、横になった儘、明かりをつけ、井上智洋著『MMT 現代貨幣理論とは何か』を読む。読まなあかん本が山ほどあるのになに関係ない本読んどんね。えらいすんまへん。二時から三時まで、「神 x y の物語」。宵、海浜を歩行。SMに参り、かしわや林檎をバイ貝。毎日、同じことしかしていないので日記をつける甲斐がない。

四月十七日（金曜日）

曇天。夜さり降雨あたようだ。ごもく倣りにいたら道濡れたある（大坂弁）。「とうはんみちじるいよってはねあげんようにきいつけなはれや」と独語する病。たまたま、始め夜さりと書いてこうなる。一言書いた惰力で。「漂流」を書こうと思うがつい「曲五四」の手直しをしてしまう。八時頃まで。九時半まで「漂流」。本日締切日なれば「新潮」の清水氏にこれを送る。先月二十日頃になした東直子氏堀本裕樹氏との鼎談の原稿を手直しして「歌壇」の奥田氏に送る。文庫版「スピンクの笑顔」のゲラを読み手直しをする。牧師鍋（玉葱と鶏肉の狂ったような煮）を拵えて食す。郵便を取りに玄関に出たら木村養鯉が来たので裏庭に行き少し話す。木村養鯉、片手で筍を抜き、崖下に投げる。誰も見ない崖にチューリップが咲いている。二階に上がり、『ＭＭＴ現代貨幣理論とは何か』を読む。よくわからない。仮眠。仮眠明け微熱があるような心持ち。八月のイベント出演依頼が来て、その直後に以前から決まっていた八月の講座中止の知らせ来る。「曲五四」の題名を「もうやめてください」と定む伏院。六時まで、「神ｘｙの物語」執筆。俺は働き者だ。わがでゆな。寒い。灯油買いたい。十万円ほしい。ＭＭＴでいったらもっといけんちゃんけ。一知半解節。地蔵さんより「曲六四」至る。夜、jam studio てうアプリにて寝台に寝転がり、「転職節」と「虫ケラの唄」を歌うも近所を憚ってヒソヒソ歌うため、うまくいかず、そのうち声が枯れてきたのでよす。読まなあかん本あんにゃが。

四月十八日（土曜日）

雨。「もうやめてください」歌詞手直し、七時まで。その後、「BL古典セレクション東海遊侠伝次郎長一代記」に取り掛かる。十時まで。朝餐（牧師鍋の残り）を食し、若竹千佐子著『おらおらでひとりいぐも』文庫解説の校正をなし、続いて、「スピンクの笑顔」の手直し十一時まで。SMに参り、燻製肉他バイ貝。帰房の後、仮眠。五時まで。「神ｘｙの物語」六時まで。ギターをつま弾き、「長崎は今日も雨だった」歌唱。七時まで。九時ごろまでなにをしていたかわからない。俺にはもうなにもわからない。このところ書いていた、「もうやめてください」の詞。

いのりとかもういいから
さかしまなことはやめてください
あざやかできれいな服着てても
あざとい君の嘘はいつかばれるよ
ほんとうのこと隠す
うつろな言葉はやめてください
美しい顔それ見せるなら
人のきもち知ってくれ

ひざまづいてもうそれは無理だね
あなたの犬はもうとうに川をこえたよ

俺は毎日、同じことをしている。しようとしている、と言ったほうが正確か。顔を見れば、「えらいことになりましたな」「ほんまですな」以外、言うことがない、そして、顔を見ることがない。だからひとりで言ってる。俺はもう日記を書くのをやめよう。やめる。しょうむないことばっかり書いてすんませんでした。ほんますんませんでした。

小説家

❖ 温又柔／三九歳／東京都
台北生まれ。三歳から東京に住み、現在は書店勤務のU介氏と二人暮らし。初の長編小説刊行に向けて、〆切と闘う日々を過ごす。

4月7日（火）

午後2時、母の家で税理士のW先生と会う。一年分の支払調書及び領収書をあずける（今年は申告が一か月延びたためこの時期になった）。要件を済ましたあとは母の淹れたお茶を啜りながらしばし歓談。「台湾が羨ましい」とW先生。「蔡さんのブレーンは、そうとう優秀なのよね」。蔡さん、とは、台湾総統の蔡英文のこと。W先生の言葉に母が「わたしのことかと思った」。母の姓も「蔡」なのだ。「いい名字だわ。世界中に自慢できる」とW先生。「今、全国の、安倍さん、は辛いだろうな」と私。母が「あのひとも十分がんばってる」などと言うので、そうかなあ、と思わずW先生と声を合わせてしまう。

午後7時、緊急事態宣言をテレビで見る。

4月8日（水）

一日中、木村友祐さんとの往復書簡の原稿を書く。午後6時すぎ、U介氏が帰宅。U介氏の勤務先であるJ大学内のK書店も約一か月の休業が決まったという。その間、従業員には6割分の給料が支払われるとのこと。U介氏がしばらく出勤しないで済むことに思いのほか安堵する。

4月9日（木）

午後5時、往復書簡の第25便（約7000字）を担当者・A氏に送信する。それ以前の記憶は曖昧。炊飯器のスイッチを入れ、お風呂の準備もする。お湯が溜まる頃、U介氏帰宅。夕食にU介氏が買ってきたお刺身を食べながら、Tホテルの喫茶室が営業を休止したので明日はC社でIさんと会うことになったと告げる。U介氏のほうは明日から5月6日まで週1回の通勤日を除いて休みだ。ふだんなら、じゃあ、打ち合わせが終わる頃に迎えに行こうか？　いいね、散歩でもしようよ、今なんかいい映画やってないかな?となるところ。

4月10日（金）

午後1時半頃、大手町にあるC社にむかうため、久々に電車に乗る。駅前のカフェは休業中。ホームも人は疎ら。それでもいつにもまして緊張する。マスクしているものの、咳一つするのもためらってしまう。この緊張感の中、出勤や出社を強いられている人たちが大勢いると思うと、やりきれなさがこみあげてくる。

午後2時からはC社の会議室で、やはりマスク姿のIさんと改稿の方向性や装幀のイメージなどについて話し合う。8月下旬刊行を目指して諸々がんばろうとなる。私にとって最初の長篇小説だ。「絶対に素敵な本を作ってみせます!」と言ってくれるIさんをぎゅっと抱きしめたくなるけれど、「ディスタンス」を保たなければならないのでエアーハグに留める。

午後4時にはC社をあとにする。散歩がしたくなるけれど、自粛。コロナ感染拡大防止のために私にできることが唯一あるとしたら、自宅に留まることのみ。次に、こうした〝遠出〟ができるのはどれだけ早くても1か月後か? と思いながら電車に揺られて帰る。

4月11日(土)

一昨日送った原稿の手直しにかかりきりだった。夜は、U介氏手製のカレーを食べる。ブロッコリー入りで美味しい。U介氏がいると三度のごはんが充実する。

4月12日(日)

U介氏と近所のスーパーへ。午後遅い時間帯なので、意外と空いていた。食材のほかに花束も買う。花を飾るだけで家の中がぱっと明るくなる。今日はゆっくり過ごせた。

4月13日(月)

一日中、雨。鈍い頭痛が続く中、「文化の政治利用」について考え込む。権力者が文化を政治的なキャンペーンや人気取りに利用することの醜悪さときたら。「怒るべき時に怒らないと笑いながら殺される」（Twitter @mipoko611より）。「文藝夏号」の緊急特集「アジアの作家は新型コロナ禍にどう向き合うか」の寄稿文の1つ、ウティット・ヘーマムーン（福冨渉訳）の文章にあった「リーダーがバカだと全員死ぬ」を意味するタイ語の文字を、みようみまねでノートに書き記す。ひどく気が塞ぐが、H君とLINE通話をしたあとは気持ちがだいぶさっぱりする。たぶん人恋しかったのだ。

4月14日（火）

快晴。某老舗ホテル季刊パンフレット「宿泊滞在記」執筆のため、きょうから明日にかけて泊りがけで取材の予定だったが、やむなく延期。強行したとしても心底くつろげなかっただろうからこれでよかったと思う。

昼食後、珈琲豆が切れたので散歩がてら隣駅まで行く。駅前のベンチで、うなだれているおばあさんを見かける。傍らには彼女の持ち物と思われる大荷物が。あそこのネットカフェが営業休止になったからかな、とU介氏が呟く。都が借り上げたビジネスホテルの情報が行き届いていないのかもしれないと思って、おばあさんと同性の私が話しかけてみることに。「お困りでしたら、こういうところがあるんですが」とホテルの連絡先のメモを差し出そうとしたら、「なぜわたしが困ってると決めつけるの？」と睨まれたあと「今はこうだけどあたしは百億円持ってたんだから」と追い払われる。

帰宅後、来週〆切の書評の準備に取り掛かるつもりだったが、いくつかのメールに返信しているうちに夕食の時刻。

4月15日（水）

あまり集中力が出ず、某週刊誌のゲラを手直ししたほかは執筆がはかどらなかった。午後、U介氏と髪の毛を切りに行く。先月末から火曜と水曜の2日間のみ、それも完全予約制で時短営業中のKさんが「来てくれるほうが助かる」と迎えてくれる。他の曜日は『ワンピース』を1巻から読み直しているとKさん。私たちもとうとうNetflixに加入したなどと盛り上がる。

夜、今日で生後半年目を迎えた甥っ子の写真が家族のグループLINEに届く。こんなときでなければ一緒にお祝いしたかった。

4月16日（木）

次の火曜日に更新予定の木村さんとの往復書簡原稿（第8便）を手直ししていたら予想以上に熱が入り、終わる頃にはへとへと。焦燥感はあるものの疲労感がうわまわって集中力が続かず、他には何も書けなかった。寄稿したエッセイの掲載誌が届き、挿画が素敵なことと、まだお会いしたことのない編集者さんからの直筆の丁寧なお手紙に、心がほぐれる。「この事態が落ち着いたらぜひともお目にかかりたい」とあるが、いつになることやら。

4月17日（金）

ゲスト講師として参加予定のM大学でも前期はオンライン授業になる。その練習もかねて、授業のホストであるKさんの「招待」で、Zoom会議を行うことに（初体験！）。スマホだけでなくパソコンでも無事に「参加」できてホッとした。画面越しとはいえ、Kさんたちと「会えた」のは嬉しかった。意味のないお喋りや、これといった目的もなく、気の合うだれかとだらだら過ごす時間のかけがえのなさをつくづく思い知る。

4月18日（土）

先日、電話取材を受けた某記事が「本日付朝刊で掲載」との連絡を受ける。雨と風がやんでからコンビニまで掲載紙を買いに行く。雨あがりの空が眩しく空気は清々しい。虹の目撃情報が相次ぐ。

4月19日（日）

新潟から米5キロ＋柿の種、煎餅などが届く。ほくほくする。LINEでお礼を伝えると「燕市を見習ってサプライズです」とのこと。U介氏のお父さんは燕市役所に長年勤めていたのだ。「配送してくれる皆さんに感謝です」。お父さんの言うとおり。お母さんからも「安心して行き来できる日が早くきますますように」と返ってくる。お母さんの言うとおり。いつもなら、そろそろ新幹線の切符を買おうとしている時期だ。

4月20日（月）

雨の月曜日。数日分のゴミをまとめて捨てる。ゴミ収集車がちゃんと来てくれることがつくづくありがたい。あたりまえと思っていることのほとんどが、誰かのおかげで成り立っていることをふだんからもっと意識しなくてはと反省する。風呂上り、足ふきマットがこざっぱりとしていて気持ちよかった。U介氏がいつのまにか洗って干しておいてくれていた。

4月21日（火）

書評（1100字）の〆切が近づき、少々、焦る。だいじょぶだいじょぶ、準備は、ばんたんばんたん、と自分に言い聞かせる。

4月22日（水）

〆切が迫る。一日じゅう机にかじりつく。

夜、U介氏手製のハンバーグがたまらなく美味しくて、生き返った心地がする。オイシイオイシイ、と繰り返していたら、肉屋で買ったお肉だからかな、と言う。お肉屋さんが近くにあるとは知らなかった。近くといってもたぶんここから30分はかかるけどね、とU介氏。休業中なので時間はいくらでもあるし、でも行くところは限られているし、おかげでこんな発見がある、とU介氏は言う。

4月23日（木）

朝、緊張しながら書評の第1稿を送信。1時間も経たずに担当のI氏から「こういう原稿を待っていました！」という返信が。安堵のあと、天にも昇る気持ちで5月2日のカレンダーに花丸をつける。私の書評デビュー日だ。本は、カルメン・マリア・マチャドの『彼女の体とその他の断片』。

4月24日（金）

今日は何を書いていたの？　とU介氏が訊く。日記、と私は言う。日記を書いていると、一日いちにちをちゃんと生きている感じがする。

校正者

牟田都子／四二歳／東京都
夫と二人暮らし。自宅で仕事。図書館が休館となって、著者から資料を借りることに。吉祥寺の書店ではレジに見たことのない行列が。

四月七日（火）

仕事をしながらもTwitterを見るのが止められない。書店が次々休業になっていくのが堪える。夕方、総理の記者会見。すぐに消した。

母に電話。肩や膝の痛みがひかず、血液検査をしたら膠原病の疑いで病院へ行ったとのこと。お医者さんと海外ドラマの話で盛り上がったらしい。気の合うお医者さんだったのがせめてもの救い。

四月九日（木）

朝ラン三十分。神田川沿いはまだ桜が咲いている。

編集者の川口恵子さんからメール。熊本の「橙書店」にいわゆる「一万円選書」を一緒に頼みませんかというおさそい。

「ＢＯＯＫＳルーエ」で委託販売してもらった『校正者の日記　二〇一九年』の精算。レジに見たことのない行列。吉祥寺で開いている新刊書店はもうここだけかもしれない。「ＯＵＴＢＯＵＮＤ」店主の小林和人さんがオンラインショップ用の撮影で店にいるというので寄らせてもらって、以前試着したパンツを購入。隣の絵本の古本屋「ＭＡＩＮ ＴＥＮＴ」は本の無人販売を始めていた。

ゲラを発送して帰宅すると、Amazonで注文した資料が届いていた。控えコピーで引用箇所を照合して、赤字の入った二カ所をスキャンし編集者にメールで送る。「ビッグイシュー」三カ月月限定通信販売に申し込んだ。

四月十日（金）

東急裏の「にほん酒や」でお弁当を二種類。ケータリングの仕事をしている友人と立ち話。井ノ頭通りの「BAL Bocca」では野菜を買う。ここでも友人にばったり。今日は吉祥寺の好きな人たちにみんな会えた。この風景を失いたくない。

帰宅して、次の仕事に必要な資料が届いたかと図書館のウェブサイトを見たら、昨日から全面休館。これで国立国会図書館を含む近隣の図書館はすべて閉まってしまった。次読むゲラは大量の引用があるので、資料が手に入らないことには照合ができない。一、二冊なら自腹で購入することも考えるが、冊数がかなり多いうえ、書店自体も開いていないこの状況では現実的ではない。編集者と電話で相談。著者に事情を話して資料を借りられないか頼むことに。図書館に所蔵がなく古書店に注文してあった資料のリストをメールで送る。

母から弟にメールしても返信がないと電話。Twitterを見てみると普通にツイートしている。あとで訊いたら携帯の電池が切れていたらしい。この状況では心配するのもいたしかたなし。

バー「Lilt」も明日の零時から休業とのこと。つまりあと数時間で閉まってしまう。行こうかどうか迷うが、駆け込みが多そうという気もして、けっきょく行かなかった。

四月十一日（土）

三鷹までひと駅歩く。風が吹くとどこからともなく桜の花びらが降ってきて、夢の中にいるようだった。薬局でトイレットペーパーが買えた。吉祥寺ではいまだに売っているのを見たことがない。「リトルスターレストラン」で持参したお重にお惣菜を詰めてもらう。待ち時間で和菓子屋「すえき」へ。道路に「けんけんぱ」みたいな丸がチョークでかいてある。ソーシャル・ディスタンス。たいやき二個と道明寺。「リトルスターレストラン」へ戻り、お重を受け取る。運動会のお弁当みたいに華やかな出来栄えだった。

帰宅して仕事。今日で仕上げるつもりが調べものの多いゲラで暗くなるまで粘るも終わらず、力尽きてソファに倒れ込みTwitterを見る。このところ、TLを追うのに毎日数時間を費やしている。それで本を読む時間がないといっているのもどうなのか。

四月十二日（日）

オンラインヨガの日だったが休ませてもらう。朝からTwitterでひどいものを見てしまった。怨嗟の入り乱れるＴＬに、夏葉社の島田潤一郎さんのツイートを見つけた。日野市立図書館初代館長の前川恒雄先生が亡くなられた。享年八十九。よりによってこんな日に。前川先生の『われらの図書館』を読まなければ図書館員になることも、この仕事をすることもなかっただろう。

夜、毎日新聞記者の上村里花さんからメール。福岡の本屋「とらきつね」で『ブードゥーラウンジ』の鹿子裕文さんとトークショーをしたときの様子が記事になることに。

新村恭『広辞苑はなぜ生まれたか　新村出の生きた軌跡』（世界思想社）読了。

四月十四日（火）

朝ラン三十分。公園の新緑があざやか。途中、ラン友達とすれ違った。

雑誌のゲラを読む日。初校で大きな誤植をひとつ見落としていたことに気がつき、暗澹とする。夫、二十二時過ぎに帰宅。このところ毎晩帰りが遅い。同業だが会社勤めの彼は近頃、ゲラを読むよりも、メールのやりとりなどに時間をとられているという。

ライツ社の「Amazonで本が在庫切れになっていた場合ほかの選択肢まとめ」や、里山社の「全国の通販で買える個人書店一覧」などをブックマークする。

以前出演したテレビ番組のディレクターから、総集編の放映にあたっての許諾を求めるメール。テレビ業界は「壊滅的な状況」とのこと。

李龍徳『あなたが私を竹槍で突き殺す前に』(河出書房新社)読了。

四月十六日(木)

朝ラン三十分。花見の時期から井の頭公園のいたるところに張り巡らされていた「立入禁止」のテープが撤去されていた。しかし人が多い。走る時間を変えたほうがいいかもしれない。

「橙書店」から本が届く。請求書に送料が入っていなかった。その分も足して振り込む。

「ミニシアター・エイド基金」のようなものを本屋でもできないか、と「fuzkue」の阿久津隆さんのツイート。

夕方、緊急事態宣言を全国に拡大検討とのニュース。自然食品店で野菜と食料品をまとめて買う。家からは少し歩くが、ここの野菜は味が濃く長持ちする。途中にある美容院は閉まっていた。最後に切ってもらってからどれくらい経つだろう。

夕飯の支度をしながら、再開した若松英輔さんの音声メルマガを聴く。母に電話。関節リウマチとの診断。痛みどめがなかなか効かず眠れないらしい。

亜紀書房の内藤寛さんからDM。青山ゆみこさん、村井理子さんとの交換日記の企画。近々ウェブマガジン「あき地」で連載が始まることになった。連載は初めてだ。

四月十七日（金）

編集者が自転車でゲラを取りにくる。公園のベンチに恋人のように並んで座り、ゲラを見た。Amazonで入荷制限が始まり、本の在庫が補充されなくなると耳にする。

ナナロク社の村井光男さん、イラストレーターの佐藤ジュンコさんからDM。村井さんは福岡の「ブードゥーラウンジ」のクラウドファンディングを、一日貸切プランで支援したそうだ。佐藤ジュンコさんからは、Instagramで主婦と生活社の編集者が始めたという「私の好きな料理本リレー」のバトンがまわってきた。

夕飯は青菜とクレソンのオイル煮、「芙葉亭」でテイクアウトした鴨のスモークオレンジソース添えなど。「芙葉亭」は五月で閉店するらしい（後日、NHKでニュースになっていた）。

夜、半身浴をしながら『走る奴なんて馬鹿だと思ってた』（松久淳、山と渓谷社）読了。

四月二十一日（火）

今日は夫も在宅で仕事。ダイニングテーブルで向かい合ってゲラを読む。井ノ頭通りの「transista」で買ったデンマーク製の古いテーブル。いつもここで仕事をしているが、二人で使うとなるとさすがに狭い。天板が引き出せることを夫が思い出し、広くなって断然快適に。

荻窪の「Title」に注文していた本が届く。あとで宅配は「ドアの前に置いてください」と頼めることを知った。

朝日出版社営業の橋本亮二さんから届いた手紙に返事を書く。

物書堂の辞書アプリ『日本語シソーラス 類語検索辞典 第2版』がセールになっていたので購入。今野真二『日日是日本語』（岩波書店）読了。辞書研究家・惣郷正明の名を記憶した。

四月二十二日（水）

ベランダに見たことのない花が咲いていた。Twitterで「アリアケスミレ」だと教えていただく。蟻が種を運んできたのではないかと。

注文していた『〈美しい本〉の文化誌　装幀百十年の系譜』（臼田捷治、Book & Design）が届く。

ゲラのコピーを取りに出る。「金井米穀店」で無農薬のササニシキを三キロ。二十日発売の雑誌がどこにも売っていない。帰宅して装丁家の矢萩多聞さんの「本とこラジオ」を聴く。

校正を担当した本が一カ月経たずに重版になったと、担当編集者からDM。校正者にまで重版の連絡をくれる編集者はめったにいない。書店が開いていないこの状況は「正直しんどい。でもやるしかない」と。

作家・広告制作企画者

❖**浅生鴨／四九歳／東京都**
毎朝、早起きの猫社員達に起こされる。小説、広告、日常の会話……言葉に真摯に向き合いながら、〝希望のある小説〟の種を探す。

四月十日（金）

朝は犬猫SNSアプリ・ドコノコに毎日書いている短い原稿。そのあと次の同人誌用の原稿を読み直し。明け方まで掛かってどうにか一気に書いたものの、やっぱり一日か二日は寝かせたい。間が空いて内容を忘れたくらいで読み直さないと自分が何を書いたのかもわからないし、そうでないと直せない。午後からは某社でビデオ撮影。株主への決算発表会ができなくなったのでオンラインでやりたいと、急遽お声がかかった。さすがに外出控えを求められている今、撮影スタッフを呼ぶわけにもいかないから僕一人で2カメを回す。とりあえず4Kで撮っておけばあとからアップはつくれるし。それにしても個人で4K撮影できるなんてすごい時代になったもんだなあ。某出版社の社長がこのままでは潰れるかもしれないとネットに書いていた。事業をやっている人や経営者ほど、この状況に危機感を持っているように思う。サラリーマンとはたぶん何かしらの感覚が違うのだろう。何が違うのか。夕飯は茄子と豚肉。

四月十二日（日）

明け方にドコノコを終わらせてひと眠りしたあと、早朝から応援の原稿。noteに載せるものなので原稿用紙を見ながらパソコンへテキスト入力したあと、横書きで読み直す。手書きの縦書きをテキストデータの横書きにすると、書かれている文字列は同じなのにまるで違うもののように見えてくる。文字のほかにそういうものってあるのかな。星野源に乗っかった首相の動画に驚く。別に寛いだっていいけれども、あの動画を見た僕たちがどう感じるかを本人も周囲もわかっていないとしたら、その想像力の欠如が恐ろしい。想像力を欠いた人たちが未知の問題を解決できるのだろうか。夕方からは同人誌の原稿を読み直して少しだけ書き足す。足したのは物語全体にはまるで関係ないことで、たぶん妙な疑問が残るだろうけれどそれで構わない。どうして小説にせよ映画にせよ、あんなに「伏線の回収」が支持されるんだろう。僕は回収されるよりも投げっぱなしになっているほうがやっぱり好きだ。腑に落ちないもの、わからなかったもの、そういうものが僕には残る。回収される伏線は物語の中に留まってしまう。回収されない伏線こそが僕に向かってくる物語の鋒《きっさき》だと思う。夕飯は筍の土佐煮。わりとうまくできた。

四月十七日（金）

朝のドコノコ原稿のあと、「ＧＩＮＺＡ」の原稿を直して送信。ゴミ出し。可燃ゴミ。あきらかに近所の人の出すゴミの量も増えている。みんな家にいるから、ゴミの量が増えるんだな。これは思いもよらなかった。言ってみれば、外のゴミが家にやってきたわけで、富の再分配ならぬゴミの再分配。人々が仕事を失うディストピア・ストーリーはたくさんあれども、その結果、ゴミが増えるってのはあまり読んだことがないかもしれない。ゴミだらけの街は椎名誠の『アド・バード』に出てくるけれど、あれは収集が止まったからで、ちょっと違う。腕は麻痺だけじゃなくて、痛みが日に日に増している。とにかく痛い。何も持てないくらいに痛い。印刷所へ印刷代の前金を振り込む。もう後戻りはできない。ぜんぶ売れても収支はほぼトントンだから、売れてくれないと困る。なんでこんな本をつくっているのか自分でもよくわからない。でも、まあ楽しいからなんだろうな。コロナウイルスによる影響は来年くらい、もしかすると二年先くらいまで続くのだろうなという覚悟でものを考えていて、だからこそ本を自分でつくっているって話でもある。僕にしかわからない理屈だけど。それにしても感染拡大が進んでいる。いずれは僕も罹るのだろう。いつ罹るのか。罹るタイミングによっては死ぬかもしれない。夜は小野美由紀さんとカツセマサヒコさんとでZoomを使ったオンライン・トークイベント。お客さんが見えないから、こういうの僕はちょっと苦手かもしれない。夕飯は適当にミックスナッツなどで済ます。

四月十九日（日）

早朝からドコノコの短い文章。朝、猫が起こしに来る時間がどんどん早まっていて、以前は七時ごろだったのに、最近は五時過ぎにニャーニャー鳴いて食事を要求するから辛い。あまりにも眠くてドコノコの作業を終えたあと、しばらくぼうっとしてしまった。ふと気がついたらもう昼になっていて、何やら損した気分。「GINZA」の原稿はゲラが届いたので一カ所だけ赤を入れて戻した。短編のネタとして、謎のウイルスが世界に蔓延する話や、県境が封鎖されてパスポートが必要になる話なんかのメモが手元にあるんだけれど、現実に追いつかれてしまったから、このネタはさすがにもう使えないよなあ。いろいろなところで「今年の春はあれができなかったね、これができなかったね、来年やろうね」なんて言葉が行き来している。僕には余命がそれほど長くないと医者に言われている友人が何人かいるから、どうしても彼らのことを考えてしまう。来年の春という言葉をいったいどんな気持ちで聞いているのだろう。「今は我慢しよう。でも、この自粛期間が終わったらあれをやろうこれをやろう」とつぶやく人たちの、未来の存在を決して疑わない姿をどのように見ているのだろう。そんなことを考えだすと、なんだかそう簡単に「来年は」なんて言葉を口にできなくなる。来年のことよりも、今この瞬間をどれだけ真剣に、大切に、楽しく過ごすか。そのほうが彼らには重要だし、きっとそれは自分の余命を知らないだけで、僕だって同じことなのだと思う。夕飯はサバ。

四月二十日（月）

もともと自宅に篭るのが好きなので、ずっと家にいることが苦にならないどころか、他人に会わなくて済むのが楽でしかたがない。これまでの会議がどれだけ不要だったかよくわかる。その代わりに、ときどき旅に出て自分自身をリセットしていたから、旅に出られないのだけがちょっと悲しい。印刷所から同人誌製作のスケジュールが届く。印刷製本ともに業務がスローダウンしているので納品日が遅れると言う。発売日を遅らせるしかない。僕の本は配本されるわけでもないし、大きな書店は閉まっているからあまり影響はないだろう。人が人に会うことについて考えている。かつては「あの人は今何をしているんだろうなあ」って想像していたのが、今では物理的に会わなくともビデオ会議だのチャットだのメールだのでやりとりできるし、やりとりしなくても、ＳＮＳなんかでその人の動向がわかる。もちろん見せたいものだけを見せられてはいるのだろうけれども、それでもとにかく会っていなくてもその人との関係は維持できる。ダンパー数を超えた人間関係。食べていないのに、いつでも味がわかるようなものでどこか奇妙だ。今、僕たちの処理能力を超えた量の「他人の動向」が流れ込んでいて、それが僕たちの考え方や行動に何らかの歪みをもたらしているような気がしてならない。夕飯は麻婆豆腐。前回辛かったのでリベンジらしい。

四月二十一日（火）

午前中はドコノコのビデオ会議。ドコノコの位置情報機能を使って、テイク・アウェイできる店を期間限定で表示する話。なんだかみんな、どこかぼうっとしている感じ。背景ノイズが入ってくるせいなのか、会話に集中できていない雰囲気。そのあとは以前から相談されていた「家にいよう」のCMの件。ずいぶん考えたのだけれども、クライアントの言う「若い人たちに、家にいることがカッコいいと思わせたい」は、恵まれた立場からの傲慢な広告にしかならないと感じるので、その懸念を伝える。家にいたくともいられない人たちを脅迫することになるし、出来る人と出来ない人を分断しかねない。うまいやり方があるのかもしれないけれど、今の僕には考えつけない。力不足。夕方、散歩ついでに近所の焼き鳥屋を覗く。ガラガラ。「八時までの営業とお持ち帰りで何とかしてるけど、とにかく厳しい。どうなるのかわからない」と夫婦揃って泣き笑い顔。「飲食は、たくさん潰れると思うよ」ポロリと言う。帰ってからあれこれ計算して、同人誌の売り上げの一部を医療機関へ寄付することに決めた。正直に言えば、収支カツカツの同人誌で寄付するのはかなり厳しいんだけど、焼き鳥屋の話を聞けば、僕はまだまだ何とかやっていけているのだから、こういうときにこそ何かやらなきゃな。痩せ我慢だ。痩せ我慢は僕の長所だと思っている。夕飯は焼き鳥。

四月二十三日（木）

寝坊してテレビ会議をすっぽかす。最近なんだか夜が遅い。ストレスのせいなのか何なのかわからないけれど、とにかく寝る時間が遅い。そのぶん起床も遅くなりがちで、朝のドコノコ原稿もギリギリになっている。昼前に印刷所から連絡。文章を修正したページの一部に書体の変わっている箇所があるとの指摘。どうせ版を丸ごと差し替えるのだからと、こっそり書体を変えていたものがきっちりチェックされていて、すごく丁寧に見てくれているんだなと感激した。問題ないとすぐに返事をする。いろんな国の人たちや、海外で暮らしている日本の人たちとやりとりをしていちばん驚かれるのは「まだ外出して働いているの?」「まだ開いている飲食店があるの?」ってことで、それは補償がないのでそうしないと生活できないからなんだと説明するものの、海外だって完璧に補償されているわけではないのに誰もがきっちり自宅生活を送っているのは、自分が社会を守るのだという市民感覚の違いなのかなとぼんやり感じる。身内は必死で守るのに、一歩離れた他者の生活や生命や財産に対しては、どこか冷酷になる。社会を守ることが自分を守ることになるという感覚の欠如。空気は守るのに人は守らない。ならば、その逆を書けば希望ある小説にならないかな。夕飯は豆苗の豚肉巻きとなめこ汁。

俳句作家

❖佐藤文香／三四歳／東京都
四月から一年間アメリカ暮らしの予定が延期に。移住を見越して仕事を減らしていたので、俳句を作りつつ、とりあえず走ることにする。

四月七日（火）

散歩。うちから何番目かに近い駅まで。片道四十分。自然食品店で、社会福祉法人土佐あけぼの会のさつまいもクッキーを再度購入。あんぽ柿と高級なプチトマトも買い、ヤッホーブルーイングのオーガニックビール「サンサン」も買う。別の店でドライマンゴーと白ワイン。なくても生きていけるものを買うのは、書かなくても生きていける俳句を書くのと似ている。

口紅の味して春の人参は　　文香

四月八日（水）

昨日緊急事態宣言が発令され、少し元気が出た。と書くと語弊があるが、世界は五里霧中、四月から夫の仕事の都合で一年間滞在する予定だったアメリカにいつ行けるかわからず、人に会えないし外食もできない（この二つが私の最大の娯楽）、〆切のある仕事もほとんどない、何をめあてに生きればいいかを見失っていた自分にとって、五月の連休後が区切りだと言われたことに、いったん安堵したという状態だ。もちろんこの期間は長引くかもしれないし、解除されたからといってもとどおりの暮らしが戻るとは限らない。でも、とりあえずは一ヶ月だ。というわけで、走った。緊急事態宣言が解除されるまでに３㎞を15分以内で走れるようになるという努力目標を掲げてみた。今日は15分38秒。

四月十日（金）

ｐｈａさんとＬＩＮＥし、会うことにする。公園で待ち合わせたが、人と土鳩が多すぎるので、それより大きい別の公園へ行きベンチで話した。髪の長いおじさんが体操などをしながらそれをコンパクトデジタルカメラで自撮りしていた。YouTuberならコンデジでは撮影しないと思う。シャツの隙間からでっぷりとした腹が見えていたので非常に気になった。何者だったのだろう。

大回りして帰ることにし、大きめの神社があったので拝んだ。けっこう風が吹いていたので、池田澄子の〈青嵐神社があったので拝む〉を思い出した（「青嵐」は夏の季語なので少し時期は早いが）。神社には雉鳩が一羽いた。公園に群れる土鳩とは違って高貴だった。

人との接触八割減とのことだが、週に一度誰か一人と公園で会うくらいのことは許容されるだろう。電車に乗らずに会える友達がいるのはありがたい。今後はターミナル駅を通らずに会える、だいたい自転車で行ける距離感の仲間、というコミュニティが大事になってくるのではないだろうか。広めの近所とオンラインとの組み合わせが、次の時代の人との結びつきのあり方のひとつになる気がする。

生きてたまに頼ってもらへ花大根　　文香

四月十一日（土）

夫と二人で一時間散歩。川沿いを歩いた。鴨と鷺、八重山吹と木香薔薇。少し句作。「三月に買ったけど忙しくて持って帰るのを忘れていた」と、夫がおもむろに出してきた宝塚歌劇団のブルーレイ「望海風斗、パリ夢紀行～かんぽ生命 Presents ドリームメーカー3より～」を見た。トップ娘役の真彩希帆がカルバドスを一気飲みしていた。夫といると本当に宝塚のことしか考えられなくなってしまうが、生きていることのすべてが句材なので、これも仕事か。

雪組の令和二年や春をのぞむ　　文香

四月十三日（月）

昨夜は気圧のせいか鬱になり、夫に洗い物をしてもらい、風呂にも入れず、最後にはわけもなく泣き始めてしまったので頓服薬を飲んで寝た。コロナ鬱という言葉があるかは知らないが、そういうかんじだ。ＳＮＳは極力見ないようにと思うが、なかなか難しい。

朝から本気の雨。寒い。夫、はじめてのテレワーク。とりあえず二日に一度の出勤ということらしい。七時半に起きて朝ご飯を食べ、リビングのテーブルで向かい合って仕事。うちには夫の部屋はあるが私の部屋はなく、夫の部屋は本で埋まっているので、ふたりとも家にいる場合はずっと同じ空間で過ごすことになる。作品三句と、アンケートの仕事をやって送稿。十九日〆切のウェブ句会にも投句を済ませる。

四月十五日（水）

夫、テレワーク二回目。私は走りに行った。昨日までと走り方を変えたら、一気にスピードアップすることができ、緊急事態宣言中の目標であった3㎞15分をクリアすることができた（14分25秒）。

速く走る今の自分を助けに行く　　文香

ライブストリーミング「新生音楽（シンライブ）」のアーカイブを視聴し励まされた。心を込めて歌えば誰かに届くとして、声を用いずにそれを、私はやるとして。

四月十七日（金）

緊急事態宣言の範囲が全国に広がったことを受けて、夫の帰りは朝四時ごろになった。テレワークのはずだったが朝六時半ごろにまた出て行って、午前中に帰宅。私は5㎞走った。ラストスパートで十代のときの走り方を思い出して、深く感動。ちょっと泣いた。

『柿本多映俳句集成』（深夜叢書社）が第五十四回蛇笏賞を受賞したと多映さんからお電話をいただき、私の方が大喜び。ともに編集をお手伝いした関悦史さんともメッセージで喜び合う。制作開始から随分長くかかってしまったのだが、完成してよかった。多映さんは現在九十二歳。

比良坂へ桃を放りて長生きす　　柿本多映

四月十八日（土）

春の嵐。録画してもらった日本テレビ「人間vsＡＩ　前代未聞の歌&俳句バトル」を見る。仲の良い人たち（最強俳人として阪西敦子さん、ＡＩ監修者として若手最強の大塚凱さん、審査員として岸本尚毅さんと野口る理さん）がご出演。どれが誰の句かはすぐわかった。そして別の最強俳人関悦史さんがご出演のNHKラジオ第1「文芸選評」を途中から聴く。電話出演ながらTwitterでも好評でよかった。

夕方晴れて、夫と歩いて行きつけのワインバーへ。今日からテイクアウトを始めるというので行ってみた。常連友達の家族も来ていて、店の外で話せてよかった。帰宅して少し豪華な夕食。やはり人のつくる料理は美味しい。

四月二十二日（水）

飲み友達であるドイツ文学研究者の飯島雄太郎さん、編集者の柏倉健介さんとZoom飲み。二月に柏倉さんに壮行会をしてもらったのだが、オーストリアへ留学したのにすぐ帰国になってしまった飯島くんと、アメリカに行けなかった私、奇しくも三人とも日本で離れ離れの四月となった。飯島くんは現在実家住まいで、最近飼い始めた仔犬が途中部屋に入ってきた。仔犬は元気があり余っており、ウンチをしたり岩波文庫の『カフカ短篇集』をかじったりしていた。柏倉さんは日中ベランダでワインを飲みながら優雅に仕事をしているとのこと。

友達も淋しい二〇二〇年　　文香

文筆家

❖ワクサカソウヘイ／三六歳／東京都
貧乏に慣れてしまっているので生活の不安は薄い。それより気になるのはZoom飲み会。なぜ自分に誘いの声がかからないのか……。

四月十八日（土）

ずっと、自宅にこもっている。

この一か月で、ずいぶんと世界は様変わりした。目に見えないベルリンの壁が縦横無尽に築かれて、一気に分断の時代へと突入してしまった感がある。あらゆるところで、あらゆる業種の人々が不安の声を上げていて、いよいよ世界恐慌も間近といった雰囲気だ。

ただ、私個人でいえば、いまのところ、生活にまつわる不安の値《あたい》は薄い。文筆業などというお金の儲からなそうな、そして実際に全然儲かることのない生業に長いこと従事してきたものだから、貧乏には慣れてしまっているのだ。二十代の頃など、財布を開けても六十円と耳鼻科の診察券しか入っていません、みたいな状態がデフォルトであった。残念ながら、そもそも貧しい者は、お金がなくなるという恐怖を味わうことはできないのである。「このままでは庭師のペーターに十分な給金を出すことができない！」とか「飼っているドーベルマンに与える和牛肉のランクを落とさざるを得ない！」などと慌てふためいてみたかったのに。

それよりも不安を覚えるのは、オンライン飲み会の件である。

ＳＮＳを眺めていると、どうも大勢の人々が、Zoomなどを使って、インターネットの世界で酒を飲み交わしたりしているらしい。そのようなオンライン飲み会への誘いの声が、なぜ私にはかからないのか。もしかして、新世界に移行しつつあるこの機会に、みんな、私のことを断捨離しようとしているのではないか。おいおい、マジかよ。そんなのって、アリかよ。私がなにをしたっていうんだよ。

四月十九日（日）

午前中に一本、依頼されていたエッセイの原稿を書き終える。

午後からは、「磯ＺＩＮＥ」の編集作業。これはその名の通り、磯遊びをテーマに扱った自作の冊子である。作家の宮田珠己氏やダ・ヴィンチ・恐山氏にも寄稿していただいた。「磯ップ物語」や「磯声人語」、「リモート磯遊びのススメ」など、ふざけたページが誌面に並ぶ。デザインを担当してくれる装丁家の川名潤氏に最終稿を送信して、ひとまず作業終了。

「磯ＺＩＮＥ」は、知人が営む書店で販売する予定である。店頭だけではなく、インターネット上でのデータ販売も計画している。

小さなネタを、小さく売って、目に見える範囲でお金を回していきたい。で、そんなスモール循環世界を、自分の周りに百個ほど構築して、したたかに生き抜いてみたい。そんなスケベ心さえ持っていれば、分断の時代なんて怖くないと、胸を張って言える気がするのである。オンライン飲み会への誘いの声は、今日もかからなかった。分断の時代よりも、自身の人徳のなさが、私は怖い。ふて寝。

四月二十日（月）

ツイッターやフェイスブックの世界では、色々なバトンが回されているらしい。私のところには、現状、バトンはひとつも回されてきていない。

四月二十一日（火）

Zoomを使って、担当編集氏と打ち合わせ。秋に刊行する予定の書籍について。書店や出版業界に暗雲が立ち込め始めている中で、果たしてスケジュール通りに出版されるのか、見ものである。

打ち合わせ終わり、「このあとはどんなご予定なんですか？」と編集氏に尋ねると、「仕事仲間とオンライン飲み会をする予定です」と返され、動揺する。

やっぱりみんな、私の目を盗んで、こそこそと愉快な時間を過ごしているのだ。

四月二十二日（水）

曜日の感覚が薄れてきている。そうか、今日は水曜日なのか。外出をしなくなると、生活にメリハリがなくなる。

このところ、だらだらと仕事を続けていたので、本日は休みとする。こんな感じで、「好きな時に働き、好きな時に休む」ことが当たり前の、ふざけた時代がこれからやってくればいいな、と思っている。

しかし、部屋の中で過ごすしかない休日というのは、本当に暇である。

あまりにやることがなくて、何年かぶりにmixiにログインする。

するとトップ画面に、「メッセージが八件あります！」という赤文字が現れる。

これはもしかして、マイミクたちからのオンライン飲み会へのお誘いなのではないか。

にわかに胸を躍らせ、開封する。

すべて、「レイバンのサングラス50％オフ」というスパムメールだった。

四月二十三日（木）

J－WAVEの収録にZoomで参加する。とある番組内に、レギュラーでやっているラジオコントコーナーがあるのだ。私は主に台本を担当している。

指定された時間になると、ぞろぞろと画面上に馴染みのキャスト・スタッフ陣の顔が集まってくる。おお、みんな、一か月前に会った時よりも若干太っている。家ごもりの日々の中で、誰もが食べることに邁進していたのだろう。その中でもやけに顔がパンパンの者がいて、誰だよこいつ、と思ったら、ほかでもない自分だった。

収録はつつがなく進行し、二時間ほどで終了となった。心のどこかで「このあと、みんなでオンライン飲み会でもやろうよ」という流れになることを期待していたのだが、残念ながらすぐに解散となった。

夕飯はカレーライス。三杯も食べてしまう。あごのラインが、どんどん消えていく。

風呂に入って、布団に潜る。

実はいまごろ、ラジオコントのメンバーたちが私を抜きにしたオンライン飲み会を開催しているのではないか、という疑心が頭を巡り、なかなか寝付けなかった。

四月二十四日（金）

コラムを寄稿したテレビブロス誌がポストに届いていた。

テレビブロスは、この号を最後に、紙での発行を停止する。これからはネット媒体に転身とのこと。諸行無常である。

夜、しばらく放置していたスケジュール帳を久々に開くと、今日の日付のところに「中華屋で飲み会」と書き込まれていた。そうだ、外出に制限がかかっていなければ、私は今頃、友人たちと池袋で点心を食べ、紹興酒を飲むなどしていたのだ。

愛しい人たちと、気づけばこんなにも遠ざかってしまった。分断を初めて具体的に感じ、少しだけうろたえる。

しかし、「諸行無常こそがこの世の有様なのだ」と自身に唱えて、持ち直す。

昨日までの世界は、あっという間に懐かしい景色へと変容していく。それがこの世の常であるのだから、自分もまた変容を続けることを止めずに、未明を迎え入れなければならないのだ。ということは。

いま私がやるべきことは、オンライン飲み会への誘いを受け身で待ち続けることではないのではないか。「自分から積極的に誘いかけるモード」に自身を切り替えることが必要なのではないのか。そうだ、変わるのだ、新しい世界に立ち向かうため、私は変わらなければならないのだ。

中華屋で会う予定だった面々にＬＩＮＥで声をかけ、ようやく念願のオンライン飲み会を果たす。

と言いたいところだが、「ごめん、今日はちょっと無理」「またこんど誘って」などという返事ばかりで、オンライン飲み会が開催されることはなかった。法廷で会おう！

ライター

❖清田隆之／三九歳／東京都
妻と双子を育てながらオンラインで打ち合わせ。恋バナを聞くユニット・桃山商事としても活動。恋愛や結婚の変化に思いを巡らす。

四月八日（水）

昨夜、七都府県を対象に「緊急事態宣言」が発令された。すでに政府から出ている外出自粛や営業自粛の要請に「これからは法的な強制力がつきますよ」という宣言なのだと理解したが、何が変わるのか正直ピンとこない。もちろんコロナの感染拡大を防止するために家にいようと思う。普段から在宅ワーカーだし、基本的にパソコンに向かって原稿を書いているだけの日々なので大きな変化はないような気もする。でも、そんな自分ですらトークイベントの出演など仕事はすでにいくつか消滅している。原稿の依頼も減っていくかもしれない。実家は街の電器屋だが、営業を自粛している間の収入はどうすればいいのか。ツイッターで「#自粛と補償はセットだろ」というハッシュタグが広まっているが、本当にその通りだと思う。国による救済措置もあるにはあるが、条件やら証明やらが複雑で疑問しかない。給付金とは人々が当座の数週間をしのぐための軍資金であり、外出自粛生活を支える費用になるわけで、まずは迅速に一律で配布という形が望ましいのでは……。いろいろモヤモヤしたのでツイッターに「俺たちフリーランスが収入減を証明しようと思うと『いやマジ本来なら今頃めっちゃ仕事が入ってきていたはずなんだけどコロナの影響で来ていたはずの仕事が来なくなってごにょごにょ……』というよくわからない上にミサワ的なイキり成分も混入した説明になってしまいそうなところがつらいから一律補償頼む」と書いたら一万三千以上のいいねがついた。同じような気持ちの人がたくさんいることを実感。

四月十三日（月）

双子たちが産まれて今日でちょうど五か月が経った。我々夫婦は双方の両親がともに都内に住んでいるため、週に三〜四回は子育ての手伝いをしに来てもらっていたのだが、外出自粛でそれも先月末からストップしている。新型コロナウイルスは感染しても無症状というケースが多く、また潜伏期間も長いことから、たとえ感染していてもすぐにそれを自覚することは難しい。知らないうちに感染したりさせたりしてしまうものである以上、当面は我々夫婦だけで子どもたちの面倒を見ていこうという方針になった。しかしこれがなかなかキツい。双子を二人で見るということは実質ワンオペ育児が延々と続くようなもので、日中はほとんどまともに仕事ができない。双子が同じタイミングで寝てくれたときがチャンスなのだが、我々もそこで仮眠を取らないと体力が一日もたない。子どもを抱っこしているときにやれることと言えばスマホでツイッターを見ることくらいで、元からツイッター中毒気味だったのがさらに拍車がかかっている。自分のタイムラインではみな現政権に怒っており、激しく同意だ。毎日妻と気になるニュースやつぶやきをシェアしながら政府に対する怒りを募らせている。それはそうと原稿がＯＷＡＲＡＮＡＩ。やばい。

四月十六日（木）

現在住んでいる高田馬場の家はエレベーターのないマンションの四階で、子育てをするには少々ハードな環境だ。駅近の立地やおもしろい間取り、割安な家賃や広めのベランダなど、物件としては非常に気に入っていて、長く住むつもりで二年半前に引っ越してきたのだが、子育て経験者の友人たちから「あそこで双子を育てるのは無理」「ベビーカーの上げ下げとかどうするの？」と口を揃えて言われ、ここ半年くらいずっと引っ越しを検討してきた。将来的な子ども部屋も確保することを考えると理想は３ＬＤＫくらい欲しい。なおかつ両親の手を借りることも考えると都心からそんなには離れられない。そうやって諸々の条件を鑑みると、賃貸よりも中古マンションを購入したほうが月々の支払いは安く抑えられることがわかり、その方向でずっと物件探しを続けていた。そして我々でも買えそうな値段でとてもよい物件が見つかり、今日はそのローン審査のために新宿にある銀行まで出向くことになった。過去三年分の収入や経費、お金の出入りなど、通帳や確定申告の書類を元に細かく調べられ、事業の見通しについても根掘り葉掘り質問された。このないだ朝日新聞に書評を書いた『遅いインターネット』（宇野常寛／幻冬舎）には「資本主義下における個人の経済的な価値とは、正確にはその人の社会的な評価に応じて金融機関や投資家から調達できる（借金できる）額のことに他ならない」「住宅ローンを組むときだけ、彼らは資本主義の本質に触れることになる」と書かれていたのだが、まさにそれを地で行く経験だった。引っ越しを検討し始めたときはまさか二〇二〇年の春がこんな状況になっているとは一ミリも想像しなかったし、先行きが不透明すぎる今、本当にマンションなど購入していいものか迷いがないわけではないが……月々の固定費が下がるのは魅力的でもある。自分はフリーランスの文筆業で、妻は翻訳関係の自営業。さらには生後五か月の双子を抱えており、経済的に最弱の部類に入りそうな我々夫婦に、はたして資本主義社会はローンを組ませてくれるのだろうか……。

四月二十三日（木）

朝から活発に動き、お腹が空けば大声で泣きわめく双子たちをあやしつつ、月イチで回答者を務めている朝日新聞be「悩みのるつぼ」の原稿に取りかかる。今回は家事をやってくれない夫にモヤモヤしている三十代の専業主婦からのお悩みだった。彼女は家事と子育てを一手に担っていて、時間的にも精神的にも余裕がない。そのため夫に対し、日々「お湯を沸かして欲しい」「レンジでチンして欲しい」「ゴミ捨てをして欲しい」などと思うものの、その期待はいつも叶わず、不公平感が塵のように積もって苦しんでいる。しかし、お金を稼いでいないため自分には相手に期待する権利がないとも思っている。どうすれば小さなことを気にせずに暮らしていくことができるのか――というお悩みだった。根底にはおそらくジェンダーの問題が横たわっていて、「言えばいいじゃん」とか「相手に期待するだけムダ」で片付けられるような簡単な話ではない。夫婦は家庭の共同運営者なわけで、仮に夫がお金を稼ぎ、妻が家のことを担うという役割だったとしても、仕事としての家事や育児は会社と同じように九時~五時で終わるはず。それ以外の時間は平等に分担するのが原則であり、相談者さんは引け目を感じる必要は一切ないという方向性の回答にまとまった。外出自粛でリモートワークも増えている今、こういった問題は多くの家庭でめちゃくちゃ多発しているように思う。

四月二十四日（金）

朝、妻から家事や育児のことで苦言を呈される。洗濯し終わった服はなるべく早めに取り出して干し、洗濯槽を乾燥させて欲しいと何度言ったらわかるんだ。ミルクをあげる際は同時におむつ交換をして欲しいと何度言ったらわかるんだ……という内容の話だった。両方とも衛生に関する問題なのだが、確かに面倒くさがって決まりを蔑ろにしてしまう瞬間が多々あった。昨日、悩み相談に「家事は平等に分担が原則です」とか偉そうに回答していたくせに……。妻に原稿を読んでもらったとき、少し表情が固くなったのはこのせいだったのか。己の矛盾っぷりがつらい。赤子を世話しつつ二時間ほど原因と対策についてじっくり話し合った。夜はZoomで桃山商事のメンバーとミーティング。明日の夜は「#stayhomeの恋愛事変」と題し、外出自粛やコロナの影響で恋愛や結婚生活にどのような変化が起きているのかについて、様々な人から投稿してもらったエピソードを元に語り合うニコ生番組を放送予定で、その打ち合わせをオンラインで行った。メンバーともしばらく会えていない。こうしてオンラインで会うことは、実際に会うことと何がどう異なるのだろうか。生身の身体を介さないコミュニケーションがベースになることで、恋愛にはどんな変化が生まれているのだろうか。それにしても毎日眠い。天気がいいのに外に出られないのがしんどい。来月の二十日が誕生日なのだが、まさかこんな日々の中で四十歳の節目を迎えることになるとは想像もしなかった。

評論家

❖川本三郎／七五歳／東京都
一人暮らし。朝食はドトールコーヒーでとることが多いが、次第に行けなくなる。たとえ会えなくとも、友人たちとの交流は続く。

四月七日（火）

朝、いつも通り家の近くの善福寺川緑地を散歩。新高円寺のドトールでコーヒーとモーニング。ふだんたいてい朝食はここですます。

午後、「キネマ旬報」の連載コラムの原稿。このところ試写は次々に中止になっている。仕方なくＤＶＤを送ってもらって、それを見て原稿を書く。本当はスクリーンで見ないといけないのだが、この状況では仕方がない。取り上げた映画は、シーラッハ原作のドイツ映画「コリーニ事件」。

夜、読書。今日は昼も夜も食事はうどんですます。

四月八日（水）

朝、善福寺川緑地散歩。テニスコートを調節池にする工事が始まっている。ドトールで朝食。

サミットストアで買物。コロナ対策には納豆がいいという噂が広まっているためか、納豆の売行きが早い。
昼と夜用に野菜スープを作る。夜は栄養をつけなければと牛肉のステーキ。夜、読書。

四月九日（木）

朝、散歩。緊急事態宣言のあと、以前より、散歩、ジョギング、犬の散歩の人が増えた。一日、家、読書。物書きという職業は、もともと一日、家で仕事をすることの多い座業だから、緊急事態といってもふだんと変らない。ただ外食が出来なくなったので、食事を自分で作らなければならないのが面倒。野菜スープを作りおきする。

四月十日（金）

朝、散歩。アナログ人間なのでメールもＳＮＳというのもしない。従って人と話をしない日が続くが、一人暮しで孤独に慣れている。良寛ではないが「一人遊ぞわれはまされり」。

四月十一日（土）

朝、散歩。桜は終ったが新緑が美しくなり、散歩が楽しい。冬のあいだ川にいたカモやキンクロハジロが北の国に帰ったのか、だんだん数が減ってくる。ドトール、さすがに客が少なくなっている。

大林宣彦監督死去。電子版「ぴあ」に追悼文を書く。二〇〇八年六月、家内が癌で逝った時、大林監督から心のこもったお悔みの手紙をいただいたことが忘れられない。

四月十二日（日）

いつもと同じ。散歩と読書。善福寺川緑地には本当に以前より人が増えた。広場では子供たちが元気に遊んでいる。「外出自粛」とはいえ、このくらいは許してほしい。それにこれまでオリンピックを優先させてきた政治家たちが急に「自粛」と言い立てても説得力がない。

いまいちばん心配なのは最前線で仕事をしている医療従事者たちのこと。彼らを孤立させてはならない。

四月十三日（月）

雨のなか散歩。さすがに人は少ない。一日、家にいるので以前よりはテレビを見る時間が増えた。コロナ関連の報道番組によく出ている岡田晴恵さんという感染症の専門家がデータの裏付けがあり、話し方も誠実で好感が持てる。

台湾の蔡英文、ドイツのメルケルら世界では女性のリーダーがみごとなリーダーシップを発揮している。羨ましくなる。

四月十四日（火）

散歩のあと、一日、仕事。たまっていた短い原稿を三本書く。

四月十五日（水）

小学館の月刊誌「サライ」で「一人暮し」についてのインタビューを受ける。人に会うのは、ひと月ほど前、台湾の友人たちと会食をして以来。

さすがに室内ではまずいので善福寺川緑地公園のベンチに距離を保って座り、話をする。ふだんなら一緒に食事をするところだが、話が終わるとすぐに別れる。なんだか寂しい。

この新型コロナは、人と人との距離を遠ざけてしまった。

四月十六日（木）

朝、散歩。新緑がきれいなのでいつもより足をのばして堀の内の妙法寺まで行く。「やくよけ祖師」として知られる日蓮宗の古刹。

雑木林のなかにある、近くに住んだ作家、有吉佐和子の文学碑に手を合わせる。

永井荷風は、若き日、大正改元の頃、親友の井上唖々《ああ》と新宿から歩いてこの寺を訪れている。

境内のたたずまいはその頃とさほど変っていないのではないか。

この付近には寺が多く、散歩するには静かでいい。この日から、しばらくドトールに行くのはさすがに控える。

朝は納豆とヨーグルトとサラダですませる。最近、セブン-イレブンで見つけた「金の直火焼ハンバーグ」が実においしいので、昼はもっぱらこれですませる。

あと、簡単な作りおきで、切り干し大根の煮物。にんじん、しいたけ、油揚げを入れる。新たまねぎのステーキも簡単でいい。

四月十七日（金）

ホームドクターである久我山の女医さんのところへ定期検診に行く。久しぶりの電車（井の頭線）に乗る。朝の九時台だったが、下りの車輛にはほとんど乗客はいない。最後尾の車輛には私ひとりだった。

人と会わず、必然的に酒の量も減ったためか血圧など数値がよくなっている。「自粛」の思わぬよさ。

帰り、買い物をしようと吉祥寺に出たが、大きな店は閉まっていて人通りは少ない。駅ビルのなかの「崎陽軒」でシュウマイ弁当を買おうとしたが、店は閉まっていた。残念。

四月十八日（土）

雨のなか散歩。静かでいい。外出時にはなるべくマスクをしている。このマスク、なかなか手に入らず困っていたら親切な友人たちが送ってくれるようになった。台湾の友人から「台湾は余裕があるから」と送ってくれたのはうれしかった。

今日は、女性の荷風研究者の第一人者、持田叙子さんが送ってくれる。大きな荷物が届き、あけたらマスクだけではなく食料品もたくさん。独居老人を心配してくれているのだろう。これには感謝。

四月十九日（日）

映画館、図書館、美術館などが次々に休館。コンサートが中止になったり延期になるのも寂しい。五月に楽しみにしていたアンジェラ・ヒューイットのバッハのピアノコンサートも延期になった。

そんななか今日の夜のNHKテレビ「クラシック音楽館」は、マーラーの交響曲第五番のアダージェットやベートーベンの交響曲の第七番などの演奏を放映し、心慰められる。

昼にNHKテレビで放映された大林宣彦監督の追悼番組を見ていたら、大林さんのこんないい言葉が紹介されていた。

「ひとは、ありがとうの数だけかしこくなり　ごめんなさいの数だけうつくしくなり　さようならの数だけ愛を知る」

四月二十日（月）

雨のなか散歩。雨の日の公園は静かでいい。雨に濡れたシャガの群落がきれいでしばし眺め入る。

原稿、二本書く。昨日、編集者から電話をもらったが、出版界も大型書店が休店してしまい売行きが厳しくなってきているという。

私の書く文学や映画、あるいは旅の原稿などまさに「不要不急」だから、これからどうなるのか、不安になる。

四月二十一日（火）

午後、税金の支払いなどのためバスで中野の銀行に行く。振込みを終えて町を歩く。驚いたことに大半の店が開いている。平日の午後だというのに人通りも多い。そのなかの一人が自分なのだから文句は言えない。

個人商店にとっては店を閉めるのは死活問題なのだろう。「シェフの店」でテイクアウトの弁当を売っていたので、これ（オムライス）を買って帰る。また以前のように親しい友人と、行きつけの居酒屋に行きたい。

私の数少ない楽しみごとである鉄道一人旅も、三月に常磐線に乗って福島県の富岡町に行ったのが最後になった。

東北では、岩手県はいまだに感染者ゼロ。奇跡に近い。盛岡は山形県の寒河江《さがえ》と並んで東北の好きな町のひとつでよく行っていたのだが、さすがにこの時期は控えなければならない。

四月二十二日（水）

朝、散歩。公園の遊具やバスケットボールのゴールが使用禁止になっている。子供たちも可哀そうだ。

一日、仕事。冬眠の出来る熊が羨ましい。人間も冬眠が出来るといいのだが。

四月二十三日（木）

「平信」という言葉がある。用事があって出す手紙ではなく、日常の何気ない挨拶がわりに出す手紙のこと。私はメールもＳＮＳもしないので手紙をよく書く。今日も同じように一人暮しをしている何人かの友人に「平信」を書く。

にわかに話題になっているカミュの『ペスト』を読むと、あの状況下では手紙を書くことも禁止になっている。幸い、日本はそこまで行っていないのでほっとする。

四月二十四日（水）

報道番組で繰返し医療崩壊の危機が報じられる。以前、入院中に世話になったK病院の二人の看護師の女性は元気にしているだろうか。彼女たちの健闘を祈っている。

敵は
コロナであって、
目の前にいる
夫や妻ではない。

Ⅷ章　聞く

夫婦問題カウンセラー

❖高草木陽光／東京都
自粛によって夫婦で過ごす時間が増えたためか、夫婦問題が急増しているようだ。対面相談は減ったが、電話相談は三倍に増えている。

四月七日（火）

本日、四月七日から五月六日まで、埼玉、千葉、東京、神奈川、大阪、兵庫、福岡の七都府県に緊急事態宣言が出された。それに伴い、二ヶ月以上前から出演が決まっていた某テレビ番組の予定が大幅に変更になった。当初予定されていたテーマも変更になり、出演予定のコーナーも縮小され、生出演が電話出演になると担当者からメールがきた。まぁ、こんな事態だから仕方がない。

「緊急事態宣言」といっても、私としては、することは今までとそれほど変わらない。すでに外出は控え、買い占めなどもしないようにしているし……。

ただ、今月予約をいただいている対面カウンセリングの相談者のキャンセルも増えるだろうな……と思うと、ちょっぴり複雑だけれど、今は一人一人が我慢して乗り切るしかない。

四月八日（水）

病院での濃厚接触を避けるため、定期的に診察に行っている総合病院に「処方箋をＦＡＸで受け取ることはできないか」と電話してみた。対応は、とても親切で「自宅ではなくて、お近くの処方箋薬局へのＦＡＸは可能です」ということだったので手続きしてもらい、無事に近くの薬局で薬を処方してもらうことができた。新型コロナウィルスに感染していない人が、病院で感染してしまうケースも増えているというから「絶対に行かなくてはいけないのか、来月でも特に問題はないのか」など、よく考えたり処方箋をＦＡＸしてもらったり、慎重に判断したほうがいいと感じる。

夕方、裁判中のため定期的に作戦会議を含めたカウンセリングを行っている相談者から「裁判が一旦停止状態になったため、今回予約しているカウンセリングをキャンセルしたい」とのメールがきた。裁判も延期にせざるを得ない状況に、改めて現状の深刻さを感じた。

四月十二日（日）

先日、某週刊誌からの取材依頼があり、本日電話で取材を受けた。取材内容は、

・新型コロナの流行でどのような相談が増えているか。
・どのような事柄でトラブルになっているか。

・コロナをきっかけに夫婦関係に亀裂が入った場合、どう修復すればいいか。
雑誌は、十六日に発売とのこと。

四月十三日（月）

世間では「コロナ離婚」という言葉が飛び交っている。自粛のため自宅で過ごす時間が増えているせいもあり、夫婦関係が悪化している人たちが増えてきたのは事実。

私のところにも相談が増えている。対面でのカウンセリングは感染のリスクがあるため、なるべく電話でのカウンセリングにしているけれど、「どうしても対面で話を聴いてほしい」という人もなかにはいて……う～ん、悩ましいな。

本日、小池都知事が休業要請の対象施設を発表した。居酒屋を含む飲食店は、朝五時～夜二十時までの営業、酒類の提供は夜七時までだって！　飲食店によっては、営業開始時間が夕方十八時くらいからという店も多いよね。そういうお店は、お酒を提供する時間が一時間しかないことになる。本当に大変。どうなってしまうんだろ……。

四月十五日（水）

本日は、某情報番組での「コロナ離婚」のコーナーに生電話出演。そのため、朝六時にお風呂に入り、寝ぼけた頭をスッキリさせる。ついでに、お風呂で発声練習。「ア・エ・イ・ウ・エ・

オ・ア・オ」「カ・ケ・キ・ク・ケ・コ・カ・コ」。真剣にやると顔の筋肉が痛い……。

七時十五分に担当者から電話があり、「このあとリハーサルを行います。スタジオからの声が聞こえてきますので、電話を繋いだままにしておいてください」と言われ、しばらく待機。

数分後、受話器の向こうからリハーサルの音(声)が聞こえてくる。なんか不思議な感じ〜！

「私は、アナウンサーさんたちのリハーサルの声を聞いているだけでいいのよね〜」と思って、自宅で台本を確認しながら呑気にしていたら、「夫婦問題カウンセラーの高草木さんに電話が繋がっています。高草木さーん」と。

「ん？　私、呼ばれている？　もしかしてこれは、私も参加する系？」とアレコレ悩むこと数秒。しばらく間が空き、「高草木さーん」と再度呼ばれて慌てて返事をしたという、朝からイヤ〜な汗をかいた一日だった。

ちなみに、本番は落ち着いて自然な感じを〝装って〟お伝えしたいことを話すことができたので、よしとしよう。「電話の生出演も、きちんとリハーサルがあるんだー」ということを初めて知った貴重な体験だった。

四月十六日（木）

週末からお天気が崩れるということで、今日は散歩がてら少し遠くのスーパーへお買い物。

近所なのに歩いたことがなかった遊歩道を、とりあえず歩いてみる。眩しいほど真っ赤で元気なツツジに強い生命力を感じる。人がいなくなったのを確認して思わずパシャリ。人工の小川で、ゆったり泳いでいる大っきな灰色の鯉は、お世辞でもカワイイとは言えないビジュアル。ランニングをする男女、ベビーカーを押す若いママ、ベンチでサンドイッチを頬張るサラリーマン。なんでもない穏やかな日常って感じだけれど、すれ違う人ほぼ全員がマスク姿だということが、この国が非常事態だという現実に引き戻してくれる。

四十分ほど歩くと、さすがに背中が汗ばんできた。たどり着いたスーパーは、午前中だというのに混み合っていたので適当に買い物を済ませ、そそくさと退散。

夕方、ついに全都道府県に緊急事態宣言が出された。また、これまでの一世帯あたり三十万円を給付する案は撤回され、所得制限を設けず国民一人当たり一律十万円を給付するとの発表があった。国民から不満の声が届いた結果なのかな。まずは一安心。

四月十七日（金）

午前中に電話のカウンセリングが二件。北陸と四国のお客様。午後からは、連載の執筆に集中。それにしても、どこの情報番組でも連日「コロナ、コロナ」と不安をあおるような内容ばかりでウンザリする。特に、情報収集がテレビ中心となっている年配の人たちが、パニックに陥らないか心配……。ある程度の恐怖心はもったほうがいいけれど、テレビだけの情報を信じて無闇に恐れるのは精神的にも良くない。

四月十八日（土）

とうとう悲しい事件が起きてしまった……。コロナの影響による収入不安で夫婦喧嘩になり、夫が妻を殴り倒して死なせてしまった。週刊文春の記事によると、今月五日、二人は夕方から自宅で飲んでいたようで、そのうち妻が夫に仕事が減ったことによる収入の不安を愚痴りだしたという。そして、ついに言ってはいけない一言を！

「あんたの稼ぎが少ないのよ！」

その言葉に怒った夫は、妻を床に叩きつけてしまい、救急車で運搬された一時間後に急性硬膜下血腫で亡くなってしまった。普段は普通に仲が良かった夫婦のようだが、「コロナ」は夫婦関係を一瞬で破壊する恐ろしいヤツだ。敵はコロナであって、目の前にいる夫や妻ではない。そんな当たり前な判断も狂わせてしまうのが「コロナ」だ。ヤツの思い通りにさせてはいけない。ヤツの思惑にハマってはいけない。

四月二十日（月）

電話カウンセリングを数件終わらせ、小腹が空いたので昨日作った筑前煮をキッチンで立ったままツマミ食い。私は、夕食に重きを置いているので、朝と昼は軽め。

十四時からは、ＷＥＢ連載している「ココカラ夫婦物語」の担当者と、今度新たにスタートする企画についてリモート打ち合わせ。どんなふうになるのか手探り状態だけれど、心が弱っている人や、困っている人が少しでも元気を取り戻してくれるような、私らしい発信の場になればいいなと思っている。

さて、今日は早めの晩酌スタートとするか。ツマミは何にしようか……。

四月二十四日（金）

今日は、相談が夜までギュウギュウに入っているというのに朝方まで眠れず、嫌な夢を見て目が覚めた。なぜか私が、この歳でキャビンアテンダントの新入社員として初出社する夢。冷静に考えると、この時点で笑えるのだが、夢の中では深刻。出社したら、そこには中学生の時に所属していたバスケット部の先輩がいて、「私、高草木さんのこと嫌いだから何も教える気はない」と冷たくあしらわれたので「いいです。他の先輩に教えてもらうので」と言ったら「残念。先輩は私だけだよ」と言い返され、絶望感に襲われる夢。

パッと目が覚めて思ったことは、「そんな会社すぐに辞めて、お客として搭乗してオマエにワガママ言ってやる～」ということと「人間関係が良好でないと、いくら好きな仕事でも続ける気にならないんだな」と、妙に考えさせられたこと。

キャビンアテンダントになりたいと思ったこともないし、夢に出てきた先輩に意地悪されたこともないのだけれど「この夢の意味はなんだったのだろう」と一日気になって仕方がなかった。

精神科医

❖**星野概念／四二歳／東京都**

「密」を避けるため車通勤をすることに。電話診療がはじまる。診療を続けながら、遠隔で本のプロモーション。疲れがたまっていく。

4月7日（火）

病院で仕事をしている間に緊急事態宣言が発令された。昨年4月から職場異動で大学病院に勤務しているが、今年の3月まで勤務していたのは正確に言えば大学病院の分院で、精神科はそこにあった。それが4月に入って、本院に移転した。勤務地は1km弱遠くなっただけだし、一緒に働く人が変わるわけではないので、去年の4月の異動の時ほど戸惑いはないけど、仕事の内容は変わった。3月までは精神科の外来診療と精神科病棟に入院している人の診療を担当していたけど、4月からは精神科病棟は担当しない。外来診療は変わらずやりつつ、新たな仕事として、①「コンサルテーション・リエゾン」、②「緩和ケアチーム」、③「精神科訪問診療」を担当することになった。①と②は院内での仕事で①は、他の科に入院している人が精神的に辛くなった時に会いに行って診療をする。②は、主にがんの人の身体的、精神的苦痛を和らげる包括的なチームで、麻酔科医、看護師、栄養士、理学療法士、公認心理師、精神科医などで多職種で構成される。③は院外での仕事で、精神疾患を抱える人で受診に来るのが難しい人の自宅に訪問して、話をしたり薬を処方したりする。院内での新たな仕事も、訪問診療も、4月からはどこかに出向く仕事が増えたと言える。つまり、色々な人との連携が必要。しかも、本院に精神科が本格的に入るのは今年からなので、連携の仕方などを改めて考えていく必要がある。4月から大方の動きを共にすることになった頼りになる後輩のI先生と、色々なことを話し合っている。一方で、世の中では新型コロナウイルスに対する不安が広がり続けている。僕は、4月1日の移転を契機に、「密」をなるべく避けるためにしばらくは片道1時間程度の車通勤をすることにした。これまでは電車通勤で、運転は病院近辺にとどめていたので、事故をしないかなど、不安は少なくない。1週間経って、毎朝電車でうとうとする小一時間や、電車の中での読書の楽しみをなくしたことがじわじわとストレスになっている感じがする。人は新しい環境に慣れるのに月単位を要するのが一般的だから、今は色々なきつさがあって当然だけど、それにしても、病院移転、新型コロナウイルス、それに伴う車通勤と、新しい環境が多すぎる気がする。

4月8日（水）

4月1日にいとうせいこうさんとの共著『自由というサプリ』が発売されたこともあり、J-WAVE「TOKYO MORNING RADIO」に朝から電話で生出演した。昨日の緊急事態宣言を受けて電話になったが、元々の自分の未熟さに加えて、電話だとより一層現場の雰囲気が分からず、尻切れとんぼな感じで終わってしまった。今は余裕がない状態になって当たり前であることなどを多く話したかったけど、時間が足りなかった。難しい……。朝から3時間も生放送を毎日続けている別所哲也氏はすごいと思う。でも、車通勤を始めてから毎朝聞いている番組に出られたのは嬉しかった。

4月9日（木）

訪問診療の日。外来患者さんに対しての電話再診も始まり、それも検討したが、月に1回の注射の日だったのでご家族と検討の結果、自宅に診療に伺うことになった。その人はカラオケとドン・キホーテにだけは外出する人で、歌うのが好きだが、カラオケ店が営業しておらず歌えなくなってストレスを溜めていた。仲の良い漢方家の杉本格朗さんから「声を出すのは気を発散することだから良いことだ」と何度も聞いているし、自分でも歌うとスッキリする時があるので、この人の苦悩はよく分かる。カラオケに行けなくなってから、自宅で叫び声をあげることが増えたらしい。辛そうだ。今どんな曲を歌いたいかと聞くと、「夏の終わりのハーモニー、井上陽水と玉置浩二の」と教えてくれた。この人の十八番は松田聖子の「あなたに逢いたくて」なのだが、今日は気分が違ったらしい。「夏の終わり」は、□□□（クチロロ）の三浦康嗣と何度も歌ったことがあり、玉置浩二のパートは全て覚えているのでその場で少し歌ってみると、いつも硬い表情をしているその人が目を輝かせて「うまいですね！」と言ってくれた。そのやりとりができたことと、褒めてくれたことがすごく嬉しかった。「芸は身を助ける」とはこのことだ。外来で会っているだけだと、なかなかここまで診療から脱線することは難しい。訪問診療を深め、広げていくことは、このご時世だけに色々な困難が伴いそうだけど、大切にしていきたい時間だと思った。

4月10日（金）

外勤の日。4月から非常勤勤務することになった特別養護老人ホームに初めて行った。認知症の人が多く入所している。しばらくは身体的な診察は内科の先生にお任せして、距離を保って話をしようとするが、難聴の人も多くて一筋縄にはいかなかった。このホームの嘱託は、大学病院の医局長から引き継いだが、Kさんというすごく面白い看護師さんがいると聞いていた。ナースステーションに行ってKさんにご挨拶。挨拶の後すぐに「先生は薬出したい派？　出したくない派？」と聞かれたので、「出したくない派です」と即答した。Kさんは「気が合いそうやん」と言って握手を求めてきたので、がっちり握手をしたが、その後「あ、ソーシャルディスタンス」と言って、2人で念のためのアルコール消毒をした。聞いていた通り面白い人だった。なるべく薬を使わず、対応を工夫して生活の支えを続けているホームにとても好感が持てた。

4月11日（土）

市役所の精神科的な救急医療が必要な人の相談業務の日。診察を要する場合は精神保健指定医という資格を持つ医師2人で行う。今日一緒に診察した先生はとても独特というか、診察する相手の人に対して敬意を欠く感じで、良い印象を持てなかった。こういう日はなんだか疲れる。

4月12日（日）

確定申告の書類を必死で完成させる。期限は延びるようだけど、このままやらないと、自分の特性上必ず放置してしまう。燃え尽きたけど終わらせた！

4月13日（月）

外来診療日。朝から始めて19時半まで。普段は18時過ぎには終わるが、今日はじっくりさが必要な人が多かった。いつも診療が終わると、外来ブースに1人だけになっている。事務さんに残業をさせてしまうことになるので、早く終われればいいのだけどなかなか難しい。でも、無理矢理な早さは追求したくない。

4月14日（火）

なんだか疲れてきている。4月から業務量というか業務の種類が増えたので、その分会議が増えた。油断できる時間が確実に減っている。もっと油断したいのに……。加えて、車通勤。朝のラジオが楽しめなくなってきているのは、疲れのサインではないだろうか。そういえば、ここのところ帰ったらすぐに寝てしまって湯にも入れていない。シャワーだけでは身も心も緩まらないから、今日は湯に入りたい。

4月15日（水）

今日は誕生日。昨日は久々に焼酎風呂に入って、この上なく心地よかった。まさに邪気が落ちた感じ。風呂から上がったら何人かの友人から連絡がきていて、ハッピーバースデーにはまだちょっと早いぜ、と思ってメッセージを見ると、その全てが「インスタがレイバンに乗っ取られてるよ！」というものだった。びっくりしてInstagramを開くと、レイバンを装った何者かの投稿が確かにされていて、友人の何人かがそれに「いいね」をしていた。いくないよ！でもなんだか、このご時世に変わらず乗っ取りを試みているのは、なんだかほほえましくも思えた。なので投稿は削除せず、時々自分では見られるようにアーカイブに残した。昨日、そのメッセージとともに誕生日のことにふれてくれたのは、仲良いワインバーの兄貴だけだった。

それにしても、昨日の焼酎風呂と、誕生日直前にレイバンに乗っ取られたことで、一区切りして誕生日を迎えた気になっている。今日はとても気持ちが軽い。昨日までラジオで聞く別所哲也氏の喋りが苦手になりかけていたが、今日はやっぱりさすがだなと思えるようになった。

4月18日（土）

いとうせいこうさんとのトークを「MUSIC DON,T LOCKDOWN」の中で遠隔で行った。遠隔作家としてトミヤマユキコさんとリトルモアの加藤基さん。全員会わず、しかし気持ちをひとつにして、相変わらず中身があるようなないようなトークをお届けした。オンライン上では3000人弱が集まってくれたみたい。少しでも気持ちがゆるむ人が多ければ良いなと思う。

4月20日（月）

外来をしている間にI先生たちが他の科の病棟を回り、新型コロナウイルスに罹患した人の看護をしている看護師さんたちの気持ちを聞いてきたらしい。I先生や上司のA先生、そして医局長と共に、新型コロナウイルス患者さんの支援者のこころの支援を考えていくことになった。同じ医療者の中で、不安を1人で抱えている人が思いのほか多い。こんな状態が続いたら間違いなく疲れすぎてしまう。急いで対策を考えて実行に移したい。

文化人類学者

❖**樫永真佐夫／四九歳／大阪府**
ベトナム少数民族の文化を研究する一方、両手故障中だがボクサー復帰を目指し、自宅で鍛錬。年度始めでスケジュール調整が急務。

四月八日（水） 晴れ

昨夜、緊急事態宣言発表。安倍首相が会見している頃、環状線に乗ったが混み具合は先週と同じ。車窓から見る限り飲食店もほぼ通常通りの営業か。

今朝、国立民族学博物館に出勤。地下鉄とモノレールも昨日までと変わらぬ混み具合。万博記念公園は花見客でむしろ賑わい、しかも若い世代の人が多い。博物館に着くと、事務職員の出勤状況はふだん通りだが研究職員は少ない。僕も自身の研究のためではなく、大学院専攻長としての業務出勤。年度初めの行事や授業など、すべてのスケジュールと実施方法の見直しが急務。

夜間、スポーツジムから突然のメール「明日から休館」。明日から走り込み主体のトレーニングに変えるほかない。

四月一二日（日）　雨

ランニングは中止。一一時過ぎに市場に行き食材を買って帰宅。昼食は妻とスパゲティ。今日は新聞の連載記事を執筆した。蟄居《ちっきょ》生活のストレス解消のため、夕飯は高い牛肉ですき焼き。テレビのニュースを見ると、グテレス国連事務総長が、キリスト教のイースター、ユダヤ教のペサハ、イスラム教のラマダンに先立ち、世界中の宗教指導者に新型コロナウイルス感染拡大防止のため集会や宗教行事の中止や延期を呼びかけたとやら。科学の立場からのこの要請を、多くの宗教指導者は受け入れるだろう。近代以来の科学の宗教に対する優位はすでにあまりにも明白だから。だがその一方で、不安や悲嘆から宗教に救いを求める人も増えていることだろう。

四月一三日（月）　雨

大阪の地下街はほぼ閉店。一一時過ぎに千里中央の地下街で昼食。客はしばらく僕一人だけ。緊急事態宣言の影響の大きさに驚いた。職場への出勤者も、在宅勤務の徹底によりごくわずか。明後日予定の会議はメール審議に変わり、研究室での打ち合わせは一五分で終了。そのまま三〇分近くむしろ雑談。そのあと事務室で四月に新任の事務職員に、自己紹介がてらベトナムの黒タイの村での話などを一五分。別の職員には手ぬぐいマスクの作り方を教わる。研究室で仕事を済ませたら、夕方四時頃、ウェブ会議に必要なiPadを借りて帰路に着いた。

緊急事態宣言発表前日からカミュの『ペスト』を三〇年ぶりに再読しているが、あまりに何も覚えていないことに愕然としている。カミュといえば『異邦人』。「異邦人」はエトランジェの訳語だが、『強く生きるために読む古典』（集英社新書）に、「場違いな人」と読み変えていいとあった。これには思わず膝を叩いたものだが、奇しくも今日、著者の岡敦さんがくださったメールで、『ペスト』（一九四七年発表）は一九三〇年代後半にすでに構想され『異邦人』と同時期に書き始められていたと知った。ペストはあくまで比喩だ。比喩とはドイツ占領下パリ・レジスタンス、さらには、人間がおかれている普遍的状況。

ペストは細菌によるものでウイルスによるものではないが、ウイルスとはなにかを一月にネットで検索したとき、コンピュータ・ウイルスの解説ばかり多くて驚いた。それを思い出し、こんなことを思った。コンピュータ・ウイルスは仮構空間にしか存在しない。現実のウイルスの比喩に過ぎないのだ。だがちょっと待て。現実のウイルスはどうか。こちらも五感で確認できない。その意味で科学が発見したウイルスという存在は、現実と仮構の間にあるものだ。我々がいかに仮構のものに支配されて生きていることか。また、今、我々が脅威を感じている感染者や死者の数にしても、その情報はメディアなどが発信し社会に知らされるもの。その数に意味を与えるのもメディアや社会。

四月一五日（水）　晴れ

五時五〇分起床。七時半ランニングに出発。ダッシュ込みで約一〇キロのコース。明らかに自粛要請前と比べるとウォーキングの高齢者が減ったが、二〇～四〇代くらいまでの女性を中心にランニングやウォーキングの人の数は増えた気がする。その直感が正しいのか、残り約二キロ地点から数を数えてみた。女性の方が多いとの予測を裏切り、男女同数で二二人ずつ。九時前には珍しくウグイスが梢で一生懸命に春を謳っていた。都会で競い合う相手が少ないせいか（ウグイスは多い少ないを感じこそすれ、数を数えはしない）、もう四月中旬なのにヘタクソなのが微笑ましい。

本日の大学院の会議はメール審議。在宅勤務になってメールが増えた。昼食後、天気も良いので河川敷のベンチで読書と原稿執筆。公園はかつてないくらいに若者や子連れの家族で賑わっている。パンやお菓子を人がこぼすから、公園のスズメが太るかもしれない。

四月一七日（金）　晴れ

昨夜の夢。地方にある公営の保養所のような宿泊施設で、中庭に向かって一〇人前後の人が西の空を見上げている。僕もいっしょに見上げていると、黒い小さな点が空を一瞬で横切った気がした。そのあと、ここでよくＵＦＯが目撃されるのだと知った。そこで妻に「見えた」と伝えたら、ＵＦＯは紫色の光らしいと聞き、「ちがったかも」と自信を失った。その後も注意して空を見つめ続けたが、飛行機と、風に吹き上げられたビニル袋があらわれただけ。紫の光ではない。そんなに運良くＵＦＯが見えるはずがないな、と思った。

なぜＵＦＯの夢など見たのか。ＵＦＯといえば「空飛ぶ円盤」。ユングはＵＦＯをめぐる現象を、東西冷戦時代にあった核戦争勃発への不安を投影した集団幻想として解釈していたと思う。今回のウィルスに対する社会不安にかつてのＵＦＯ現象に通じるものを感じ、こんな夢を見たのだろうか。

四月二〇日（月）　雨のち晴れ

走り込みで痛めた右膝がまだ痛い。今週は自宅での筋トレに切り替え。七時から九時まで筋トレとストレッチ。午後一時予約の歯科定期検診に行ったあと、八百屋で買い物をして二時過ぎに帰宅。午後も自宅で仕事。前期ゼミは東南アジアの焼き畑をテーマにすることにしたが、カリキュラムを組むにあたって、図書室業務の停止により他大学や他機関から本や論文をしばらく取り寄せできないことには困った。しかも、ウェブ講義になりそうだ。

四月二一日（火）　晴れ

六時前起床。朝食後に自宅で筋トレ。そのあと、メールでの仕事と執筆。自宅で「暴れん坊将軍」を見ながら昼食。おかずは豚キムチ炒め（夕飯の残り物）とベーコンと目玉焼き。二時過ぎに外出。自転車で大川河畔に走るうち造幣局の側らに出た。今年は造幣局の桜並木の通り抜けイベントは中止。だが桜並木は河畔の公園とフェンス一枚隔てているだけで、外側から並木の花が楽しめる。八重桜が満開なので、花を愛でに来る人がちらほらいる。意外にもオジサンが多い。そういえば今年三月、梅田のビル街の並木道で、桜よりも早く開花するベニバスモモを一人で眺めていたのも多くがオジサンだった。三時半まで近くのベンチで執筆してから帰宅。夕飯はアジの干物を焼いた。

四月二三日（木）晴れ

五時五〇分起床。七時～九時、自宅で筋トレ。シャワーを浴びると原稿を書きに河川敷のベンチに。途中、いつも同じ時間帯に同じ木の梢で美声を響かせていた鳥が今日はいない。一二時前に帰宅して昼食、一時半からウェブ会議。そのあと河川敷のベンチで事典の編集作業。

文筆家佐伯誠さんが、今回の新型コロナ騒動について印象に残ったコメントの一つとして、藤原辰史氏の「パンデミックを生きる指針─歴史研究のアプローチ」（岩波新書編集部「B面の岩波新書」二〇二〇年四月一八日最終更新）を挙げていた。藤原氏には七年前に農業に関する短い記事をお願いしたことがあり、これも何かの縁と、今晩ウェブ上で早速読んだ。二〇世紀初頭スペイン風邪流行時との類似性の指摘その他、背筋が凍る思いがした。読後、次のように思った。民意が暴走しつつある現在、自粛の強制、言論や表現の自由の抑圧がますます進みそうな気配。学問も危機的状況。

大事なのは体力。何にせよ体力なくして闘えない。

ジャーナリスト

❖轡田隆史／八四歳／埼玉県
朝日新聞を退職して二一年、元捨て猫のコラと暮らす。九歳のとき終戦を迎える。禁酒をつづける。戦時の夜を夢で見る。冷汗かく。

四月八日（水）

昨夜、八四歳にもなって、空襲警報の不気味なサイレンと、近くの旧制・浦和高校が巨大な火柱となって炎上するあの夜を、久しぶりに夢で見た。

ほんのささやかな戦争体験だったけれど、コロナに刺激されての「悪夢」だった。

挙国一致だ、コロナ国難の戦争だ、なんぞと、戦争を知らない戦後生まれの政治家がテレビで軽薄に叫んでいた反動だろうか？

いろいろな品不足が伝えられるが、戦中・戦後の何も無い時代をすごしたわが夫婦は何事にも耐久力あり。トイレは新聞紙、それが無くなれば木の葉でふいた。

こんな災厄のときは文豪・永井荷風の日記『断腸亭日乗』の、夜半空襲あり、翌暁四時わが偏奇館焼亡す、みたいに荘重な文体で書いてみたい、と思ったけれど無学ゆえ不可能なり。フツーに書く。

新聞、テレビに、感染防止のため「不急不要」の外出自粛要請が乱舞。

かつてベトナム戦争の従軍記者として危険を承知でジャングルを歩いた身としては、酔眼耄《すいがんもう》碌翁《ろくおう》と自称していても現役ジャーナリストのつもりなんだから、盛り場の人出を観察し、休業を余儀なくされる人びとと苦衷を共有するために出かけるのは義務である。

偽造、捏造、あべシンゾウなどとまことに失礼なヤジを飛ばされている政権への、国民の信頼度を計る目安にもなるだろう。

と愚考したが、老人が感染する率は高いらしいし、もしもやられたら、あちこちに迷惑をかけるから、残念で情けないがやめた。

ノホホンとするようで気がひけるけれど、これも「役割」の一つと割り切って、家で怪しい思索と原稿書きと読書に専念しよう。

と思い定めても、わが行きつけの酒の店の姿が心に浮かんでは消える。新宿・歌舞伎町の「三日月」、新橋のガード下のモツ煮込みの「羅生門」など、堅実な店ばかり。首相も知事も、高級レストランや料亭で、庶民の安らぎの場なんかご存じないのだろうな。

断酒四日・新記録なり。

四月九日（木）

しばらく前に毎日新聞の社会面が、フランスのノーベル文学賞の作家カミュの小説『ペスト』

に注文が殺到して新潮文庫は増刷したと報じていた。いい記事。

アルジェリアのある都市が一九四＊年に恐るべき黒死病ペストに襲われる話だ。若いころ読んだが、なるほど「コロナウイルス」の襲来もちょっと似ている。

こういう優れた書物に関心が集まるのは慶賀すべきことだと思う。できれば、アベ、アソウ、トランプみたいな指導者にも読んでもらいたいけれど、まあ無理か。我輩だって貧しい読書家だから偉そうにいえないが。

「医師ベルナール・リウーは、診療室から出かけようとして、階段口のまんなかで一匹の死んだ鼠につまずいた」という書き出しは素晴らしい。

リウーは鼠が媒介するペストの蔓延だと、いち早く気がついて警告を発したが、死者は急増してゆく。

軍や警察で市は閉鎖され、医師リウーとパリから来ていた新聞記者ランベールが会話をかわす。記者はパリに恋人がいるので手をつくして脱出しようとしている。

医師リウーはいう。「ペストと戦う唯一の方法は、誠実さということです」と。記者は「どういうことです、誠実さっていうのは？」と尋ねる。医師は答える。「僕の場合には、つまり自分の職務を果すことだと心得ています」

はげしく心動かされた記者は翌朝、電話で医師に伝えるのだ。「僕もご一緒に働かせていただけますか、町を出る方法が見つかるまで？」

のちに記者は語る。「自分一人が幸福になるということは、恥ずべきことかもしれないんです」と。

耳が痛い！　だって、多くの人びとが収入の道を閉ざされ、バイト暮らしのアジアの人たちや日本の若者が職を失っているのに、ともかくも幸福にネコといっしょに家にいて、ジャーナリストづらしてリクツをこね、現にこんな日記をつけている。

と自虐的になったところで永井荷風を思い出した。言論の自由なんかゼロの戦前・戦中に、軍国主義と陸軍軍部の横暴に対する怒りを、密かに日記に書きつづっていたのだ。後世の人びとに伝えるために。

そこで都合よく妄想する。「コロナ禍」のなかでも静かな日常を保持するように努めながら、見聞、愚考を日記に記録しておけば、後世にそれなりの意味があるかも知れぬ。それが、ぼくのささやかな職務だ、と。

「コロナ」に便乗しようとする政治家はいないか？　「森友学園をめぐる公文書改竄問題」について首相の責任の有無、首相とその取り巻きの高級官僚たちの「怪しい言動・疑惑」問題は「コロナ報道」に追われて消えてしまった！

権力にたいする人間の闘いは、忘却にたいする記憶の闘いである。忘れないことだ、とはチェコの作家ミラン・クンデラの言だった。

「要請」に、まるで命令されたように従順に従う国民。生命にかかわることだといわれれば、従わないわけにはいかないが、「右むけ右」命令に馴らすためじゃなかろうな、だなんて、疑ってみるのも役目のうちだ。

四月一〇日（金）

公園を散歩。八重桜満開で、大勢の子どもたちがボードに乗って走り回っている。マスクはほとんど無し。

帰宅、ふとテレビをつけたら懐かしい西部劇「赤い河」だ。ジョン・ウェイン、モンゴメリー・クリフト主演。高校一年で観た。

牧場を始める適地を求めて、幌馬車で旅する。広大な草地を見つけ、「よし、ここだ」と馬をおりたところへ、ちょっと怖そうな二人が馬で駆けつけて、「ここは持ち主がいるぞ、立ち去れ」とすごむ。

ジョン・ウェインは、「お前たちだって先住民から奪ったんだろ」と拒絶。相手が腰の銃に手をやるやいなや、ジョンは抜くも見せずにズドン。

七〇年前、これを観てどう感じたのか、記憶にない場面なのでちょっと驚いた。ズドン一発で広大な土地を手に入れる行為が、アッケラカンと肯定的に描かれている。

いまではこうは描けないだろう。アメリカ中心主義のトランプならやりかねないぞ。

論説委員時代のクセで、ＴＶ観ながらもあれこれ考えている。「コロナ」離れしたいのだが、想いは『ペスト』に戻ってしまう。あの末尾の文章を、しっかり記憶するために、わがささやかな日記に刻んでおこう。

大勢が死んだけれど、医師リウーたちの努力でペストの蔓延は終わった。市中に喜びの歓声が響くのに耳を傾けながらリウーは思いだしている。それは、書物のなかに読まれうる、こういうことなのだ、と。


ペスト菌は決して死ぬことも消滅することもないものであり、数十年の間、家具や下着類のなかに眠りつつ生存することができ、部屋や穴倉やトランクやハンカチや反古のなかに、しんぼう強く待ち続けていて、そしておそらくはいつか、人間に不幸と教訓をもたらすために、ペストが再びその鼠どもを呼びさまし、どこかの幸福な都市に彼らを死なせに差し向ける日が来るであろうということを。


医師リウー、つまりカミュは、書物のなかに読まれうることとして、「ペストはまたやって来る」と予言していたのだ。

七〇年後にやって来たのは「コロナウイルス」だが、世界各国の指導者たちは「泥縄」の「縄」もなえずにうろたえた。

重大なことを教えてくれる書物の存在を、知らなかったか、読まなかったか、読んでも忘れてしまったのだろう。

「コロナ」は地球規模の「人災」なのだ。アベもトランプも英のジョンソンも習近平もみんな同罪の「人類災」なのだ。ぼくだってその同類のはしくれだ！

四月一一日（土）

悲観的、自虐的なことばかり書いているが、官邸や霞が関など中央にのみ目を向けているからそうなるのだ。ジャーナリストの悪癖だと自省しきり。

もっと地域や地方自治体に目を向けるならば、『ペスト』の医師リウーのように、誠実に、自分の仕事を果している人がいるに違いない。懸命に生きている町や村の人びと、役所の職員、医療の人たちに栄光あれ！

健闘する週刊文春今週号の、連載「新 家の履歴書」に、「人間国宝」の講談師・神田松鯉が登場。「講談以外に執着はない」と語る師の芸の凄さ、人柄、教養。「国宝ニンゲン」が「人間国宝」になったのだ。「コロナ」を終えたら、再会し、酒杯をかわそうと思えば励みになる。

明るく、こう想いたい。「人間のなかには軽蔑すべきものよりも賛美すべきもののほうが多くある」（『ペスト』）。

さらに、敗戦直前に、故郷の津軽を旅した太宰治の『津軽』の末尾に励まされた。

「さらば読者よ、命あらばまた他日。元気で行こう。絶望するな。では、失敬」

IX章　創る

また〝哀しい人〟が出てくる映画を作りたい。

映画監督

❖山下敦弘／四四歳／東京都
妻と二人暮らし。撮影の予定は延期・中止に。東日本大震災のときの情けない自分を思い出し、こんなときこそと次作の構想を練る。

四月一二日（日）

朝、起きて、昼までテレビをボーッと観て、昨晩の残りもののシチューをご飯にかけて食べる。奥さんの実家と俺の実家から大量に送られてきた野菜を消費するために、俺が昨日勝手に大量のシチューを作り、奥さんに怒られた。

年に数回思いつきでシチューやカレーを作りたくなってしまう時があり、その度に「あんたの気分で大量に作らないで」と怒られてしまう。体質のせいなのか、カレーやシチューを食べると眠くなる。だから、これを書いている今も、ちょっと眠たい。というか〝日記〟ってこんな感じで大丈夫なのか？と思いながら書いている。

仕事がない。あと誰からも連絡がこない。

このままだと、俺の性格からして仕事のない状態に慣れてしまい、仕事をしていた時の自分を忘れてしまいそうで、なんとなく不安になる。終わらない春休みのような状況。

そういえば、両親が共働きだった小学生の頃の夏休みは何をしていたんだっけ?と思い返してみる。友達を誘うのが苦手だった俺は、休みの間、一人、家で過ごしていたはずだ。ひとつ思い出したのはキン肉マン消しゴムで家のなかのありとあらゆる場所を特設リングに見立ててよくトーナメント戦をやっていた。押入れの布団を山の斜面に見立てて〝山脈デスマッチ〟にしたり、風呂場を使って〝水中デスマッチ〟をしたり……もしかして映画監督である俺のルーツはこのキン肉マン消しゴム遊びだったのでは……という、どうでもいいことを考えながら、そろそろ一日分の文章の量は埋まったと思うので、この辺で日記を終わろうかと思う。

四月一三日（月）

昨日の夜から海外ドラマ「24」を観ている。今日の朝も観たので五話くらいまで進んだ。なるほど、確かに面白い。ひねくれた性格なので、みんなが面白いと言っている作品を今まであまり観てこなかった。高校生くらいの頃からあえて周りの人が観ていない映画を探し、〝俺が見つけたんだっ!〟というような優越感に浸るのが好きだった。まぁ田舎だったので、周りにマニアックな映画好きも少なかったのだが、とりあえず近所のレンタルビデオ店に並んでいる範囲内で、そんなことをしていた。ビデオリリースされている時点ですでに誰かが評価しているのだが、何故かあの頃の俺は自分だけの映画を探すことに夢中だった。そんな十代を過ごし、気がついたら〝大ヒット!〟と銘打った映画を観なくなっていた。緊急事態宣言が発令されている今、「アルマゲドン」とか観たら面白く感じるかもしれない。

覚えている限りだが、生きてきて三度目の大きな自粛がやってきた。最初の自粛は昭和天皇崩御の時。確かまだ中学に上がる前だったと思う。自粛で何が変わったかというと、テレビでバラエティを一切やらなくなってしまった。観るテレビがなくなってしまった俺は近所のレンタルビデオに向かい、何か映画でも観ようと思ったのだが、その時覚えているのが、新作の「ロボコップ」が全部貸出されている光景だった。昭和天皇崩御のタイミングで「ロボコップ」を観た人が、あの時日本にけっこういたんだと思うとなんかちょっとだけ不謹慎な気がする。二度目の大きな自粛は東日本大震災の時で、すでに映画監督としてやっていたので〝自粛〟しながらの〝表現者として何かを発信しなくては……〟というプレッシャーに押しつぶされそうになり、とにかく酒ばかり飲んでいた。あの頃の自分を思い返すと、本当に情けないと思う。そして三度目の人と接触しないというシンプルなのだけど精神的には厳しい自粛。今を生き延びたら次はどんな自粛が待っているのだろう。

四月一四日（火）

「24」も十話目に突入、強引な捜査だがジャック・バウアー頑張れ！と応援しつつ観ている。昨日は一日中雨で、今日は快晴。この雨の日の後の快晴が本当に気持ちいい。人間って単純だなと思う。

志村けんが亡くなった。ここはあえて〝さん〟づけはしない。もし面識が一度でもあったなら〝志村さん〟と呼んでいたと思う。が、子供のころから志村けんは志村けんだ。たけしもさんまもつるべもみんな呼び捨てだ。だけどタモリだけ〝タモさん〟と呼ぶ時がある。なんでなんだ？

テレビに飽きてきた。子供の頃、熱があって学校が休めると、心のなかで〝ヤッター！〟と喜んでいた。一日中テレビが観れるから。ビデオ録画のできない時代、午前中の教育テレビは特別なものだった。母親の剥いてくれたリンゴを食べながらのノッポさんは格別だった。今はテレビが一日中見れる。パソコンを使えば見逃した番組も見ることができる。だけど、マスクを付け、家を出て、カフェに来て今、この日記を書いている。罪悪感をごまかすために〝これは仕事だ〟と自分に言い聞かせ、書いている。もしコロナウイルスに感染して死んでしまったら、この日記が『アンネの日記』みたいな扱いになってしまうのだろうか。となると、もう少し、ちゃんとしたことを書かなければ……と考えるも、そもそも『アンネの日記』を読んだこともなく、『アンネの日記』を喩えにだすことが申し訳なく思えてきた。

よし、こういう時こそいつか作るかもしれない映画のことを考えよう。

「熱海（仮）」

大阪のネジ工場で働くパンチパーマのおっさんが見合いで知り合った女と結婚をする。相手の女は無口な三〇代。工場の社長が街の集会所を借りてささやかな披露宴をしてくれた。出席してくれた工場の仲間たちは銀歯率が高い。なかには歯がない人もいる。みんな酒で顔が真っ赤で、ほとんど赤ちゃんみたいな顔をしている。披露宴を終え、新婚の二人は熱海へと新婚旅行に向かう……。（つづく）

四月一五日（水）

「熱海（仮）」

熱海へ向かう新幹線の中。新郎のおっさんは五〇代。パンチパーマでグラデーションのサングラスをかけている。スーツを着ていて、ネクタイがデカい。遠目に見ると三菱銀行に立てこもった梅川照美にも見える。新婦の三〇代の女はあまり化粧もしておらず、服もベージュ一色でかなり地味な印象。ワンピースの第二ボタンが外れていて、隙間からこれまたベージュのブラジャーがチラチラ見えている。おっさん、ワゴンサービスを呼び止め、チューハイやらちくわを買い込む。女にも酒を勧めるも、断られる。一人、黙々と酒を飲み続け、顔が赤を通り越して紫色になってしまっているおっさん。時々、鼻歌も歌っている。そんな姿を見て、ちょっと恥ずかしいと思う女。

しばらくして、女、ウトウトと眠り始める。そんな女のうなじ辺りを見ると、クリーニング屋のタグが付いたままなのに気づく。おっさん、さりげなくそのタグを取ってやろうと引っ張るが、思いの外しっかりと付いていて、なかなか外せない。それでも無理やり取ろうとタグを引っ張るおっさん。女の体がぐいぐい引っ張られ、左右にぶんぶん振り回される。女、目が覚めてみるみる顔が真っ赤になる。結局、タグは外れず、服のその部分のみが少し伸びてしまう。黙ったままの二人。新幹線は浜松を通り過ぎた……。（つづく）

いつか作るかもしれない映画のプロット（のようなもの）を書いてみたが、自分は昔から一ミリも成長していないと痛感する。ディティールにしか興味がなく、ディティールだけで満足してしまう。よくこれで映画を作ってこれたなと思う。

四月一七日（金）

昨日、日記書くのをサボってしまった。外に出ることの罪悪感が湧いてきて一日中「24」を観てしまった。LAに核爆弾が落ちてくるらしい。日本では福島で原発が爆発し、放射能の恐怖を経験した。「Fukushima 50」には日本のジャック・バウアーみたいな人が出ているんだろうか。

緊急事態宣言が発令されて以降、確実に太った。脇の肉が付いてきて、脇毛が変な巻き込まれ方をしている。高校を出て以来、まともに運動をしていないが、さすがに何かやらなければと思い始める。でも思い始めただけでちょっと満足する。今日もたぶん「24」を観ると思う。

前に大量のシチューを作って奥さんに怒られたが、昨日大量のカレーを作ってまた奥さんに怒られた。腹を立てた奥さんは一口もカレーを食べず、仕方なく俺が食べている。昨日から毎食カレーだ。カレーはついついおかわりしてしまう。太る原因はたぶんコレだ。あと最近は日本酒をよく飲んでしまう。コレもたぶん太る原因。

お酒を飲んで「24」を観ていると、ついついジャック・バウアーの真似をしてしまう。「アイム・ソー・ソーリー……」とか「ガッテム!」とか真似しているると奥さんに鬱陶しがられる。昔、奥さんと酒を飲みながら「座頭市」を観ていて、テンションが上がり、座頭市のように白目を剥きながら奥さんにあんまをしたことがあったが、その時はあんまのおかげであんまり、怒られなかった気がする。

四月一八日(土)

「熱海(仮)」

おっさんと女は熱海に着いた。酒は好きだが、強くないおっさんは着いて早々駅のトイレで吐いている。旅館に荷物を置き、街をブラつく。雑貨店に入り、箸や茶碗を見ている女。おっさんが「欲しいのか?」と聞いても、いらないと首を振る。おっさん、ちょっと寂しそう。商店街を歩くが特に会話もない二人。干物屋に入り、なんとなく干物を見ているとテンションの高い店主につかまってしまう。あれよあれよと四五〇〇円もする干物を買ってしまう。店を出たところで「そういうのは帰る時に買ったほうがいいです……」と女に言われ、おっさん顔がみるみる真っ赤になる。「……今、食べたかったんや」と言うと、女の手を引っ張り、海岸へと連れて行く。

おっさん、木の枝を集め、石を積み、みすぼらしい囲炉裏を作る。一〇〇円ライターでなんとか火を起こし、干物を焼くも大きすぎてなかなか火が通らない。ほとんど生焼けの状態の金目鯛にむしゃぶりつきながら「美味しい……」と意地をはるおっさん。しばらくすると雨がパラパラと降ってくる。「旅館の人に焼いてもらったほうがいいです……」と女。おっさん、特大の金目鯛をぶら下げ、肩を落とし、旅館に戻っていく。（つづく）

小学生の頃、一度だけ小説（のようなもの）を書いたことがある。ある日、古本屋でタイムマシンの設計図を手にいれた少年（俺）が仲間とともにいろんな時代にタイムスリップし、時には元の時代に戻れず、仲間たちと様々な試練に立ち向かうという内容。要は「ネバーエンディング・ストーリー」と「バック・トゥ・ザ・フューチャー」と「グーニーズ」をパクっただけの内容。あと『はだしのゲン』も好きだったので原爆投下直後の広島にタイムスリップするというエピソードもあった。

あれ以来、小説は書いていない。書かなくてよかったと思う。

四月一九日（日）

太陽が出ている。外にいるだけで気持ちいいと思える快晴。日記を書き始めて一週間が経った。暇で暇で、食べることだけが目的の日々が続く。「24」もシーズン3に突入した。が、若干飽きてきてしまった。今、この時間を使って新しい企画でも考えなければ、と思うが、一人で考えるのが苦手だ。苦手だから映画という集団で作品を作ることを選んできたところがある。自分に描きたいテーマや物語があるわけではない。学生の頃、マーティン・スコセッシやスパイク・リーに憧れていた。〝人種〟や〝宗教〟などアメリカにはいろんなテーマがあっていいな～とのんきに思っていた。ほとんど日本人としか接してこず、食べるものにも困らず、平和に過ごしてきた自分には描くべきテーマや物語はないと思っていた。それでも意地で映画を作ってきたのは、映画に対する、強い憧れがあったからなのだと思う。映画はカッコいい、だから俺も作りたい。そんなシンプルな動機だからこそ、二〇年も続けているのかもしれない。

そんな芯もない俺にも、作ってきた映画にはそれなりの共通点みたいなものがあるらしい。一時期〝山下ワールド〟とか言われ、ちょっとイラっとしたこともあったが、正直、それがなんのことなのか自分ではよくわからない。ただ、自分は〝哀しい人〟を見ると心が動かされる。自分の映画に共通して言えるのはこの〝哀しい人〟を見ている自分の距離感なのではないかと思う。監督の仕事は、作る映画、物語、登場人物たちとの距離感をどう計るかにかかっていると思う。自分の作品を思い返してみると全部とは言わないが〝哀しい人〟ばかりが出ているように思う。今の日常が終わり、また普通に人に会える日が来たら、また〝哀しい人〟が出てくる映画を作りたいと思う。

舞台人

❖天真みちる／神奈川県
元タカラジェンヌ、現在は歌って踊れるサラリーマン（という名のフリーランス）。出演仕事はのきなみ延期、執筆や配信などを行う。

※フリーランスなので私の職業を先に説明しておく。大まかに分けて3つあり、1つ目が脚本・ウェブ連載などの【執筆系】、2つ目がディナーショー・余興などの【出演系】、そして3つ目が、観劇が大好きな人が集まるオンラインサロン「天真みちるのたからづか☆カンゲキ組」の【オーナー】である。

4月7日（火）天気…晴れ時々曇り

3月中旬頃から懸念していた「緊急事態宣言」がとうとう発令された。

今回のコロナの影響で、3・4月に東京と大阪で開催予定だった、完全セルフプロデュースディナーショーと、東京でのイベントの延期が決定している。

今まで震災や台風など様々な災害と対峙してきたが、このような事態は初めてだ。

コロナに関するニュースが日に日に更新されていく中、一体いつ再開すれば良いのか、この場合は中止にした方が良いのか……簡単に答えを出すことができない。思考回路はショート寸前である。

4月8日（水）天気…晴れ

今朝は買い出しに行った。

我が家は両親と姉弟、そして甥っ子の「7人家族暮らし」なので、家族代表で姉と私が行くことに。

決して食が細いとは言えない我が家なので、傍目には買い占めだ！と見紛うだろうなあと思い、心の中で違うんだ……違うんだよ……と唱えつつお店を後にした。

今日明日と脚本打合せ予定だった公演が延期になり、リスケになった。

追い打ちをかけるように、今日観劇予定だった舞台も中止になった。

ココロのスキマはいつも観劇で埋めてきたのに……どうすりゃいいんだよ。

そう思っていたら、弟が家で「笑ゥせぇるすまん」を見ていた。タイムリー過ぎんか。

4月9日（木）天気…晴れ

ここ何日か色んな事を考え過ぎて頭がウニ状態である。

それに呼応するように部屋の中も荒れていく。ここは一旦本腰を入れて断捨離することにする。

3月末に新居に引っ越したのだが、全く手つかずの段ボールがおじゃまぷよのように転がっていたので、ひとつひとつゆっくり丁寧に吟味してあるべき場所へ整頓していった。

ふと、今まで、このおじゃまぷよを横目で確認しつつ、見ないふりをして仕事に出かけていた事を思い出した。

「今度やろう」と思いつつ早幾年……まさに今、やるべきなのだ。

このような事態になってしまった事で、今まで疎かだった自分の「住環境」が最適になるとは……。

4月10日（金）天気…晴れ

心行くまで整理整頓された部屋に満足し、ふとカレンダーに目をやると「〆」の印が目に飛び込んできた。

そうだった……今日、締め切りの案件が2件あったんだった……!!

普段は通勤中に今後のスケジュールを確認していたのだが、リモートワークになった事でその習慣が全く無くなってしまっていた。

なぜ、掃除する前に確認しなかったんだ……なぜ、もう少し早く気づかなかったんだ……涙。

後悔するのも束の間、ひたすら執筆し続けた。

4月11日（土）天気…晴れ時々曇り超一瞬雨

早朝、ようやく執筆が終わり先方へ提出。

緊急事態宣言が出されてから、買い物以外ほぼ外に出ていない。

元々、お家ライフ大好き人間なのであまり辛さを感じていなかったのだが、「外に自由に出られる」ところを「引き籠る」ことに特別ワクワクしていたことに気がついた。

太陽に包まれたい。と思ったので、とりあえず布団・枕・勇者をダメにするクッションなど、綿が入っているものを洗いざらい天日干ししてみた。

すると、信じられないくらいフワフワで暖かい「やさしさの塊」が出来上がった。

お日様の香りに包まれ、やさしさの塊を抱いていたら、久しぶりに何一つ夢を見ずに安眠する事ができた。

今後、晴れた日は必ず布団を干すと心に決めた。

4月12日（日）天気…曇り

本当はこの日、オンラインサロン企画で宝塚歌劇団・星組東京宝塚劇場公演「眩耀《げんよう》の谷〜舞い降りた新星〜／Ray ―星の光線―」の観劇ツアーの予定だったのだが、コロナの影響で公演が中止に。ツアーも中止となった。

観劇を日々の楽しみにしている私にとって、今の生活に於いて「観劇できないこと」が一番しんどい。

その日の夜、オンラインサロンにてサロンメンバーさんと宝塚歌劇団・花組シアタードラマシティ公演「MY HERO」の同時再生実況をした。

オンラインなら家で一人でいても、宝塚が・観劇が好きという、共通の思いを持った方々と繋がる事ができる。

しかも、客席では基本的に静かに観劇する事しかできないが、家なら思いのたけを叫びながら観劇できる事に気がついた。昼間の憂鬱な気持ちが一気に晴れ、サロンメンバーと共に楽しい夜を過ごした。

結論……タカラヅカはどこで観劇しても素晴らしい！に辿り着いた。

再び皆で劇場に集まってワイキャイと推しについて語り合い、客席から観劇できる日まで、「お家推し活」のプロになろうと誓った。

4月14日（火）天気…晴れ

久しぶりのいい天気。布団を干した。

今日は、先日 Twitter と Instagram で発信した「#エアはいからさん初日」の模様について朝日新聞さんからリモートで取材を受けた。

本来なら3月13日に初日が予定されていた宝塚歌劇団・花組宝塚大劇場公演が中止になってしまい、悲しみに沈んだ気持ちを晴らしたい、と思い個人的に始めた事だったが、思っていたよりも沢山の方が「#エアはいからさん初日」を付けて一緒に初日を楽しんで下さり、本当に嬉しかった。

そのおかげで、こうして記事として取り上げて頂けた事も本当に光栄だ。

取材を受けながら、「タカラヅカの為に自分は何ができるか」を考えていた。

このような状況の中、自分の心を支えてくれているものの一つに「タカラヅカ」がある。生徒、演出・振付の先生方、オーケストラの皆さん、衣装・舞台スタッフの皆さんなど、「夢の世界」を作っている方々に、何か応援できる事はないか。生徒と応援する方々の橋渡しになれないか。

様々な方と相談しながらベストな方法を見出そうと思う。

劇団

❖劇団KAKUTA／結成二四年目／東京都
五月一三日〜一七日公演予定のカクタラボ「明後日の方へ」を延期。YouTubeチャンネルを開設し、読み合わせ動画などを配信する。

四月七日（火）　舞台制作　津吹由美子

三月末。四月上旬の稽古開始に向けて慌ただしく動いている最中、小池都知事の会見から一気に雲行きが怪しくなった。準備していた「カクタラボ」公演延期のお知らせを出したのが四月一日。嘘だったらいいのにと思いながら、あちこちとやり取りを済ませ、落ち着いた今日、緊急事態宣言が発令。これから先の公演についても粛々と準備を進めつつ、もし公演までに終息しなかったらと不安は尽きないが、オンラインで集まって本読みをする！と準備を始めた劇団員たちの楽しそうな笑顔に救われている。

四月九日（木）　俳優　多田香織

東京で緊急事態宣言が出されて三日目。ひなた旅行舎の公演のため宮崎県にある三股町立文化会館で小屋入り。朝九時入りしてすぐ事務所に来るようにと言われ向かうと、今朝の宮日新聞に載った当公演の記事を見て、クレームの電話が三件あったとのこと……。政府の感染対策の指示だとまだ感染者の少ないここでは万全の対策を講じれば大丈夫だと、会館の方も準備してくださっていたのに……こちらの配慮が至らず泣いてしまう。

四月十日（金）　劇団スタッフ　野澤爽子

今日は本来ならスタッフで参加する予定だった舞台の初日。三日前に緊急事態宣言が発令されたが、その前から協議が重ねられ開幕することなく全公演の中止が決まった。出演者・スタッフの方々、お客様のことを想うと、生まれるはずだった作品が生まれなくなってしまったことが本当に悲しい。それでも明日はやってくる。先日からKAKUTA劇団員たちで過去の上演作をオンラインで読み合わせる試みも始まった。昨日は皆がまだ二十代だった頃の作品「青春ポーズ」を読んで、全力で稽古していた当時のことが鮮明に蘇る。過去は今に繋がっている。すぐには見つからないかもしれないけれど、今できることを探していこうと思う。

四月十一日（土）　俳優　森崎健康

コロナの影響でテレビ、イベント美術装飾のアルバイトがなくなる。解雇である。こんな状況でも働かなくてはというジレンマからは解放されたが、今後の生活がままならないのは確実である。このまま役者を続けられるのか。僕みたいな状況で、役者を辞めざるを得ない人がたくさんいるのではないだろうか。この日は劇団会議が行われた。いつコロナが終息するかわからない状況で今後の決定している公演をどうするか。やりたいという意思はあるが、保証もないまま直前まで待って中止ということになると、多大な損害だけが残ることになる。今後の見通しの立たない状況に答えを見いだせず、歯痒いジレンマだけが残る会議となってしまった。

四月十二日（日）　俳優　吉田紗也美

緊急事態宣言をうけ閉める飲食店が多い中、私の勤め先は、幸か不幸か営業を続ける事になった。自分が無症状感染者で人にうつしてしまうかもしれない、お客さんからうつされるかもしれないという恐怖に駆られながら生きて行くために、大好きな演劇を続けていくために沢山のお客さんが来店する中働いた。緊急事態宣言が発令されて初めての日曜日。周りのコロナに対する意識の違いに驚かされた日だった。

四月十三日（月）　俳優　若狭勝也

四割くらいは減ったが、駅や電車にはまだ人が多い。みんなマスクして静かだ。周りを警戒して自分の視界も使ってぶつからないように緊張して歩く。誰かの小さな咳が遠くから聞こえた。感染するのが怖かったが、今は自分が感染していない自信もなくなってきた。誰かに移さないようにも気をつけたい。だけど、出かけなければいけない仕事があり、まだ毎日電車に乗っている。命をかけた戦場に出かける気持ちになり怖い。命をかける仕事なのだろうかと、悩んでしまう。

四月十四日（火）　俳優　細村雄志

数日前に飲食店の営業時間が短縮されて、アルバイト先のハンバーグ屋では皆のシフトが日々削られている。出勤してもお客は少ないので殆ど立っているだけ。何にもなければ気持ちが滅入っていきそうだけど、今日は劇団で最近取り組んでいるリモート読み合わせのLive配信を初めてやった。普段のリモート読みでも、十分皆からパワーをもらえるが、今回は視聴者の方のコメントなど普段とは違う嬉しい反応がいくつもあった。これが、色んな人の活力になればいいなと思う。

四月十六日（木）　俳優　酒井晴江

旦那はテレワーク、娘の塾もZoomになり、我が家は色んな時間に家のあちこちでリモートが始まる。米の減りが早い。二十一時から延期になったカクタラボ公演について、キャスト&作演出の西山さんとリモート会議。外出自粛中どうやってカクタラボを継続していくか……ワクワクする面白い企画が立ち上がる。「明後日の方へ」一緒に歩む仲間が心強い。ラボ会議後、制作のつよしさんと「Root Beers」のリモート読み合わせLive配信のテスト。

四月十九日（日）　俳優　置田浩紳

バイトに行った。いつも通り挨拶を交わすと、明らかに店長は一瞬止まった。「おはよ……!?」そして「眉毛」と一言。あ、そうだ。眉毛全部剃ったんだった。昨日劇団のみんなとリモートで台本読み合わせをやった。それぞれが役のイメージで衣装や小道具も揃えたりしていた。コロナで荒みかけている中、役を考える時間はとても楽しい。僕の役はト書きに〃眉のない〃と書かれていた。眉を剃ることに何の躊躇も無かった。むしろどんな印象に変わるのだろうと胸が騒いだ。結果、店長から限り無く自然な「……!?」を引き出せた。あれが芝居だったら凄くいいと思った。さ、眉毛描こう。

四月二十日（月）　俳優　谷恭輔

休みの日はひたすら家に引き篭もる。外に出たとしても散歩かスーパーのみ。元々インドアな事もあって好き好んで家で一日過ごす事が多いのだが、ここまで外に出れないと気分はどうしたって塞いでくる。この日はどうしても会わなければいけない事情があって、若手劇団員がウチにやってきた。今でも忘れられないのが久々に親しい仲間に会ったというその子の安堵の表情だった。おそらく自分も同じような顔をしていたと思う。

四月二十一日（火）　俳優　異儀田夏葉

最近「こんなときだからこそ」という言葉があふれてて、こんなときだからこそ元気に、前向きに、と続くわけだけど、どうにも元気が出ないときもある。今日、バラちゃん（KAKUTA桑原裕子）が劇団LINEに「辛いときはささえあおう、甘えよう」と言葉をくれた。その言葉を聞いて、バァーーーーっと涙があふれた。ああ、わたし我慢してたんだな、と思った。こんなときだからこそ、表現する者のひとりであるわたしは誰かの元気になりたいけど、まず、自分が元気にならないとダメだ。そして無理やりに元気にならなくてもいいんだ。

四月二十二日（水）　俳優　高橋乱

自粛期間中といえども、朝から劇団LINE内で皆が前向きに進もうと色々と発信している。落ち込んでいる暇もないくらいに充実している気がする。ひと段落した夕方、食材を買いにスーパーに行くと、数日前に店内でばったり出会った叔母の姿がフラッシュバックした。病院勤務の叔母は二日前に「濃厚接触者」と指定され、きっと今も自宅で待機しているはずだ。自分がいくら前向きでも、苦しんでいる人は確実に、いる。

四月二十三日（木）　脚本家・演出家・俳優　桑原裕子

昨日、リモート会議を通じて七月に予定していた舞台の延期が決まった。これで四月のリーディング出演、五月の劇団若手公演、九月の客演舞台と、四つがとんだことになる。とんだ、と書くのは、音だけ聞くと軽やかに聞こえるからであり、中止とは言いたくないが、あえて乱暴に表現したいという破れかぶれな思いからである。じっさいこれは、藪から棒のような、暴力に感じる。犯人は謎のウィルスであり、助けてくれない政府だとも感じる。プロデューサーが泣いていた。私は泣かなかった。痛みが麻痺してきたのかしら。今日からついに何もしなくていい一日がはじまった。できることはたくさんあるのに、恐ろしいほど力が出ない。

四月二十四日（金）　KAKUTA団長　成清正紀

コロナにより色んな職種に影響がでている。演劇人はもともと「金いらんから創作させてくれ！」というようなヘンテコリンな生き物だ。貧乏への耐性は強いけど創作を止められることがとてもとてもキツい。もうアナログ軍団と言っていられない。何とか舞台以外の場所での発信を見つけないとと、苦手なデジタルの海へと舵を取ってみればこれはなかなか面白い。どこに着くのかは分からないけど、毎日願う気持ちで手綱を引き寄せる。これからZoomでの読み合わせ配信だ。さあ衣装と小道具を用意しよう。

メディアアーティスト

❖藤幡正樹／六四歳／アメリカ→東京都
アメリカから帰国し空港でＰＣＲ検査を受けるも、体温が低かったためそのまま東京へ帰る。しかし、何か体調がおかしい気が……。

4月5日

今日の12時35分の飛行機に乗らなくてはならないので、8時起き。朝ご飯作って食べて、昨日荷造りした荷物をレンタカーに積む。Airbnbのホストの Ryan さんと挨拶するも、お借りしていた2階への階段途中から、庭の芝生の上にいる彼との会話。social distancingのお陰で近づけないのだが、重い荷物を降ろしたばかりで咳き込みそうになって、こちらが調子悪いと思われたかもしれないと考えてしまう。レンタカーを返却。やっぱりハンドルとギアのあたりにアルコールを1回ずつスプレイしただけだった。2週間前に借りた時も要するに消毒などほとんどされていなかったにほど近い状態だったに違いない。機内の乗客はほぼ満席。隣りの若者もちゃんとアルコールでテーブルを拭いた。足に寒けがある。ブランケットに包まって寝ていて汗をかいた。なんとも緊張の連続であった。

4月6日

午後4時に成田に到着。機内で1時間以上待たされてから、検疫でPCR検査された。申請用紙に連絡先を書くがメールアドレスまで手書きで大丈夫なんだろうか。現場にコンピュータ端末はなく、まったく電子化されていなかった。検温されて、35・5度と告げられる。発病しているわけではないのだと思って、ちょっと安心する。迎えに来てもらった車で東京まで帰る。

4月7日

昼まで寝続ける。時差ボケだとは言え、なにかそれだけではない感じがするが、ともかく丸一日寝る。

4月8日9日

寝たり起きたりのまま、2日過ごす。
電話がかかってくるとPCR検査の結果の知らせかとドキドキするが、毎回違う。

4月10日

成田検疫所の公開されている電話番号に電話したら、「この電話は現在使われておりません」

だそうです。違う連絡先を探し回ってやっと繋がったら、「忙しくて連絡が遅れている。必ず連絡をするのでお待ち下さい」とのことだった。陰性だから後回しにされているのかもしれない。やはり、いろいろ気になってネットサーフィンしまくってしまう。アメリカではレストランは持ち帰り、スーパーは入場制限、国立公園も閉鎖という状態で、かなり厳しい隔離が行われていたけれども、東京はかなり緩いようで非常に不安になる。今日の状態が2週間後の変化になるということがなぜ知らされていないのだろうか？　自分が感染するかどうかは自分次第だが、感染しても症状があらわれない潜伏期間があり、その間にもウィルスの拡散が起こると言われているわけで、熱が出る前の状態をどうやって知ることができるのかは大きなポイントだと思い始めるが、そのことに焦点をあてている医療関係のページも報道機関も見当たらない。

ＦＢに以下のような現状を書いて投稿した。

どうも感染していたみたいです。このウィルスは感染していてもほとんど気が付きません。「ちょっといつもと違うなあ、あれっなんか寒けがする。」という程度だったのですが、ロスアンゼルスから成田に戻って、空港まで迎えに来てくれた家人に一昨日から同じ症状が出たので気が付きました。この間ずっと熱は出ていません。現在で10日ほど経ちますが、ここらで悪化する人も多いのかもしれませんが、僕自身はそのまま悪化することなく回復しています。と

いうことは、37度の熱が4日続いた後よりもこの平常に思える状態の方が、周囲の人にとっては危険です。どうか、ちょっとでもいつもと違うと思ったら、自分のためではなく他人のために家から出ないでください。自分が発病する前でも他者を感染させてしまいます。このウィルスは本当に簡単に感染します。

——

普段連絡のない人たちまで、「大丈夫ですか？」と反応してくれて、いろいろ考えさせられる。どうも自分から感染したと言う人はほとんどいないということらしい。投稿を見た妻の友人が過剰反応したようで、家人に迷惑をかけてしまった。申し訳ない。

——

みんな心配してくれてありがとう。書いたつもりなんだけど、37度といわれるような熱が出ないんですよ。ただちょっとだるい、寒けがする、喉が痛いという症状があって、でもいわゆる風邪とはなんか違うんですよ。危険な雰囲気はありました。飛行機に乗るという緊張感もあって、病気なんだか、よくわからなかったというのもあります。しかし、検疫では35・5度の平熱だったので油断したんですね、帰りの車ではマスクを外していたのです。それで家人に感染ったのだとおもいます。家に戻ってからは、かなり長時間睡眠とってました。とどのつまり、ウィルスの運び屋として選ばれたってことですね。

感染するような軽率な人という視点が存在して、蔑視することでした側に優越感が生まれるのでしょう。しかし、もう半年もすれば感染回復して抗体を持った人だけが仕事に復帰できる時期がやってくるはずなわけで、どうしてそういうことがわからないのでしょうか。

4月11日

午後4時頃から突然の睡魔。12日朝まで15時間眠り続ける。

4月12日

なんとなく元気な気がしていろいろ作業するが、なにか変なので、やっぱりこれは無症状と軽症の中間の状態を行ったり来たりしているのだと確信する。こういう状態の人が街に出歩いていると、周囲の人々を感染させてゆくことになるのだろう。20日までは自宅から出ないように言われているので、家からは出ていないが、意味もなく不安になる。

4月13日

体温を計ってみた。
朝36・4度。夜35・5度。

4月14日

朝36・3度。
寒けがしても熱はない。首筋から後頭部に頭痛。軽いめまいなどの症状がある。

4月15日

朝35・9度。夜36・3度。
多くの人がもしかしたらコロナウィルスに感染したかもと思っても人には言えないし、検査もしてくれない。自己申告出来ない状態で仕事をそのまま続けていたら感染が拡大するばかりではないか。軽症者の症状を集めたウェブサイトを作る構想が出てくる。無記名で自由に投稿してもらえれば、それが普通の風邪やインフルエンザの症状と違うことが判るだろうし、疑心暗鬼になっている人にとって自分の状態が判るだけでもある種の指針にはなるだろう。

4月16日

朝35・8度。
電話ではなく、メールで成田検疫から連絡が来る。

成田空港検疫所からのお知らせです（重複してご連絡申し上げている方もいらっしゃいます。大変申し訳ありませんが、何卒ご容赦いただきたく存じます）。
日本に入国した際に、成田空港検疫所において新型コロナウイルス（COVID−19）のPCR検査を実施しましたが、その検査結果は「陰性」でした。
（1）今回は結果は陰性とでましたが、帰国翌日から14日間は、引き続き、待機場所から不要不急の外出をしないこと、公共交通機関を使わないことをお守りください。
（2）自治体からの健康フォローアップは現在大変混み合っております。咳・発熱等の症状があった場合は、自治体からの連絡を待たずに、ご自身で最寄りの「帰国者・接触者相談センター」までご連絡ください（帰国時にお渡ししている「健康カード」にQRコードが記載されています）。
どうぞよろしくお願い申し上げます。

陰性だった。

4月17日

コロナウィルス感染・軽症者の声を集めるウェブサイトについて、複数の友人に相談をし始める。さっそく中山くんがテンプレートを作ってくれた。全体の概要や趣旨を書こうとするが、なんだかやる気が出ないまま一日が過ぎてゆく。

その時に送った、軽症者の症例：

最初期にはなんとなく身体が重く感じました、なんか悪い空気とか吸った感じ。その次が寒気でした。寒気がするとお腹の調子も悪くなるんですが、足を温めて寝ると治りました。その間隔が狭くなってきて、飛行機に乗っている時は寒気で汗ばんでました。検疫で体温測ってくれましたが35・5度だったので安心してしまいました。その後、体温を測り続けてみたんですが、寒気がするときに体温が35度台に下がります。普段は36・5ぐらい。これ常識と逆ですよね。軽い目眩や首筋から頭にかけての痛みもありました。自覚してから2週間経ちますが、ほとんど回復しているけど、まだ完全には抜けきれてないです。時々かすかになんか暗いものが戻ってきます。

4月18日

中山くんが取り急ぎのテンプレートを作ってくれる。mild corona information center。ページの名前とか、ロゴとかが必要。

4月25日

やっと概要、趣旨とページ全体のアイデアを中山くんにおくった。

コロナウィルス感染「軽症者の声」

世界で日々増え続けている新型コロナウイルス感染症。ＰＣＲテスト陽性と判定された感染者の数が大きく報道されていますが、実際の感染者数はそれよりも遥かに多いことが最近判ってきました。その大半は無症状であり、軽症者も入院することがないので話題に上がっていません。この状況下では「もしかしたら私も感染者かもしれない」という恐怖を感じている人々は多いと思います。一般的に検査も受けられない状況下で、実際の感染の初期症状がどういうものであるかが公表されていない（もしかしたら、重症者の救済が中心で、そういった資料が無いのかもしれません）ことを憂えて情報を共有するためにここにＷｉｋｉを開設しました。

自分も罹っているのではないかという疑いから距離を置き、また感染しているのに出歩き、無自覚にウイルスを広めてしまう人が少しでも減ることを願っています。

書き込まれた内容が正しいかどうかをここで問うことは、開設者側にその能力が無いためにできませんが、個々人の貴重な体験が届くことで新たな事実も出てくるかもしれません。ぜひ、体験、経験、情報をお持ちの方は投稿、共有ください。（なお、管理者が荒らしだと認識した場合は投稿を削除するのでご理解ください）

書き込まれた文章に関する権利についてどうするか、投稿者の連絡先は必要かどうかなど解かなくてはならない問題が数点残っている。

美術家

❖片山真理／三三歳／群馬県
群馬にアトリエを構えて一年、二歳の娘とDJ・音楽家の夫と三人暮らし。参加予定だった展覧会や講演などはほぼ中止、延期に。

4月7日（火）

ほんとうは、熊本市現代美術館で開催される「ライフ 生きることは、表現すること」展の設営日だった。ダイニングテーブルでパソコンを開き、学芸員の坂本さんがスマホで撮影してくれた動画（坂本さんの目線に合わせて展示会場が撮影されている）を見て、設営状況を確認する遠隔設営。新作や、3年ぶりに新しいかたちで発表する作品など、けっこう出品作が多く、気合が入っていた。また、グループ展だったので他の出品作家さんと会えることも、家族で熊本入りすることも、全て楽しみだった。すごく、落ち込む。

昨年、海外の展示にて、設営から会場オープンまで車椅子で過ごしていた。最終日にどうしても自分の足で会場を歩きたくて、杖をついてまわった。すると驚いたことに、会場や作品が100倍面白く感じられ、「さっきまで見ていたものはなんだったんだ……?」と、ここでも「正しい身体」がないと駄目なのかと、ほんのちょっとショックだった。その疑問に追い討ちをかけるような今回の遠隔設営。私たちが信じる身体感覚ってなんだろう？

4月10日（金）〜12日（日）

娘、17時から40度の発熱。ダイアップ。朝5時には微熱程度に下がる。

4月13日（月）

朝一で医療電話相談。「コロナの疑いがあると診察を受け入れてもらえないかもしれない」というテレビできいたフレーズにゾッとする。15時、ＰＣＲ検査を受けることができた。夕方から40度の発熱。

4月14日（火）

18時、ＰＣＲ検査の結果は陰性。良かった。けれども他のウイルス（ヒトメタニューモウイルスの検査が陽性だった）らしく発熱が続く。

予定では「ＫＹＯＴＯＧＲＡＰＨＩＥ京都国際写真祭」（9月に延期）で、京都へ現場入りしている日。今年参加予定の展覧会がほとんど中止や延期に。企画が私設なのか公設なのかで対応や対処、猶予や余地、目的がそれぞれ違う。

新聞やテレビからの情報（ＮＨＫのずっと表示されてる帯）、ＳＮＳからの情報（Twitter

なのかFacebookなのか)、町が纏う情報の温度差やスピード。

娘のPCR検査がなかったらどんな風に過ごしていただろう。引き続き気を引き締めないと。

「実感が無い」のは一番怖くて難しい状態。

4月16日(木)

娘のヒトメタニューモウイルスがうつったようで家族全員で寝込む。微熱。ひどい咳。

4月21日(火)

夫は花粉症も相まって咳がひどい。

地元アート関係者からオンラインでの現状報告会お誘いを受ける。

その前に「で、実際新型コロナどう思う?」と夫婦間で意見交換。

夫は「たとえ今回の新型コロナが収束しても、今後も新しいウイルスの脅威が続くのでは?」と。DJなので三密名指しのナイトクラブのことはとても心配していたが、コロナ後の我々の在り方(生き方、暮らし方)について、考えているみたい。

私は自分でもびっくりしたが「障害者の時代がくる!」と言った。人種や性別などなどの運動ってあったけど、障害者ってまだ「コレ」っていうムーブメントがない。あったとしてもみんなの記憶にちゃんと残っているだろうか? 世の中は少しずつ良くなってきていると信じているけれど、劇的な変化はあと100年くらいしないと無理だと思っていた。けれど、そこに今回のコロナショック。これって大きなきっかけになりそう。

昔からアバターやアカウントなどでネット上に存在することはできたけれど、それってやりたい人たちだけだった。今はそこに選択肢がない。みんなが身体を抜け出し、とてもフラットに存在している感じ、悪くない。私たちが信じ安心し頼りまくっていた身体は、コロナ禍の今、とっても頼りない存在になってしまった。(ちょっと新型コロナハイだと思う)

4月22日(水)

初めてのZoomミーティング。びっくりするほどコロナ前のミーティング~打ち上げの流れと変わらない。オンラインであっても苦手なものは変わらないんだね。つかれた。

4月23日(木)

娘のPCR検査をしてくれた看護師さんが新型コロナに感染したらしい。

4月26日(日)

少し体調回復してきたところで、仕事を再開。とはいえ魔の2歳児相手に仕事を進められるわけはなく、寝かしつけてからの夜が本番。徹夜の次の日は夫婦揃って寝かしつけながら寝落ち。

娘のリズムに合わせているから、うまく仕事ができず進みが遅くなっているのだと思っていた。でも、娘の成長が早過ぎてついていけないだけだったのかも、と思うようになった。思えば元々仕事は早くなかったし……。妙に納得してしまい、少しだけ焦燥感から解放された。彼女の成長はいつだって嬉しいけれど、ちょっと寂しい。もう少しゆっくり大人になってほしいねと夫と話した。

4月27日（月）

朝からZoomで鼎談。

引っ越してそろそろ1年。未だに近所の人たちに自分がアーティストだと言えない。とても田舎なこの町で、なるべく目立たないように、こっそりひっそり暮らしていこうと思っていた。でもそれって過去にも現在にも未来に対しても、不誠実な態度だったな。文化芸術が大切だと声を大にして言えない今の状況にも重なる。新型コロナによって、それぞれが元々持っていた「何か」の輪郭がぐっと濃くなって見やすくなった。

振付家

❖ **北村明子／四九歳／東京都⇅長野県**
フランスで開催予定だった舞台が急遽キャンセルに。大学准教授として論文を書くも進みが悪く、生身の身体活動の偉大さを思い知る。

4月7日（火）

正常に怖がること、正常に落ち込むことも大切だとわかっていても、いざ一旦恐怖を感じると戻れなくなるのではないかと感じ、護衛本能が働いているようだった。ずっと家にいることもあり、ネット上に流れる情報群と、自分の現状とを感覚的に接続できないでいた。

各国が厳しい対処をする中、まだなのかと苛立ちを感じていた遅すぎる緊急事態宣言が出る。しばらくいたグレーゾーンからしっかりと現実を実感し、いろいろな意味で落胆を認める理由を得た気もした。

4月9日に初演を迎えるはずのフランスでの舞台の仕事について心配し始めたのが3月10日ごろ。スイス在住の主催メンバーにメールで様子を伺うも、「大丈夫、一部の心配症の人々がニュースにしているだけ」とポジティブな返事が来ていた。その5日後、パリ近郊に住むプロダクションのプロデューサーから連絡が入り、「上演予定の劇場で別作品のキャンセルがではじめたので、まずはあなたの4月1日のフライトはキャンセルして様子を見ようと思う」、と連絡が入った。そして翌日、翌々日とあれよあれよと事態が急変し、4月の舞台のキャンセルはほぼ決定との連絡。大きな落胆と急な日常生活の激変に慌ただしく準備するメンバーの様子がメールで伝わってきた。ジェットコースターのような速さ。2月〜3月上旬は中止・延期の決断を迫られていた日本国内の舞台事業も、3月下旬になると選択の余地なく、次々に中止や延期のアナウンスが回っていた。舞台事業の決行に集まる非難や応援。情報の不十分さと強い自粛司令の欠如により、切実な問題からずれた方向へと議論が流れていってしまう。ウィルスは生物学的な身体領域を超えて、社会的な存在である人間のコミュニケーションに潜在する様々な問題をあぶり出していく。

4月10日（金）

世界各国の劇場やダンスカンパニーが配信するオンラインでの舞台作品上映が日に日に充実していく。来日していないもの、見逃しているものなど、たくさん見たい作品があるはずなのに、全くその時間を積極的に取ることができないでいる。YouTubeを見て舞台を見たと言う学生が増加する昨今、映像で見る舞台と生の舞台は全く別物、と強調して生の舞台鑑賞を強く推進してきたけれど、高いチケットを支払うこともなく、オペラから演劇、ダンスまで世界中の名だたる劇場や団体からの舞台作品の配信は、こんな時期だからこそより一層魅力的だ。考えられたアングルと編集、高画質の映像はもしかしたら生の舞台よりも焦点が絞られていて見やすく感じられるかもしれない。生の舞台の場はもう不要になるのだろうか。そんな気持ちが鑑賞に歯止めをかけてもいるように思うが、時間がないこともあって自分自身はなかなか集中して見ることができず手つかずのまま、最大のチャンスを逃してしまっているような気分にもなる。

外に出て身体を動かす気分転換は必需品の買い物とジョギングだけ。以前は面倒だな、と思ったことも貴重な喜びの時間となっている。これから色々な価値観がひっくりかえって行くのかもしれない。数日前に読んだ福岡伸一さんの「ウィルスは撲滅できない」という記事を思い出して、これが進化というものなのだろうか、とあれこれ考え込んでしまう。

4月16日（木）

一日中座りっぱなし。Zoomで会議を重ね、合間で論文を書く。ダンスについての文章は、座りっぱなしだと全く進まない。30分くらいごとにストレッチをしたり身体を動かしたりし無理やり自身をPCに向かわせる。動けばひと動作で済むことを文章にすると、まるで言語の樹海に入ってしまったかのように出口がない。無意識に行う二足歩行の全てのメカニズムを言葉で微細に説明するような気持ちになる。生身の身体の活動がいかに生き生きとした生活を支えているかを思い知る。

高齢者となった母が再々転倒を重ねているこの数年。家族会議で「外出を禁じるか、否か」

をよく話し合う。失語症となった母は言語の扱いは思うようにいかないが、思考はまだまだしっかりしていることもあり、歩くことへの意欲はある。歩く力を失うと、一気に寝たきり生活へとなってしまう。自粛生活に入る前までは、慎重に杖をつきながら歩行を諦めずに毎日を過ごしていた。外を自由に歩くことの貴重さを改めて思い知る。

海外ツアーでお世話になった照明家の方から〝今年いっぱい舞台スタッフの仕事を休業し別の仕事を始めます、いつかまた……〟とのメッセージ。すでに身近なところで具体的な影響が出てきていることに胃がどんよりと重くなってしまう。

4月17日（金）

身体同士が触れ合うこと、生身の身体の面白さを伝えるダンスの領域では、人と人とが接触することで感染拡大するウィルスの存在は致命的だ。ソーシャルディスタンス、Stay Home という言葉が日に日に日常化する中、SNSではそれができない国や地域の状況も写真で流れてくる。在宅勤務や Stay Home ができない人々と医療現場の今についてのニュースは、何の役にも立たずにただ家にいることに罪悪感すら感じるほど厳しい。

ダンサーたちが Zoom でダンスレッスンを提供し始め、世界中の舞台がオンラインで観れる状況で、新しいことへの挑戦や思考が進むこともある。しかし、この見えないものとの共存経験は、今の事態が終息してからも恐怖の後遺症として必ず残る。身体表現を生で伝える、という領域に大きなメスが入ってしまったような感覚……これもダンスの進化につながるのだろうか。

4月にお会いする予定だったモンゴルの人類学研究者の方から、招聘中のモンゴルとカザフスタンの方々が、コロナ禍で帰国できなくなってしまったと聞く。延びた滞在中、招聘者らと共にレクチャー付きの演奏や、写真と語りのギャラリートークなどをツイキャスでシリーズ化して放送している。今日は「帰れない二人」というタイトルの放送。長年現地に通い、その土地での生活を積み重ねられてきたお話は、身体の深部まで浸透してくる。現地の写真と音楽と共に進められる〝バーチャルギャラリートーク〟は、激しくもおおらかでもある中央アジアの歴史や現在の生活感を届けてくれる。身体に〝移動〟するダイナミズムを感じさせてくれるのだ。ご本人は登場しないので語る身体の不在にもかかわらず……。家の中に閉じこもった生活とは真逆の、モンゴルの遊牧生活のお話は夢のような現実逃。

4月24日（金）

締め切りをとうに超えた論文を抱え、さすがにこれ以上迷惑をかけるわけにはいかない、と、ともかく必死で書くのだがどのようにも時間がかかる。創作現場で考えてきたことは山ほどあり、身体とは実践的には真剣に向き合ってきたが、文章に残す時間をとる間もなく次へ、次へと進んできた。自粛の日々は、立ち止まり、考えていたことを書いていく時間を与えてくれている。ダンスは未知の感覚や現象を発見する喜びに満ちているけれど、書くということもまた、考えていなかったことをも見出していく行為なのだ。

落胆していた気持ちから、現実に向き合うべく、今年のダンス活動の予定変更についての打ち合わせを制作に提案。2020年の欧州文化首都、アイルランド、ゴールウエイでのフェスティバル参加は日程が決まっていたが、いちかばちか年の後半に変更を提案してみようという考えでプランBを練る。ダンサーやスタッフの日程が合わなければ別案を立てることもできない。関係者も様々なスケジュールの変動を抱えているので慎重に可能性を探っていく。クリエーションの時期についても、これまで以上に柔軟に構えなければ、今年は自分の首を絞めることになる。自粛・巣篭もり生活の現在からは、まだまだ、情報から頭の中で危機的状況をシミュレーションをしているだけなのだ。舞台領域の回復の厳しい道のり、本当の大変さに向き合っていくのはこれから。いろいろな体力がなければ、と覚悟する。できない、と考えることを封じて、どうしたらできるかを考えていく。

写真家

❖南阿沙美／三八歳／東京都
コロナの影響で撮影の仕事は減りそうだが、フリーランスはもともと仕事量に波があるので戸惑いは少ない。深夜ラジオを満喫中。

4／22（水）

なんだか川が見たくなって、運動がてら自転車で出かけることにした。外にある郵便ポストを見たらこないだ自分が出したはずの請求書が2通入っていた。84円切手がありませんというメモ付き。貼ってなかったかも。かばんに入れて、てきとうに多摩川を目指す。

田園調布のほうに着くとパンのいいにおいがして、気が付くとパン屋に並んでしまった。ソーシャルディスタンスに準じて店の外で列を待っていたら、それに気がつかない女の人がさっと私を追い抜いて先に店に入ってしまったが急ぎのパンではないから無問題。

多摩川緑地を川沿いに、試合が行われていないがらんとした野球場やテニスコートを横目に上流にむかって自転車をこいだ。

二子玉川に着いて自転車を降り、サンドイッチとコーヒー。川はながるる。そういえば戻ってきた郵便物に切手を貼らねばと、財布に入ったままの切手を取り出し、川の水で切手を濡らし、貼った。家に帰る途中、入ったことのないスーパーに立ち寄る。いつもとちがうスーパーは楽しい。こちらもレジではお客はきれいに2ｍ空けて並んでいる。だいぶ浸透しているが、ときどき気が付かずに後ろにぎゅっと近づいて並ばれると、すこしこわい気持ちも生まれてきた。感染のリスクが、という思考に到達する前に、なんだろう、お尻の近くに人がいる！という感覚。

帰宅し、夜は蓮沼執太のインスタライブを見る。

その後ロロの生配信ビデオ通話劇をみる。他人が共有しているオンライン画面になんかの拍子に誤って自分も入ってしまい覗き見している気分。透明人間になった気分。

4／23（木）

ずっと家にいる。天気がいい。陽当たりのいい部屋でよかったと改めて思う。

写真雑誌に掲載する写真のセレクトなどをする。撮影の仕事はしばらくなさそう。

撮影がバタバタとキャンセルになってしまった！という人もいるけど私は元々バタバタ入っているわけではなかったのでバタバタなくなることもなく、ただ、パンフレットの撮影を完了していたラーメンズの片桐仁さんの粘土作品展が、３／23から開催予定だったのが中止になってしまった。色んな片桐さんを撮って楽しかったのだが、いつか開くお蔵にイン。

ほかにも色々な展覧会が延期や中止になり、作家やそれを支えている人たちのことを考えるととても心が痛む。私も去年は全国各地で展覧会をやったが、年が違ったらと考えるとゾッとする。

あとは5月発売で納品していた雑誌の仕事が、この影響で出せなくなって6月に合併号として出ることになったり、5月上旬発売のアルバムのCDジャケット撮影をしていたのが発売延期になったり、アーティスト写真を撮っていたミュージシャンもプロモーションができないのでこれも少し延期になったりした。

フリーランスの撮影の仕事は毎月数がまちまちで、なんだか忙しい月もあればぜんぜん仕事がない月もありもともとスリリング。私は仕事がないときはアルバイトをしています。

立派な家を建てちゃうくらいのカメラマンだってあるとき仕事がゼロになったり、今は忙しくても数ヶ月後、数年後の保障なんてないから常に不安な気持ちをかかえている人は多い。

仕事がなくて時間があると、不安なものだ。いつもは忙しいときも暇なときも、特に理由がはっきりとわからない。

今回の、緊急事態宣言によって仕事がなくなって時間ができたことは、それが理由だとわかっている。なのでいつもとはちがってフリーランスならではの不安はなく、5／6までは少し気楽、という感じになっています。できるだけ家にいようと思ってアルバイトもお休みすることにした。ひとまず5／6までだったらなんとかなりそうで、私の場合5／7以降仕事があるかないかはいつものこと。今のところゼロです。

夕方、札幌にいる姪っ子たちとＬＩＮＥのビデオ通話。あー可愛い。

この生活になって一番の醍醐味は憧れの深夜ラジオです。そもそもラジオはあまり聴いてなくて、中学や高校受験のときとか、ラジオを聴きながら勉強している友だちがいたが、私は全くできなかった。何故かというと、机に向かって勉強していても、ラジオの方を見てしまうのだ。ラジオが流れる物体そのものを、テレビを見るみたいに見てしまう。何回かチャレンジしたがだめだった。以降ラジオは何かをしながら聴ける強者たちの優雅なたしなみ、というものであると思っていて、なかなか私には手の届かないたいそうなものであった。

しかし、今の生活では1日の全てを終わらせてさて寝るか、と見せかけて、布団に入りお行儀よくラジオを聴くのだ。木曜24時からハライチのターン、25時からはおぎやはぎの「めがねびいき」だ。勉強しながら、家事をしながら、ではなく、ただラジオを聴くという状態。布団に入って天井とか、やっぱりくせでついラジオ（radikoを聴いているパソコン）に目をやったりしてニヤニヤしながらいつのまにか寝てしまった。

4／24(金)

「めがねびいき」は深夜3時までやっているが途中で寝てしまった後うっすら起きたときだろうか、リモート収録で矢作さんが家のトイレでウォシュレットしてる音を、うとうとしながら聞いた気がする。なんて贅沢なことか。

ラジオつけっぱなしで朝になるのもなかなか不良のようでたまには良い。森本毅郎の「スタンバイ！」で政治経済コロナ情報などをぼんやり聞いていると、窓の外からゴミ収集車の音が

したので飛び起きる。燃えるごみを持って、たい焼き柄のパジャマとXの新メンバーかな?と
いう頭のまま外に出ると大家さんがいて、あら、と少し笑われた。「ドアの前に置いといてく
れたらやっとくのに」と言われたが、前はそうさせてもらったときもあったけど今はこういっ
たゴミもこわいものなのではないかと思うので自分で出す。

今日も天気よし。洗濯をしたり、今日までの〆切のものを作業をして写真データをメールで
納品。久しぶりに30分くらいジョギングをした。帰ってきてドアを開けると、こないだ買って
玄関に飾っていた綺麗な花がめちゃくちゃくさくて笑ってしまった。

綺麗な花には棘があると言うけれど、綺麗でくさい花もある。しかしそのくささは不快なも
のではなく、なんかウケてしまうくささだ。一人暮らしに笑いをありがとうございます。

お風呂にゆっくり入って寝る。

4/25（土）

今日も洗濯してしまう贅沢。バッグのほつれを縫っちゃう贅沢。

午後はいか文庫さんのTwitterライブを見る。4月に入ってから今のところ毎週見ている。
とてもいいのです。

私自身がストレスなく過ごすことを起点として、あとは今大変なところの支援になるような
お金の使い方をしたり、オンラインの署名などをしている。アップリンククラウドも登録した!

ラジオと同様、私はあんまり家で映画も見れないのでこれを機にたくさん見れるようになりたい。

部屋を片付けていたら森脇ひとみさん（その他の短編ズ）の「月刊ヒー」が出てきたので読む。2019年4月号で、微生物についての特集?だ。（月刊ヒーは実際には月刊ではなく、森脇さんがときどき？　出しているものです）

改めて、微生物とか、菌とか、生物とかって一体なんなんだ……と考える。ウィルスとは目に見えないほど小さなものだが、ふと、ウィルスが小さいのではなくて、我ら人間が、でかすぎるのでは、と思ってしまった。わたしたちがとんでもなくでかくて、彼ら?にしてみたら、人間はでかいから小さいものなんて見えないぞと、音も立てず無表情で私たちに侵入しているんだろうか。

道端を歩くハト的にはどうなんだろう。今のところ余裕そうだけど、人間たちは大変だな、とか思って落ちてるお菓子のクズとか食べているんだろうか。

私達はでかすぎるのかも知れない。無自覚にでかいが故、小さきものに気付かず踏みつけることのないように暮らしたいな、と考えながら腹筋して就寝。

落語家

❖立川談四楼／六八歳／東京都
妻と息子の三人暮らし。長く続けてきた独演会を断念。寄席は休業、落語会は全面中止で、高座を失った若手落語家の生活も心配する。

四月八日（水）

無精ヒゲを剃ろうと思ったが、やめた。高座がないのだから意味がない。三月下旬のついこの間まで高座があったのに、何だか狐に鼻をつままれたようだ。

ＳＮＳに弟子の寸志のスキンヘッドがアップされていた。ハゲの師匠《わたし》にケンカ売ってんのかというぐらい濃い髪質の男だが、どうせ高座がないのだから何か変わったことがしてみたい、とのコメントを面白いと思った。ではこっちはヒゲを伸ばそうと、私も短絡だ。さて自粛中にどれくらい伸びるのか。毎朝の鏡を楽しみに見るとしよう。

落語会中止、もしくは延期の連絡がガンガン入る。電話だと気がねなのか皆メールだ。短時間で三件くらうと相当ヘコむ。とそこへ四件目だ。ええい、毒を食らわば皿までと見れば「師匠、打ち上げの酒の銘柄は何がいいですか」と能天気な内容で、しかもこの落語会の開催は秋だ。「辛口の地酒を頼む」と返答、でもいくぶん救われた。

我らの安倍さんは一日に「全世帯にマスクを二枚配布する」と言ったが、どうもエイプリルフールのジョークではなさそうだ。マジでそれを言い出したということだが、見くびられたものだ。まさかこれで済まそうというわけではあるまいな。いやあのドヤ顔からするともしや。せめてもの慰めは、すぐにアベノマスクと揶揄されたことで、海外でも「アベノミクスとアベノマスクが……」と報じられたとか。もう日本は欧米に完全にバカにされてるんだ。

四月十日（金）

一日に一回だけ外出する。公園に散歩に出かけ、買い物をして帰るのだ。カミさんの足の具合が悪いので、このところ買い物は私の役割で、これが嫌いではない。近隣四店のポイントカードも持っている。中の一軒は特にお気に入りで、パン、惣菜のカキ揚、鰹のタタキが旨く、もうポイントは四千点だ。

と、店の前に数人いて、貼り紙に見入っている。それは「臨時休業」の知らせで、そこに知り合いが自転車で通りかかり、手招きをされる。ヤな予感は当たるもので、知り合い曰《いわ》く「感染者が出たんだ。客でなく従業員の家族だ」。

頭がうまく回らない。従業員の家族が感染？　そうか、従業員はそこから店に通ってくるから、店は感染を恐れ臨時休業……。そう納得するまでしばし要したのだった。ついに来た。今まで他所事《よそごと》だったが、ついに町内にまでコロナはやってきたのだ。しばらく休むことになるだろう。二週間？　まだ緊急事態宣言が出されたばかりだというのに。ところでオレの四千点のポイントはどうなるって、この最中にバカなことを考えるものだ。

四月十五日（水）

四月は言うに及ばず、五月まですべての落語会がキャンセルになった。それを充分承知のはずなのに体が反応する。「今日は独演会だ。大変だ、ネタをさらわなきゃ」と。偶数月の十五日、それが私の落語の核を成す「北澤八幡《きたざわはちまん》独演会」なのだ。

数えること第二百二十九回、雨だろうと暴風だろうと開催した、そんな独演会をついに休むことになった。神前で式を挙げ、その後の結婚披露宴を催したこともあるという、舞台付きの和の空間、キャパは百といったところか。

立川流発足直後、寄席への出演を失い、高座確保のために始めた会で、最初の毎月開催にくたびれて偶数月として久しく、会場を変えずの独演会二百回超えは珍しいのだそうな。談春や志らくがこの会の前座を務め、楽屋で働いたと言えば、おおよその歴史が分かるだろうか。

中止になったんだと言い聞かせ、夕方から飲む。会場内で行われる打ち上げの乾杯は午後九時、その時間にすでに酔っ払っていることで、中止になったということを体に思い知らせる。どうやら体は納得したようだ。

でも飲みながら、惜しいと思い続けた。何十年という継続が途切れたこともあるが、今日はその会がサイン会になったはずなのだ。

三月、私は本を二冊上梓した。『落語家のもの覚え』（ちくま文庫）と『しゃべるばかりが能じゃない』（毎日新聞出版）だ。落語を聴いてもらい、本も買ってもらう。出版の度に続けてきたことで、独演会をあちこちで催しているので、この売り上げがバカにならない。そして今回、そのために仕入れた本と、そのために作ったチラシが宙に浮いたのだ。酔ってそのことをグズグズ言い続けたのをかすかに覚えている。困ったことに、今度は気持ちが納得しないのだ。

四月二十日（月）

辛うじて書く仕事に支えられている。「落語もできる作家」「口も立ち筆も立川談四楼」と標榜してきて正解だった。現在、新聞、週刊誌、業界紙等に計六本の、いわゆるレギュラーがある。しかしそれとて安いことで知られる原稿料、合わせても家賃がやっとだ。ライフラインを含む生活費をどう捻出するかが問題なのだ。カネは天下の回りものと、夜の街にバラまいたことを後悔している。でももう一人の自分が「カネは使えば入ってくるんだ」とどこかで思っていて、始末に悪い。

そしてそれは現物支給という形でやってきた。お客の差し入れというやつで、芸人への想像力が働く人によって、宅配されたのだ。最初に届いたのがタケノコだった。そうか、春なんだと思わせるもので、親切に糠《ぬか》まで付いていた。盛大に茹で、冷まし、タケノコ御飯を三合炊きで二度作って家族を喜ばせた。

次にホルモン鍋と水炊きのセットが届いた。折よく日本酒が届いたので当然合わせ、後の雑炊まで楽しんだ。

自分では買わないが、もらうと嬉しいものがある。それが鯛茶漬だった。真空パックの鯛の鮮度がよく、ゴマダレがまた旨かった。レトルト食品も届いた。カレー、シチュー、ハヤシ数個ずつに、米二キロが付いていた。何と心丈夫なことだろう。滅多に感謝しない男が今回ばかりは涙ぐまんばかりに喜んだ。そして月末には印税が入ってくる。その七割は行く先が決まっているのだが、それでも一息つけるのは確実で、まあ何とかなるだろう。

四月二十四日（金）

間もなくゴールデンウィークだが、その間、約六万人が沖縄へ行くという。大丈夫か？ 様々な懸念がある中、国民一人当たり一律十万円給付だけは実現するようだ。しかし一回こっきりはいけない。これを何度か続けないともたない人が多いと思うのだ。

行きつけのあの店この店を思う。なぜか店主や従業員の笑顔ばかりが浮かぶ。家賃、人件費等で笑顔どころではないだろうが、どうか持ちこたえてくれ、生き残ってくれと切に願う。

陽気に誘われ、散歩に出る。ソメイヨシノは楽しんだが、八重桜の記憶がない。今、ハナミズキからツツジへと変わっている。そうなんだ、春爛漫と言いたいところなんだ。令和二年の春の記憶。後年、人々はそれをどう述懐するのだろうか。

帰りに、例のスーパーが再開していることに気づく。もちろん入る。入口で消毒して。大丈夫、混雑しない程度に客が入っている。従業員は感染してなかったということか。「あんたも家族も悪くない」と言ってやりたいが、誰がそうなのかも、果たして店に出てきているのかどうかも分からない。

籠城暮らしも三週間と少し、ヒゲもつまんで引っ張れるくらいに伸びた。ヒゲまで白いとは思わなかったが、まあそういう歳なのだ。このヒゲの生えようは誰かに似ている。スポーツ評論の玉木正之氏か、それとも先頃亡くなった大林宣彦監督か。いや西部邁先生だ。西部先生は談志の晩事を彩ってくれた人で、その縁から私はずいぶん可愛がってもらったのだ。似ていることがちょっと嬉しい。

八月のちょっと大きな仕事が飛んでしまった。これは夏はもちろん、今年一杯はいけないかもしれないと覚悟する。そしてまとまった休みと考え、秋に出す文庫書き下ろし小説の仕上げにかかる。そう、時間だけはたっぷりあるのだから。

籠城中でもルーティンワークは欠かさない。ツイッターだ。百四十文字ちょうどを一日三本、この数年投稿してきた。フォロワーは八万六千人、落語家としては多いが、上には上がいる。そこそこ評判がよかったストレートと変化球のツイート二本を上げ、籠城の途中経過としたい。

「『メルケルを466億で雇いたい』時事川柳だが、欲しいよねメルケル。彼女は東ドイツでの生活が長かったから、自由の尊さを知ってるんだね。だから国民への制約は『絶対的な必要性がなければ正当化し得ない』としつつ、命を守るために『家にいてくれ』と演説したんだ。政治は言葉だね。一方、我が安――。」

「アベノマスクが小さいとお嘆きのあなたに朗報です。あれは2枚で1セット、つまり1人用なのです。1枚を鼻に、もう1枚を口にするマスクで、だからあえて小さめに作ってあるのです。ですから『小せえじゃねえか』という非難は当たらないわけです。『ヒモは両方とも耳に?』いや、これは耳の痛い話ですな。」

「もうさ、やるしかないんだよね」

「私もそう思います」

X章　守る

内科医

❖榎本祐子（仮名）／六九歳／東京都
内科外来勤務、日々不安がる患者さんをなだめつつ診療を行う。同じく内科医の夫と同居。休日はNetflix漬け。「Fargo」が面白い。

4月7日　火曜日

今年初めからじわじわとCOVIDの患者が増えていて、それなりに対応しなければならない内科外来を無防備な状態で続けているので、早く緊急事態宣言を出してほしいと思っていたところやっと今日出るという話だ。

通勤時間とずれているので東海道線はさすがにがらがらにすいている。神奈川県のクリニックの外来に膠原病の間質性肺炎の若い男性が胸が痛いと来た。肋間に沿ってびっしり水疱が並んでいて帯状疱疹だった。アパートの隣人との騒音トラブルがあって、管理人や警察もどうにもならず、眠れないし食べられなくなって、警察に、騒音が原因で体を壊したという診断書があれば動ける、と言われたそうだ。消耗しきっている彼を見て、とにかくひどい帯状疱疹には間違いないから、騒音などのストレスによる不眠、食欲不振で帯状疱疹が発症したと考えられる、という診断書を書いてあげた。

それでひとり目の診察に時間がかかってしまい、次の高血圧・糖尿病の男性が、いまの人が待合室で咳をしていた、もしコロナがうつったらどうするんだ、と診察室に入るなり怒りだした。あの咳は膠原病の咳で他人にうつらないから、と一生懸命なだめて長期処方して帰ってもらった。感染が怖いのはよくわかるけれど、待合室はかなり広くて数人しかおらず、クリニックの入り口で検温して熱のある人は別の待合室に行ってもらうなど、できる対策はしている。診察室では全く咳をしていなかった。でも毎日家でTVをみていれば怖がって当たり前だ。不安の裏返しで当たり散らす高齢男性は珍しくない。やっぱり男は……と、これは逆差別かな。

4月8日　水曜日

大学で午前・午後の外来の日。先週上司から＊＊先生の論文を来週チェックしてもらえませんか?と言われた。いいですよ、と返事していた。水曜に出勤したら、朝、＊＊先生は3月31日に急に辞めちゃったんですよ、と聞かされた。うちの科は総合診療科・感染症科・救急救命がくっついている講座なのだが、総合診療内科の医局員は皆コロナ感染診療の最前線に立つことになってしまう。小さい子供がいて、奥さんに帰ってこないでと言われ2月ごろからホテルを転々としている状態だったという。おまけに地方で病院を経営している父親がそんなところは辞めろ、と電話してきたらしい。上司は医者になる前に結婚したから仕方ない、と言うがそういう問題だろうか。いくらなんでも31日に電話してきて3月いっぱいで辞めるというのは社会人としてどうなのか。4月の当直も救急当番も代わりに誰かが穴埋めするのだ。誰だって最前線に立つのは怖い。自分の命の危険だけでなく、家族に感染させないように誰もが最大限の努力をしている。家族に感染させるのが怖いから家に帰らないで泊まっている若い医師はほかにもいる。奥さんが着替えを持ってくるそうだ。なんだかせつない。

午後番の後輩（女性）が「また当たっちゃって」、とカルテを書きながらコロナ肺炎のCTを見ている。今、つわりで気持ち悪くて、と言われてぎょっとする。笑顔を作っておめでとう！と言う。

うちは夫婦で内科医なので、二人ともハイリスクだがお互い心配は口に出さない。夫がうつったら自分の病院にも、夫の病院にも迷惑をかけてしまうのでそのほうが心配になる。

4月9日　木曜日

木曜は完全休養日にしている。一日中Netflix漬け。「Fargo」が面白い。

4月10日　金曜日

夫の勤務している病院には土日だけ近くの大学から若手医師が当直バイトに来ていたが、その大学がコロナ対応をするので外勤禁止になり、50歳以上の内科医6人で当直をまわしている。夫は68歳で当直は週2回、発熱外来当番は週1回。マスクも足りないし防護衣がないので、オぺ室で使うシートを助手さんたちが切って作ってくれるそうだ。当直の翌日夜帰ってくると思わず昨日眠れた?と聞いてしまう。「結構眠れたよ」と答えは決まっているけど。

4月11日　土曜日

朝早く姪からメール。作業療法士をしている姪は、母親が新宿の大学病院に受診するのが心配で、自分が何を言っても納得しないから、おばちゃんから説得してもらえませんか、と。姉がもし感染して、昨年間質性肺炎で救命に入り、やっと経口ステロイドが減ってきたハイリスクの父親にうつしたら死んでしまう!と、姉を新宿の病院に行かせたくない姪の気持ちはよくわかる。最終的に姪が病院に行って処方してもらい、近くの総合病院への紹介状を頼んで来る事になった。夜になって姪が、やっとお母さんが納得しました、おばちゃんも忙しいのにすみません、とメールしてきた。親思いのいい子に育ったなあと思った。3人の間で電話とメールが飛び交った一日だった。

4月13日　月曜日

透析クリニック勤務。理事長が、コロナに感染した透析症例のガイドラインのプリントをみせて、こんなことうちではできっこない、と顔をしかめる。ガイドラインには理想の対応が載っているが、クリニックにはそもそも個室がない。外来の維持透析のクリニックは大きな部屋にベッドがならんでいて大勢同時に透析するのが普通。発熱患者のまわりにカーテンをパーティションにするのがせいぜいだ。２枚しかないフェイスシールド、薄い（いざとなったら１００均の雨合羽だと）エプロンしかない。Ｎ95マスクはもちろんなくて、サージカルマスクも足りなくなりつつあり、注文しているが届かない。看護師も技師もひとり週２枚にしていてももうなくなりそうになっている。透析患者では37〜37・５℃の発熱などよくあることでいつもは終了時に解熱していれば気にもしなかったのがスタッフ、患者ともピリピリしてしまう。不思議にインフルエンザは出ず、普通の風邪さえほとんどいない。

夜間透析が終わり、帰りは駅からタクシー。明かりの消えた街にタクシーの客待ちの長い列、黒いワンボックスカーにガタイのいい真っ黒いマスクの運転手さん。窓を開けてビュービュー風をいれながら黙って走る。なんだか怖い。Netflix の見過ぎかも。

4月14日　火曜日

神奈川県のクリニックへ。喘息とＤＭで診ているケアマネジャーさんは１００人以上の入所者のケアプランを入退院時のも含めてひとりで作っている。義父が亡くなり、鹿児島までお葬式に行っても大丈夫かと相談される。飛行機も新幹線も感染リスクが高いし、感染者が急速に増えている東京から帰省してもし向こうで感染者がでたら大変だ。危ないからやめなさい、と言うと彼女はなんだかホッとして、先生がそう言うならやめます、と言う。帰れば帰ったで、田舎の長男の嫁は大変だから……。いない間にだれかが仕事をやってくれるわけではないし。

外来の患者さんにはコロナが今後どうなるのか、と聞かれることばかり。一時高血圧がリスクだとTVで言っていたので、心・腎の合併症がない高血圧だけではリスクでないと、不安がる患者さんたちに繰り返し説明して落ち着かせる。帰るとき皆、先生も気を付けてね、と心配してくれる。いつも冗談ばかり言っている患者さんに先生、怖くて嫌にならないの？と聞かれて、う～ん、自分で選んだ職業だからね、と答えると、そうか……と妙に真面目に考えこんでいる。コロナなんか怖がらなくて大丈夫だよ、と笑い飛ばして安心させてあげられたらいいのに。

4月15日　水曜日

今日は午前午後大学の外来。医局に行くと、翌日から1フロアまるごと全部コロナ対応と発熱外来を作り、うちの科の外来は縮小して別棟に移動するという。再診患者はできるだけ少なくするように、という事になっていた。予約で来院した人は、できるだけ病院にいる時間が少ないように採血検査を中止したり、結果が出ないうち診察して後から結果を電話連絡することにして、できるだけ3か月分めいっぱいの長期処方箋を書き、予約日を7月以降にのばす。合間に来週の予約患者にひとりひとり電話して、ファックスで行きつけの薬局に処方箋を送れるようにしたり予約を7月にのばしたり、朝9時から夜6時近くまで、コールセンター状態になってクタクタに疲れ切ってしまった。でも連絡すると家にいて、皆最後に先生も気を付けて、とわたしのことを心配してくれるのが嬉しい。

医局に戻ると臨床の中核になっている後輩に、東京もニューヨークみたいになるんでしょうか……と小さい声で呟かれて、絶対ならないよ、とは言えなかった。

4月16日　木曜日

夫とBSのコロナ番組を見る。お互いに情報提供しあう。夫婦になって40年以上、こんなにしょっちゅう家で仕事の話をするなんて初めてだな、と思う。

4月17日　金曜日

夜のニュースでアビガンが7月ごろ一般処方でできるようになると。ギリアドのレムデシビルも出そうだが、どうせ米国で独り占めするか、とんでもない高額で売りつけるだろう。オール大阪で作成しているワクチンも7月に治験に入り9月には医療者が使えるようになるかもしれない。先の見えない暗闇の遠くに明かりが見えた気分。

歯科医

◆**かねごん**（**仮名**）／**三六歳**／**大阪府**
大阪府内の歯科で院長として働く。コロナ感染の不安と従業員の雇用を守れるのかという不安に挟まれながら、衛生用品をポチる日々。

4月8日（水）

どうやら歯科の外来診療自粛要請はされないようだ。ただ緊急事態宣言により、患者さんの予約キャンセルが増えるかと思い不安だった。しかし、今の所ちらほらと出る程度で、アポイント激減とまではいかないようで少しホッとしている。この先はどうなるか分からないけれども。
発注済みのマスク、グローブは今日も納入未定のようだ。在庫はあと2カ月分ほど。少し心許ない。他の業者も当ってみようと思う。

4月10日（金）

ワイドショーでは、歯科従事者の感染リスクが非常に高いとしきりにセンセーショナルに報道されているらしい。何を今さらという感じだが、バッシングを受けているようでなんだか辛い。被害妄想かもしれないが、歯科は何かとバッシングの矢面に立たされることが多いように感じる。まあ清廉潔白な業界でないことは間違いないのである程度は仕方がないのだが。

これからも、私自身含めスタッフへの感染リスクに配慮していこう。すぐに出来ることから取り組んでいきたいと思う。

早速受付に飛沫防護のカーテンを設置、来院患者さんの問診、手指消毒、治療前のうがいを取り入れた。実際にどれほどの効果があるのかは正直謎だが、何もやらないよりはマシだろう。

情報通の同業の友人達から、グローブや消毒液の在庫情報がＬＩＮＥにタイムリーに流れてくる。本当にありがたい。ただ購入の数量制限があるため、コツコツと買っていくしかない。

4月13日（月）

スタッフ全員とミーティングした。議題はもちろんコロナ。単刀直入に、感染リスクにさらされていることについてどう考えているか聞いてみた。皆一同、リスクは百も承知で怖さもあるが、自分が働かないと家計を支えられない、したがってこのまま働き続けたい、とのことだった。

4月16日（木）

今日は終日訪問診療に出た。同行する歯科衛生士も外出制限されてストレスが溜まっているようだ。いつにも増して運転が荒い気がする。コロナよりも交通事故リスクが高そう。

4月20日（月）

国が医療機関のために医療用マスクを確保し、保健所に順次配送していると聞いた。最寄りの管轄の保健所に問い合わせてみたところ、担当者曰くまずはコロナ対応している病院へ優先支給、残りは医療機関への支給となるので、歯科はちょっと……とのこと。初耳だった。歯科医院は医療機関ではなかったらしい。

4月24日（金）

不急の処置は患者さんにも説明して延期してもらうことにした。日増しに歯科への風当たりが強くなってきているように感じる。継続した治療が必要な方でも自ら中断を求めてくるケースも出てきている。

その一方で、明らかに不要不急な主訴でもってアポなし来院される患者さんもいる。空いていると思って来ました、とのこと。

今日はグローブとマスクが買えた。ここ数日は、夜な夜な通販サイトで品薄になって久しい消耗品を検索することが日課になっている。ほんの数ヶ月前までは何不自由無く手に入ったものが、こんなことになってしまうとは誰も想像できなかっただろう。

向かいの韓国料理店、その隣の自転車屋が相次いで営業自粛に入った。商店街の店が次々とシャッターを下ろし、人通りも日を追うごとに明らかに減ってきている。

今月の患者数は、前年同月比で5割減になると思われる。

当たり前の日常がいかに尊いものであるかと、それが失われて初めて身をもって知ることとなり、これまでの自分が、いかに恵まれていたのかということを思い知らされている。

この状況がいつまで続くのか、全く先が見通せない。

あと1、2カ月梅雨が来れば何とかなるのではという楽観的な自分と、いやいや特効薬かワクチンができる早くて来年だろうという悲観的な自分が交互に現れる。そう言えば今日スタッフに、先生痩せましたねと心配そうに言われた。おいおい、患者さん減って暇になってぼーっとしてる時間増えてるのに痩せていくってどういうことだよ。通勤も電車避けて毎日車で運動不足だから普通逆だろ太るだろ。

久々に体重計に乗ってみた。

驚いた。

これは心労が原因かもしれない。自分が思っているよりも、メンタルをやられているのかもしれない。

薬剤師

❖ベージュのアン（仮名）／六五歳／愛知県
調剤併設型のドラッグストアで働く。契約しているグループホームの入所者や常連のお客様を思いやり、ときに厳しい声をあげる。

4月9日（木曜日）

2日前、東京に緊急事態宣言が出たため、店舗（ドラッグストア）には客が押し寄せると思ったが今までと変わらなかった。というよりコロナ騒動が始まって以来なぜか薬局は客が多い。今までと同じものを販売しているのに。マスクは少量入荷するが、マスク購入のため同じ人が朝の3時頃から並んでいるらしい。横流しをしているか、大量に備蓄しないと不安なのか、はたまた希少なものを買えたという達成感を味わうためか。

販売スタッフに言われて店内を眺めてみたらエタノール含有の商品、ガーゼを使った商品、体温計などが全くない。そういえば少し前日本在住の中国の人が体温計を大量に買い求めていた。先にコロナが大流行した中国に送ると言っていた。

その時は日本がこんなになるとは夢にも思わなかった。日本中至るところメイドインチャイナだからひとたび事が起こると物資不足に陥る。私たちが安いもの、安いものと安易にものを手に入れた結果だ。この機会によく考えねば。

4月14日（火曜日）

今日、休み明けで出勤したら調剤カウンターにビニールのシートがぶら下がっていた。店舗のレジにもぶら下がっている。店長の手作りらしい。エアロゾル状態のウイルスは上の方や横から漂ってきそうだけどまあ直球は避けられそうかな。

常連の高齢男性Aさんがマスクもせず処方箋を持ってやってきた。釣りが趣味で連休中に友人と釣りに行くと言う。Aさんは心臓に持病があり一人暮らし。

私「今はこんな時なので釣りに行くのは止めた方がいいですよ。薬局にはコロナに感染した人が風邪と思って来るかもしれないのでマスクをした方がいいです。病院に行くのも緊急でなかったら控えた方がいいですよ」といつものごとく話した。

彼には同居の家族がいないので言ってくれる人がない。独居老人の安否確認も必要だ。薬局で出来ないか明日にでも提案してみよう！

次に高齢の女性が処方箋を持ってきた。咳をしている。咳の原因について聞いたところ布マスクを外して説明を始めた。

私「マスクをして話をしてください」

以前からOTCの薬を買いに来るお客さんでも症状を聞くとせっかく付けていたマスクを外

して話し始める。相手に失礼と思うようだ。いえいえ、マスクは付けてください、外すほうが失礼です。

私は声を大にして言いたい。

「薬局は危険です。風邪と思って薬を買いに来る人の中にコロナに感染した人が紛れ込んでいる可能性があります。用心しましょう」と。

4月17日（金曜日）

東京では発症した人が1日で200人を超えた。首相が会見で医師、看護師、看護助手、検査技師など職名をあげて労った。「薬剤師」は入っていなかった。まあ感染の危険は少なくはあるが。PCR検査の数が少ない。あたかも感染者が少ないように錯覚させる。検査できる検査技師が少ないとテレビで言っていたが仕事の囲い込みとしか思えない。どこかの大学の教授が学生でも少し練習したら出来ると言っていた。資格は別として薬学部、理学部、農学部など、理系出身の人材は一杯いる。それにそもそも市中の検査会社を軽んじていると思う。

4月21日（火曜日）

早朝から店の前に並んでいる人にマスクを販売していたが中止になった。朝早くから並ぶので、周辺の家に迷惑がかかるのと、いつも同じ人が並ぶので、1人でも多くの人に買ってもらいたいというのが理由。薬局もいかにしたら公平に行き渡るか頭を悩ませている。1日も早く大量生産し、地方にも行き渡らせることを願うばかり。

今日はグループホームへ持っていく薬を作るのに忙しかった。昼食は4時。老体に鞭打って頑張った。お昼頃、グループホームから入所者さんが肺炎になったと電話があった。PCRの検査をしたらしい。肺炎の治りかけとのこと、良かった。

万が一うちの薬局からコロナ患者が出たらどうなるのだろう。契約しているグループホームの薬はどうしても必要。それぞれの入所者さんに合った作り方をしている。まさにオーダーメイド。コロナが出ました、ハイ別の薬局で、というわけにはいかない。

この人は錠剤が飲めないから粉砕して、この薬は体調によって中止する可能性があるから別の袋に分包して、この薬は混ぜると変質するから別にして……等、とにかくややこしい。これを一目瞭然に誰でもどこでも作れるようにしておく必要がある。危機管理がまだまだだ。

4月23日（木曜日）

気になる話題を書き留めておこう。

まずコロナウイルスが発生した病院に勤務していた職員の子供が保育園の登園を拒否されたり、家族が職場で嫌がらせを受けたり、はたまたタクシーに乗車拒否されたり、と誹謗中傷を受けたりしている。命がけで患者を守っている医療関係者が「バイ菌」と呼ばれ差別を受ける島国日本は本当に狭量で情けない。

また家族連れが大挙して他府県の観光地に押しかけている。長い車の列に驚く。日々増加しているコロナ禍にやむなく休業したり、首を切られ住まいも失った人が大勢いるというのに。他の人が自粛するから自分1人ぐらい大丈夫と思うのだろうか。

知り合いのBさん夫婦は母親を在宅で介護している。遠く離れたBさんの妹は、亡き父の遺産分割方針が気に入らず家裁で調停中。さらにこの時期に母の後見人を裁判所に申し立てた。裁判所は、外出規制のある県外の病院を受診できないか尋ねてきたそうだ。持病をいくつも抱えているこの母親がコロナに罹ったらどうなるかは自明の理である。母親の命よりお金？

このような話を聞いてつくづく悲しくなった。【利己的とは自分の利益だけを追求しようとする様】とあるがまさにこのことを言うのだろう。人間が伝搬の主体であるこのコロナ禍は、まさに人間性が試されていると思う。

One for All, All for One.

と言ってラグビーの応援をしたことを思い出した。

保育士

4月7日（火）　通常保育

いい天気だった。国道沿いを走る通勤の都バスから見える青空は今日も気持ちよかった。昨日から準備されていた「緊急事態宣言」。遅番で出勤すると、いつもと変わらない様子の保育園。いつもと変わらない登園人数。一緒に組んでいたパートさんが小学生のお子さんを持っているため休みを取っている。いつもより少ない職員で、いつもと変わらない人数の子どもたちを保育している。

新年度、新しい担任、新しい部屋、子どもたちはただでさえ環境の変化に敏感なのに、大人はみんなマスクをしている。表情が分からなくて、きっと何が何だか分からないだろう。不安なんだろうな。絵本を読むときくらいはマスクを外したいけれど、ここは3密空間。

子どもたちはよく頑張っているなあと思う。

今日、緊急事態宣言が出るからといって、特に何も変わらないだろう。期待などしていない。

❖Yukari（仮名）／二八歳／東京都
休園の決定に保護者から怒りの苦情。言い返したくなる気持ちを抑えて聞く。心身ともに疲れがひどいのに、まったく眠れない。

コロナウイルスが流行したところで、保育士の生活は何一つ変わっていないどころか、もっと過酷な現場になっている気がする。けど、それが私の仕事。何か感じたところで、虚しくなるだけ。

4月8日（水）　通常保育

「休園になるんですかね？」昨日の緊急事態宣言を受けて、興奮した様子で1年目の後輩保育士が尋ねてきた。色々な憶測が飛び交っている。園長曰く、保育園は日本の最後の砦。日本の経済と医療を回すために必要な仕事をしている。こんなに使命のある大切な仕事しているんだ、と自分を奮い立たせる。

昼休み、ご飯を食べていると、なんと、「休園になる」との情報が入った。正直驚いた。保育園は、何があっても閉まらないと思っていた。保護者には、一人ひとり勤務状況を訪ねて、登園自粛をお願いするらしい。だけど、医療と金融関係、ライフライン関係の人は、申し入れがあれば預かる、とのこと。すごいことになってきた。今この3密空間にいることに対してものすごい恐怖心が溢れ出てくるのを感じた。

「そんなに甘い仕事じゃないんです」その日、保護者に言われた一言。「子育てだってそんな甘くないですよ」と言い返したくなる気持ちを必死で抑え、「すみません」と頭を下げた。

自粛をお願いして、ほとんどの家庭が受け入れてくれた。「協力し合いましょう」「先生たちも気をつけて」と、優しい言葉をかけてくれる方もいた。だけど、お怒りだった方の対応が頭から離れない。家に帰ってもモヤモヤは晴れない。けど、みんなが自分の生活を守るために必死なのは分かる。お怒りだった保護者も、自分の家族を守りたいはず。仕事をやり抜くことが、その人にとっての愛の形だとしたら。もうよく分からなくなってきた。私は私のできることをするのみ。心身ともに疲れがひどくて、すぐ寝付けると思いきや、それを通り越してハイになり、全く眠ることができなかった。

4月9日（木）　休園だが一部保育で出勤

休園初日。全クラス合わせて約20名ほど登園。天気が良かったため園庭で遊んでいたら、「休園に対して仕事の都合をやっとつけて休ませているのに、おおっぴらに登園児を遊ばせるのは如何なものか」と、自粛中の家庭からクレームが入る。

職員みんなが疲れ果てているのをひしひしと感じる。「もうさ、やるしかないんだよね」とみんなが口々に言う。「私もそう思います」と頷く。子どもの人数は少ないけれど、今日は職員みんな出勤。何をやるか。消毒だ。たまには子どもから離れて黙々と短調な作業をするのもいいな、と思いながら消毒した。水の感触も気持ちが良い。保育室も壁から棚から全て消毒。次亜塩素酸ナトリウムの匂いが部屋じゅうに広がっている。ちょっと気持ちが晴れた。

ここ最近、毎日同じ日なんてない。毎日新しい情報が発信され、めまぐるしく状況が変わっている。ちょっと前までは、「毎日同じことをしているなぁ」って思っていたのに。明日はどんな日になるのかな。都内の感染者は何人になってしまうのかな。少し怖い。

4月11日（土）　公休

今日は休み。嬉しい。夜、前の職場の後輩と電話した。とりとめもないことを話しているだけですごく楽しい。同じ仕事だからこそ、お家時間を生きる社会から置いてけぼりになっているような気持ちを共有し合うことができた。ただただ癒された。そして、卑屈になってしまっているのは自分だけじゃない、と救われた。他愛もない会話が弾む。実は、私もお家時間を楽しみたくてホットケーキミックスを買ったんだぁ（笑）、とか。彼氏と彼女のお家時間は会うべきか会わないべきか、否か、とか。そんなことを結構大真面目に話す。実際、ホットケーキミックスを買ったところで、体力と気力が追いつかない。現状をなんとかしたい、と言う自分の心意気だけ、認めてあげよう。何もできない自分を許し、癒してあげよう。とにかく、休もう。未開封のホットケーキミックスは未だ台所で寂しそうにしている。私たちはこのホットケーキミックスに「#苦し紛れのホットケーキミックス」と名前を付けて、笑い合った。仲間って最高だ。

4月14日（火）　在宅勤務

なんと、今日から交代で自宅勤務に切り替わった。家では溜まりに溜まった保育計画書類をやる。あとは、子どもたちがやる製作の準備もできる。いつもはパートさんに製作の準備を手伝ってもらっていた。自分で全部やるのは久しぶりだった。思っていたより時間がかかる。自分の保育は、自分の力だけでは成り立たないと、改めて感じた。感謝が溢れてくる。またみんな揃って楽しく保育できる日は来るのだろうか。それすら分からない不確かな日々。いろんなことがありつつも、時には愚痴を零しつつも、なんだかんだ続いていた当たり前の日々が愛おしい。働けるって幸せだ。ツイッターを覗いたら、このままでは緊急事態宣言延長では……？との意見がちらほら見られた。社会はどうなるのだろう？　経済はどうなるのだろう？　仕事はどうなるのだろう？

4月15日（水）　在宅勤務

在宅勤務2日目。朝早くインターホンが鳴った。昔から親しくしてくれている花屋さんから、「少しでも癒しを」と、花束が届いた。茨城県の「神生バラ園」という農家さんのバラだ。黄色とサーモンピンク、たっぷりのグリーン。嬉しさ、感激、感謝で胸が一杯になる。たっぷり息を吸うと、言葉では言い表せないほどのいい香り。自然の香りがする。何枚も写真に撮った。

花を持っていた手もいい香りになった。部屋が一気に幸せ空間になった。自然の力ってすごいなあ。ありがとう、お花屋さん。ありがとう、農家さん。みんなが自分に向き合って、今できることをしていると実感した。

4月24日（金） 休園だが一部保育のため出勤

少人数ずっと同じ子どもと朝から晩まで1日中過ごしていると、正直、保育士でも疲れてくるし、マンネリ化してくる。子どもたちも多分そうだろう。今週はどの子も情緒不安定な様子。すぐ泣くし、怒るし、いつもしないような意地悪をしたりしている。きっと子どもも不安なんだと思う。友達はほとんど休んで家にいて、家族と過ごしている。なぜ、私は保育園に来ないといけないの？ 寂しさが手に取るようにわかる。それでもいつもの毎日を子どもなりに過ごしていて、自分もギリギリのメンタルと体力で働いているからか、子どもたちと遊んでいて、泣きそうになった。もう、どの子も限界です。そう声を出して言いたい。あと1日、みんなで頑張ろうね。

専業主婦

❖浦井裕美（仮名）／三四歳／大阪府
三歳・一歳の男児二人をワンオペ育児中。医療職で激務の夫の感染を心配しつつ、遊びたい盛りの子供たちの相手でコロナ鬱気味。

4月8日　水曜日

緊急事態宣言が発令された。

3歳の息子は既に毎日退屈していて爪の周りの皮を剥がして血を出し、指しゃぶりを再開し、弟を追いかけ回して押し倒している。もう限界なのに。

私は3月1日から心の励みにしてきた友人たちとの日帰り女子蟹旅をキャンセルし、ネットスーパーで買い物をして、外食もやめて、人気のない公園を選び、親にも会わないで自分なりに真面目に自粛生活を送ってきた。

マスクを装着、手洗い・うがいをこまめにして感染対策はこれ以上強化させることはない。夫がコロナにかからなければ乗り切れそう。

4月からの幼稚園生活のために意識してきた家族の早起きはやめて、少しダラダラ生活したくなってきた。

4月9日　木曜日

長男の入園式の中止が決定し、出席する気満々の義母に報告！

「残念だわ。じゃあ当日はお祝いをしに家に行くわね」と返事が返ってきたけれど、家に居た方が良いのではないか……？とは言えなかった。

外出自粛を実行し開き直って子供2人に好きなだけテレビを見せてみたら、テレビ疲れを起こしてしまって失敗。極端すぎたかなと反省。

やっぱり散歩くらい連れて行きたい。散歩なら2人とも満足してくれるだろうし、私も外の空気を吸いたい。

でもさすがに緊急事態宣言の効果はあって、家から見える公園も朝から誰も来ていない。外出に引け目を感じる。散歩は不要不急……？

勇気を出して散歩に出ると人気のなさにびっくり。怪しいおじさんに「石触ったら病気になる」と大声で息子が注意された。そんなことよりもマスクもしてないのにこちらを向いて喋らないでよ……飛沫感染するじゃないか！

4月10日　金曜日

先週「マスクが売ってない」と嘆く義母に家にあったストックを私が分け与えたエピソード

を、マスク必須の仕事をしている夫が急に思い出し、怒りをぶつけてきた。今年の冬に起業予定の夫はコロナに追い詰められている。

暗い夫に流されず私はポジティブにいこう。

4月12日　日曜日

週1回の夫の休日を私は毎週楽しみに生きている。

息子に家の前の小スペースで練習できる自転車を買い与えればなんとかこの退屈な生活も乗り切れるのではないかと閃き、自転車購入に出かけた。1時間程度に抑えたが、不要不急の外出はとても楽しかった。息子も初めての自転車に夢中！　大成功だ！

夕方、近隣住民が毎度の外食へとお出かけになるのを見かけた。外食っての良いのかな？　ウイルスは気にしないのかな？　普段からインフル流行期にはビュッフェ形式のレストランには行かないようにしている私は、コロナに怯えて大好きなパン屋さんにも行けないのに。

自分の神経質な性格が嫌になるけれど、このご時世で更に酷くなる。

4月15日　水曜日

幼稚園に書類を取りに行く日。予定中止になっているのに気が付かず園まで行ってしまった。いい運動になったかな。幼稚園に入れなかったと悲しそうな息子。かわいそうになって珍しく自動販売機でジュースを購入し、家の前で乾杯した。さて今日もおやつのパン作りをしましょう！

4月19日　日曜日

いつも利用していたネットスーパーにアクセスできない！　逆に日曜日に夫に車を出してもらって買い出しに行くしかなくなった。私1人で店内へ。カゴ満杯に4個分、レジは2回並んで、車に運ぶのも私1人。本当に重くて手がもげそう。買い物の間に子供の相手をしている夫から、子供とテイクアウトしたアイスを楽しそうに食べている写真が送られてきた。

最近、ご近所の子供たちが互いの家を行き来し始めるようになっている。自宅訪問って良いのかな？　気にしないのかな？と思っていたら、うちにもその時がやってきた！　長男と同じ歳のお友達が我が家に。

私は開き直って受け入れて遊ばせる。息子がとても嬉しそう。一応、窓は全開にする。

しかしその子のお母さんがすぐ迎えにきて、「うちは医療従事者で、保菌者である可能性が否定できないから連れて帰ります」と言われた。

その子のこれまでの行動からみて、容認しているのだとついつい思っていた。

いや、ちょっと待って。うちの夫も医療従事者だよ……我が家は保菌者家族だと思われているのか。どちらともとれるし、当然の発言だろう。

でももう子供も盛り上がり始めてしまっている。今から15分だけのお約束、私はマスクをして、窓をあけます。という事で落ち着いた。はぁ、疲れた。

会いたい友達とも会えず踏ん張っているのに、なんで素性もわからない近所の人に気を使って密に関わっているんだろ。イライラする。真面目に引きこもろう。

4月21日　火曜日

子連れではなかなか行けない憧れの飲食店のテイクアウトメニューを手に入れた！　不謹慎極まりないけれど、コロナの流行でテイクアウトが増えている！と心踊る。

帰宅した夫が「今月の収入は四割減」と笑いながら話している。夫が壊れ始めている様子。

テイクアウトお食事は予算がないわね。

4月22日　水曜日

テレビで人と密にレストランで食事する姿を見て、楽しそうで懐かしくて悲しくなった。

夫が帰宅してすぐ手洗いうがいをしないので、注意をしたら逆ギレされた。

夫への怒りおさまらず、夕食の用意を放棄しようかと思ったけれど、冷蔵庫の野菜が腐るし予算もない。何よりも夫の個人的外食も避けてコロナ感染のリスクを減らしたい。

4月24日　金曜日

もうすぐGWだ。やっとここまできた。

なんの予定もないけれど、この時期の夫の休みはかなり嬉しい。

子供が楽しく過ごせるように色々工夫しながら過ごそう。

夫にコロナ様の症状がでてこの平和な自粛生活が一変してしまうことがないように神頼み。

健康に家族と家にいられることに感謝しよう。

ブック・コーディネーター

❖内沼晋太郎／三九歳／東京都⇅長野県
移転したばかりの「本屋 B&B」と新店舗「日記屋月日」の休業を決め、オンライン営業へ。やることは山積みだが、新企画も生まれる。

4月19日（日）

ふだんは夢を見ない。けれどここのところは毎日、起きたとき夢が頭に残っている。朝から机に向かう。もともとパソコンに向かっている時間が長いが、この2週間のその時間の長さと仕事量は、体感では、この数年でいちばんだった。移転したばかりの「本屋B&B」と、開業したばかりの「日記屋月日」の休業を決め、店としてオンラインでやることを決め、多くのスタッフに休んでもらった。ECサイトの立ち上げと整備、依頼を含むあらゆる外部とのやり取り、表紙をつくったりPDFを組んだりといった実制作。それと並行して、融資の相談や助成金の申請といった資金繰り。ひたすらやることがあった。先行きは見えなかったが、徐々にやるべきことがクリアになっていくことには、快感もあった。とはいえまだ、すべてが途中だ。手の甲と、目が痛い。疲れた頭から、蒸気が出ているように感じる。

午後には家族全員で、車に乗ることにした。近所の山が晴れてくっきりとみえる。この2週間ほど、こんな時間はまるで取れなかった。この時間に車に乗せると、子どもたちはかんたんに眠る。走りながら妻と話す。妻の友人たちとのＬＩＮＥのやり取り、コロナウィルスの捉え方の違いなど、話を聞く。人間が違い、入る情報が違えば、捉え方はまったく変わる。途中で通り越した川は、昨日の雨のせいかやや濁っている。隣村にある道の駅まで、ただ車を走らせる。その村には五島慶太の出身地だという看板が今日もそびえたつ。以前、その道の駅に展示してあった彼の生涯にまつわる文章を読んでから、その看板の前を通るたびに気持ちがぐっと引き締まる。為すべきことについて。道の駅でＵターンして、そのまま戻る。家の前に車が着いたとたんに、長男が目を覚ましてぐずりだす。近所に住む少し年長の女の子が、泣く長男が気になるようで目の前を自転車で行ったり来たりしている。次男もゆっくり目を覚ます。妻がその状況ごと引き取ってくれて、ぼくは2階に上がってまた机に向かう。ぼくがいま仕事をできるのは妻のおかげだ。

Twitterで、ある出版社がオンラインストアを開設して送料を無料にしたことに対してある書店が怒りの声を挙げていた。また別の人が、書店のオンラインストアで販売しても利益が出ない、出版社は掛率を下げるべきだと要請しているのも見た。いろんな意見があってよいし、どちらも、的外れたことを言っているわけではない。けれどこの状況下で、同じく本を扱い、同じく苦しんでいるもの同士が、一方の都合で他方のふるまいに口を出し、事情をよく知らない人までが賛同して他方を責めたりするのは、見ていて気持ちのよいことではなかった。このような状況下においては、どんな判断も、個別の事情と考えに基づくものであるべきで、それぞれを尊重すべきだ、という気持ちがここのところ強くあって、何もせずにいられなくなって、長文のnoteを書いて公開した。

4月20日（月）

8時ごろ起床。昨日のnoteが良く読まれている。一方、それなりに遠くまで届くと、意図とは違う受け取り方をされることもあって、落ち込む。普段はおそらく、比較的細かいことに感情が動かされて乱されるほうではないというか、自分をコントロールするのに長けている自覚があるのだけれど、さすがにこの状況下で、触れるひとつひとつの言葉に対して、肌がナイーブになっていると感じる。

店の工事にかかった大金を、銀行の窓口で振り込まなければならないのだが、上田にはみずほ銀行の窓口がないということに気づく。

昼、子どもを預けて家で仕事をしていた妻と車に乗り、コンビニでできる振込だけを済ませ、海野町商店街のほうに行き、「べんがる」のカレーをテイクアウトして、家で食べる。帰ってきたら12時50分で、カレーを食べる時間は10分しかない。急いで食べてもカレーは美味しくて、これが家で食べられることに幸せを感じる。しかし一方、やはり外食の価格は空間と時間とセットの体験に対して払うものだという気もして、この状況が長く続いたときに、いまテイクアウトで持ちこたえている飲食店にも別の苦しさがやってくる時期について想像をしてしまう。

13時から16時まで、BONUS TRACKの最後のテナント募集に応募してくださった3店との面談。小野くんは現地にいて、ぼくはオンライン。はじめまして、を画面越しにやることにも、ずいぶん慣れた。そのまま、阿久津さんが先日リリースしたmusic for fuzkueをかけながら、ひたすらメール返信などの雑務。読書のための音楽なのに、まだ読書のために聴けていない。ぼくにとっては、仕事がはかどる音楽。夕飯もまた急いで食べる。

22時、経理や労務などを担当してくれている松井くんとオンラインミーティング。助成金のことなど。23時、日記屋月日のメルマガ編集と送信作業。24時前にギリギリ送信。その後、木曜にやる予定のB&Bのトークイベントの準備で『手紙社のイベントのつくり方』を再読。登壇者もそれぞれ別の場所でZoomでつないでの有料イベントはこれが初めてになる。途中からは、いまになって多くの人に読まれているカミュ『ペスト』を、また別の配信に備えて。1時、深夜に電話出演するラジオ番組の打ち合わせ。2時半、出演。3時過ぎに就寝。

4月21日（火）

9時前に起床。最寄りのみずほ銀行は隣の長野市だったので、車で向かう。行きは、散歩社の定例ミーティング。車中は会話を中心としたミーティングにとても向いていて、音ははっきりしているし、雑音も入らない。なにより運転中は頭と耳と口は空いているので、移動時間が無駄にならない。銀行の窓口で振込。いままで振り込んだことのないほどの大金であっても、かかる時間は変わらない。10分で済んで、帰りの車中はradikoで「サンデー・ソングブック」。昔のライブ音源特集。山下達郎が読み上げる医療従事者の人たちのコメントに泣きそうになる。涙腺も緩んでいる。

帰宅してデスクワーク。B&Bのためにクラウドファンディングを立ち上げてくださるという佐藤尚之さんとのやり取りや、木曜のイベントについての手紙社・北島さんとのやり取りなど、諸々。スタッフの多くが休業しているぶん、細かなタスクも自分の手元にひたすら溜まっていく。16時半、バリューブックスの取締役会のZoomに合流。

夜はモーションギャラリーの大高さんと、編集者の武田くんと、新しい企画の相談。本来はこの話のほうが先にあったが、急に書店向けの大規模なクラウドファンディングを立ち上げることになり、先週も話をしたばかりだった。こちらの話も盛り上がり、早く企画書が書きたくて仕方がないが、直近に迫る課題はあまりに多く、いったい、いつになるだろうか。

八百屋のマンマは元気だろうか。

XI章　繋ぐ

旅行会社社員

❖青木麦生／四一歳／東京都
勤め先では主にイタリア旅行を取り扱っているため、三月の時点でキャンセルが相次いだ。四月から自宅待機で、ほぼ育休状態となる。

四月十日（金）

琳太朗がくさい。嫌な予感がしておむつをオープンすると、やはりうんこだった。離乳食を始めて以来、殺人的にうんこが臭い。きれいに拭いてもにおいが消えず、シャワーで洗い流す。四月一日から自宅待機が続いている。今週から琳太朗の保育園の登園もとりやめたので、育児休業のような毎日だ。急を要する案件のメールチェックだけはしているが、三月でほぼ全てキャンセルになったので、まあ何事もない。もちろん、新規の旅行の問い合わせもないし、あったとしても渡航の中止を勧めるだろう。

旅行会社は、この状況下で最も必要のない職業だと感じる。日本では三月半ば以降、海外旅行中に感染し帰国後に発症する事例が増えたという報道があった。我々の仕事が感染拡大の一因になっていたのだとしたら絶望しかない。

ぐずる琳太朗をベビーカーに乗せて近くのお寺まで散歩に行った。琳太朗は寝る直前になると、この世の終わりが近づいていることを予見しているかのような絶望的な叫び声で泣く。それにもめげず、歩き続けると安らかな眠りに入る。お寺には立派な桜の木があって、もう葉桜になっていた。花びらが一面に落ちていて綺麗だった。

四月十一日（土）

イタリアの外出禁止措置が五月三日まで延長された。「イタリア旅行専門店」という看板を掲げているため、イタリアの状況は仕事に大きな影響を及ぼす。十日発表の感染者数の累計は十四万七千五百七十七人、死者数は一万八千八百四十九人。死者は毎日約五百人のペースで増加。留学していた時にお世話になった八百屋のマンマは元気だろうか。この数字の一つ一つに人生があると思うと胸が痛む。

航空券の予約端末をチェックすると、ヴェネツィア滞在中の留学生の帰国便が運休になっていた。通常は航空会社が代替便を用意するのだが、もはや対応が追いついておらず放置されていたので、代替便の候補を探して本人の意向を伺う。

期間限定で公開されていたイタリアの作家パオロ・ジョルダーノの『コロナの時代の僕ら』を読む。作中でイタリアの感染者数が二千人に満たなかった時、友人たちが「一週間も過ぎたころにはすっかり解決してるよ」などと口々に言っていたという描写があった。そう、私自身もそう思っていた。新型コロナウイルスは中国のもの、という認識から抜け出せずにいたのだ。

二月まではむしろ、ヨーロッパではマスクをしていると重症患者という扱いを受けるので、現地に行ったら外しておいた方がいいと案内していたほどだ。まさかイタリアが、という思いを拭いきれないまま自分の想像力を遥かに超えるスピードで爆発的に感染が広がり、三月九日にはイタリア全土がロックダウン。それからは、電話を取れば旅行のキャンセルという状態が続き、急なフライトの運休やキャンセルチャージに対するクレームなどに追われているうちに三月が終わり、空白だけが残った。

作者は、いずれ訪れる流行の終焉とともに風化し忘れ去られていく記憶を留めておくために、忘れたくない物事のリストを作ることを推奨していた。私にとっては次のようなことになるだろう。

・二月末の段階で三月十日発の旅行の行き先をイタリアではなくスペインに変更したいと言われた時、いつものようにフライトやホテルの空き状況を調べて見積もりを提案した。行くのはやめたほうがいいと助言することなど、全く思いつかなかった。

・キャンセルの連絡を受ける度に表面上はお客様の安全のためには仕方ないと装いつつも売上が減って今までの労力が無に帰すことを苦々しく思っていた。

・キャンセルになったお客様がＳＮＳでわざわざ会社のことを紹介してくれた。旅行会社も苦しい中で誠実な対応をしてくれたので、次回行くときにはまた利用したいと書いてあり、涙が出るほど嬉しかった。

嬉しかったことも自分の心の醜い部分も、しっかり覚えていなければならない。

四月十三日（月）

朝からヴェネツィアの留学生と帰国便についてやり取り。四月三十日にブリュッセル経由で帰国という予定だったのだが、ヴェネツィア―ブリュッセルの便が運休になった。ローマ―ブリュッセルの片道航空券（アリタリア―イタリア航空）を購入し、元々予約していたブリュッセル―成田の便（全日空）に乗るということでまとまりかけたが、機内預け荷物の問題があることが判明。別々の航空会社を利用する場合、乗り継ぎの空港で一度機内預け荷物を取り出し、新たにチェックインしなければならないのだが、今はEU国籍以外の入国が制限されているため、荷物を取り出せない可能性が高い。全日空に相談したところ、特例として全日空の名義でアリタリアの便も発券してもらえることになった。アライアンスが違うので通常ではあり得ないのだが、採算度外視で帰国させることを優先させているらしい。各所に連絡していたらあっという間に夕方だった。

四月十四日（火）

何となく気になって全日空の運航状況を調べたら、昨日確定したブリュッセル―成田の便が五月十五日まで運休になっていた。マジかよ、昨日は運航するって言ってたのに……。

四月三十日に全日空でイタリアから帰国する便を探したが、ことごとく運休。前後の日付で探したところ、五月一日にミラノからフランクフルト経由で羽田に帰る便を見つけた。ヴェネツィアからミラノまでの鉄道、空港へのアクセスも問題なし。本人の承諾を得た上で全日空に再発券の手続きを取り一件落着。久々に仕事した感。

四月十七日（金）

最近左肩が上がらない。琳太朗を抱っこしすぎて四十肩を発症したのかもしれない。

ヴェネツィアの留学生からメール。恐る恐る確認すると、ミラノ—フランクフルトの便が運休になったとのこと。一週間で三度目の取り直し。前代未聞である。全日空に電話し、ローマ—ロンドン（アリタリア）、ロンドン—羽田（全日空）というルートを全日空名義の航空券で発券してもらった。「私一人でやってたら心折れてたかもしれません」と留学生から感謝のお言葉を頂く。どうか、無事に帰国できますように。

四月二十三日（木）

イタリアでは回復者が新規の感染者数を上回るようになった。五月から段階的にロックダウンが解除されると報道もあったが、死者は毎日五百人程度増えている。

五月に出発予定だったお客様からメール。購入した航空券を払い戻しするか、延期するか迷っているので、イタリアの今後の見通しについて教えてほしいと聞かれる。

今後どうなるのか。重い問いかけである。旅行業は物を売らない。未来の体験に対する対価として金銭を収受する。未来が不確かな社会であれば取引は成立しない。平和な世界があって初めて安心して旅行ができる、そんな当たり前のことを今回のコロナウイルスによってつくづく思い知らされた。我々が普通に旅行の手配ができるようになるということは、平和な日常と未来が取り戻せたことを示すことになるはずだ。今はその時に向けて粛々と準備するしかない。

四月二十四日（金）

イタリアの累計感染者数十八万九千九百七十三名、死者数二万五千五百四十九名。メールは特になし。

今日は大安なので、琳太朗の初節句に向けて注文しておいた室内用の鯉のぼりを組み立てた。名前の書いてある立札を見ると「琳太朗」という堂々とした文字の横に「平成元年九月四日生」と書いてあった。琳太朗もう三十歳かよ……。

琳太朗は物珍しそうに鯉のぼりを眺めていたが、ちょっと目を離した隙に手を伸ばして破壊し、得意げに笑っていた。

イラン観光業

4月18日（土曜日）

今朝、日本のコンサル会社の友達からメールが来た。JICAが3月いっぱいまで海外出張を禁止にしていた状況はとりあえず延長されることになっているとのことだった。日本留学から帰国して14年、本業は観光で、立教大学の観光学科で修士をやった後、マレーシアベース東南アジアへのインバウンドツアーとイラン中心の西アジア観光をやっていたけれど、1998年から技術通訳や現地調整員として数多くのJICAのプロジェクトで働いてきている。去年の12月後半から動けなくなったプロジェクトがまだまだ始まらないようですね。専門である観光の仕事もコロナ感染に大幅に影響を受けて完全にだめになっている。2月以降、主要取引先のイタリアやフランス、そして日本とオマーン国からのツアーは完全にキャンセルされ、別の仕事を考えなければならないと思っている観光産業の仲間がよくいる。これはイランだけではなく、他の国々にも起きている問題だね。世界中、観光や旅行業界では5千万人が仕事は無く

❖**ファルド・ファルズィン／五〇歳／イラン**
観光産業は壊滅的な打撃、現地調整を手がけるJICAのプロジェクトもストップしてしまう。餌をもらえなくなった野良犬が心配。

なる予測が出ています。

私自身は、2年間ぐらい観光産業の回復を待つことが出来るではないかと思うけど。とりあえず、暇を使い、毎日野良犬にえさをやっている。今日午後も同じ活動をやって行こうと思った。COVID-19の伝染方法を勘違いし、怖くて犬や猫ちゃんを外に出している人々もいるし、ご飯の残りをえさにやってくれていたレストランなども休業なので、空腹している野良犬や猫ちゃんが増えている。妻は3月下旬からオンラインで英語の授業をやっている。せめて妻は小銭ぐらいは稼げていると思い、よしとした。

4月19日（日曜日）

大量の振込みがあり、ネット上でできる金額ではなかったので、直接銀行へ行くことになった。コロナ対策の社会距離を理由に銀行のすべての支店が営業しているわけではない。ですので、営業中の支店の前お客さんたちが長く並んでいる。諦めて家に帰ることにした。2月以降キャンセルされたツアーやフライトなどの利用金を返金している。国際エアラインはキャンセルされているフライトの航空券代を出発日付から60日間たってから返金するルールがありますが、自分の評判を大事にする会社は運転資金からお客さんに返金をして、後でエアラインと清算する。

そして、犬の散歩を理由に再び出かけて近くの公園に行った。先週と比べたらスポーツしに公園に来ていた人が人数は増えている感じました。帰り道父親から電話があり、母親が転んで足が骨折しているとのこと、病院に連れて行く必要が出た。

病院ではCOVID−19に対する手順があり、その一部として、入院する前に肺のCT-Scanをやらなければと言われた。

ただ、お母さんは2010年にかかった病気のせいで肺がやられて、その影響が肺に残っている。CT-Scanではその状態が認識されて、「コロナ感染の可能性も考え、コロナ・テストを受けない限り手術できない」と言われた。合理的な話ですが、早めに手術を受ける必要がある80歳の女性はコロナ・テストの結果が出るまでどうやって我慢できるのかと思った。イランでは早急なコロナ・テスト機械が導入されていないそうで、現時点でコロナ・テストの結果が下りるまで3、4日間かかる。可愛そうなお母さんはコロナ・テストの結果が出るまでに痛み止めなどを飲みながら我慢しないとならないそうだ。

4月20日（月曜日）

政府が今日から禁止にしていた州外旅行の取り締まりを辞めた。また旅行者が増えてしまうではないかと皆思う。

お母さんの場合、コロナ感染の可能性あったら、接触していた私もかかっている可能性がありま す。妻は妊娠中で、なるべく妻の近くにいたいですが、彼女の健康に害が与えられないように考え、一時的に両親の家にいた方が安全だと思った。ちょっと不味いですが、仕方がないと思う。

夕方、ラシュト（イランの北部、カスピ海に面しているギラン州の州都）市内では、イスファハンやテヘランのナンバー・プレートが付いている車が多く走っていると見ました。ちゃんとした取締りがなかったら、無責任の人々が旅に出ることにしてしまうんだ。

4月21日（火曜日）

病院へ行った。母親のお見舞いを出来ませんが、お医者さんと直接話をして、コロナ・テストの結果を待つ期間中、骨折をしたお母さんには危険な状況が思われるかどうかを確認した。

帰り道が込んでいた。政府が経済的に、お仕事を失ったり、ビジネスはだめになっている国民に対して責任を受けたくなくて、イタリアのようにお出かけを禁止にする予定が一切ない。いくつかの職業を除けば、他の業界は社会距離を守りながら活動を始めてもいいと言っている。3月や4月前半と比べたら、出かけている人々が明らかに増えている。心配。

4月22日（水曜日）

イランイスラム革命防衛隊は軍事目的専用の衛星を打ち出したと発表した。イスラム政権はCOVID-19のせいで仕事を失い援助を求めている人々にほんのわずかなローン（75US程度）しか提供しないのに、大した予算をかけて衛星を打ち出す意味がない」と大半の人々が思っている。コロナのせいで悩んでいる人々がこんなことがあって、非常に怒っている。お昼ごろ、やっと母親のコロナ・テストの結果が出た。Negativeだった。午後手術を受けた。よかったです。手術後、退院するまでに家族のメンバーの1人がお母さんのそばに居てもいいと病院の方々が言っている。ただ、病院に入ったら、出られなくなってしまうし、他の人とも交代できない。一応、弟が母のそばにいることにしてくれた。ありがたい。

4月23日（木曜日）

大学で教えている友達と電話で話した。学校や大学などのすべての授業がオンラインになっているんですが、ネットの調子がそんなによくあるわけではないので、オンライン授業がスムーズに行かない苦情がありそうだ。

4月24日（金曜日）

明日から断食の1ヶ月間が始まる。政府がラマダン月の期間中行われる儀式や宗教的なイベントなどを大事にするので、5月の上旬からモスクなどの取り締まりを辞めると発言した。厚生省はCOVID-19がまだコントロールされていない状態だと言っているのに、政府が大勢の人々が集まるイベントなどを許すんです。このまま行くと、やっぱりコロナの問題がしばらく残るではないかと思う。

台湾の蕎麦屋経営者

❖大洞敦史／三六歳／台湾
台湾人の妻と二人暮し。五年前台南市で開店した蕎麦屋「洞蕎麦」を閉めたばかり。日本を遠くに感じながら、新たな事業を企画する。

四月七日（火）

一昨日、経営する蕎麦屋をたたんだ。台湾の古都・台南に開業して五年。約四十席の中規模店で、妻と三人のスタッフと共に堅実に営んできた。最後の夜は三線で軽快な沖縄民謡の「唐船どーい」を弾き、屋上で三十六連発の大きな花火を打ち上げて締めくくった。

台湾には日本蕎麦の店がほとんどない事から、地元の人たちに蕎麦のおいしさとそれに関わる文化を知ってもらおうと思い、蕎麦打ちを一から学び、やがて出張蕎麦打ち体験会を始めた。五十回ほど行った頃、庭に井戸がある路地裏の古民家に手打ち蕎麦専門店を構えた。一年後、大通りに面した建物に移転し、丼物や揚げ物、スイーツなど品目も増やした。店内に石臼やそば打ち道具一式を展示したり、壁に文章や写真を貼ったりして、ちょっとした日本蕎麦資料館でもあった。

オーナーとはいえ、あぐらをかいていられるほど繁盛してはいないので労働時間が半端じゃない。早朝市場に出かけて食材を仕入れ、店に戻って米を炊き、蕎麦を作り、出汁を取り、鶏肉や野菜を切り、フライヤーを洗い等々して、十一時から十四時まで営業。その後食器を洗いキッチンを片付け、時にはもう一度蕎麦を作り、足りない食材を買い足しに行き、一、二時間の休憩を挟んで再び準備、夜は十七時半から二十一時まで店を開け、食器類を洗い、店内を清掃し、食材の在庫をチェック、二十三時ごろ残飯を捨て、油の匂いが染みついた身体を引きずるように家路に就く。

そんな毎日を過ごしてきたから、外出自粛により飲食店の売り上げが九割減などという日本のニュースを見るとぞっとする。朝から晩まで働いて、お金が減っていくばかりだなんてあまりにも理不尽だ。とはいえ既に感染の疑いのある人が日本国内に多数存在している以上、皆で外出を控え、感染の火種を蒔かないようにするのが、為しうる最善の方策であることも承知しているが……。

四月十日（金）

店は賃貸なので、綺麗にして家主さんに返さなければならない。百坪を優に超えるスペースに大量の物品があり、気の遠くなるような作業だ。閉業翌日から今日までかかってようやく地下一階の倉庫にうずたかく積み上がっていた食器やら鍋やらガラクタやらを全部掻き出した。メールをチェックすると、五月の日本行きチケットを予約していた航空会社から運休の通知が来ていた。四月頭に日本政府の「入国拒否対象地域」に台湾が加えられた。それに伴い、日本国籍者である僕は帰国こそできるものの空港でＰＣＲ検査を受け、公共交通機関を使わずに自宅まで帰り、更に二週間自宅待機しなければならない。日本を、こんなにも遠くに感じたのは初めてだ。チケットは元々キャンセルするつもりだったのでちょうどよかったが、身近には十二万元（約四十万円）を棒に振って親族一同の北海道旅行を諦めた台湾人もいる。

四月十一日（土）

台湾の雑誌「聯合文學」のインタビューを行きつけの食堂で受けた。歩道上に並べられたテーブル席はラフな装いのお客さんたちでほぼ満席。ありがたいことに台湾の防疫対策は大変うまくいっている。その主たる理由は、公衆衛生の専門家からなる「中央流行疫情指揮センター」が一月半ばから中国人の訪台制限、マスクの輸出禁止、入国者の検査と隔離の徹底等の思い切った対策を次々に打ち出し、それをＳＡＲＳを経験して危機意識の強い国民が強く支持する、という構造にあると思う。ちなみにこの組織の副指揮官を務める陳宗彦氏は、以前よくご家族を連れて蕎麦屋に来てくれていた。

加えてはＩＴの天才とされる唐鳳政務委員がシステム面から政策の施行を円滑にしている。隔離中の人はＧＰＳ等で遠隔監視されており、クラブへ遊びに行った男性が百万元（約三百六十万円）もの罰金を科されたというニュースもあった。

アフリカのルワンダでレストランを経営している小学校時代の同級生がブログに書いていた事だが、現地では感染者が初めて判明した翌日から学校休校、五日後には空港が封鎖され、七日後から厳戒態勢でのロックダウン。出歩いていて警察に歯向かった人が撃たれたという報道もあったそうだ。銃撃は言うまでもなく、強制的な隔離、遠隔監視や高額な罰金も、日本的な感覚では到底受け入れられるものではない。しかし日本もルワンダも台湾も、いわば裸の集団が薄氷の上を慎重に歩んでいるようなものだ。誰か一人が寒いから早く抜け出したいといって駆け出すことは許されない。

四月十三日（月）

台南を代表するレストランが五十八元（約二百円）の弁当を売り始めたと聞いて買いに行った。どこも生き残りに必死だ。台南という町の魅力の一つは、個人経営の小さな店がたくさんある事。飲食店にせよ商店にせよ、店にはだいたい個性を持ったオーナーがいて、馴染みの客がいる。牛肉スープ一つとっても三百を超える店があるといわれ、それぞれに特色がある。普段チェーン店が並ぶ風景を見慣れている外国人にとって、こんなに面白く好奇心をそそる場所はないだろう。憂うのは疫病の流行が長期化し、愛すべき小さな店がばたばたと倒れ、無味乾燥なチェーン店に取って代わられてしまう事だ。それはこの町が誇りとしてきた伝統と人情味の消失を意味する。

四月二十二日（水）

ようやく物件の片付けと荷物の運搬が一段落した。昨年登記を済ませた翻訳事務所のウェブサイトを作るために同業者のサイトを参照して回る。元々自分には文章を読んだり書いたりしているほうが性に合っており、また店の仕事や人の管理が体力的にも精神的にも辛くなってきたため、新型コロナとは関係なく適当な時期に蕎麦屋を閉めて文筆方面に力を入れていくつもりでいた。昨年は台南の名所や歴史について中国語で綴った『遊歩台南』（皇冠文化）という本を台湾で出版し、いずれ小説等も中国語で書いてみようと思っている。

四月二十三日（木）

野崎孝男氏、福田雄介氏と台南のレストラン・神戸厨房で会食。野崎氏は台湾各地に展開するラーメン店・Ｍｒ拉麺のオーナーで、台南市政府外交顧問も務めている。福田氏は神戸厨房のオーナーだ。野崎氏は今立法委員（国会議員）の郭国文氏と協力して、台南製の高性能マスクを三千枚以上、防護服を二千着以上、日本の医療機関に寄贈する手配をしている。自治体の長が雨合羽の寄贈を募るという状況を受け、あまりに酷だからと。飲食業界に寒風吹きすさぶこの状況下で、福田氏も野崎氏の意気に感じて寄付を申し出た。このように立派な日本人が身近にいることを心強く思う。

ＩＴ企業社員

❖かん／三一歳／インド→東京都
夫の駐在を期にインドでフルリモートワークを始めるも、新型コロナの影響で一時帰国。一四日間の隔離生活を経て実家のある関西へ。

4月12日（日）

３６５日、寝る時以外はインターネットに接続されていないと不安な私が唯一オフラインになる場所。それが飛行機の中です。約8年間日本のＩＴ系ベンチャー企業でディレクターとして働いてきましたが、昨冬からは夫のインド駐在を機にフルリモートワークに。やっと新たな生活にも慣れてきたかなという頃合いに、インドにも新型コロナウィルスがやってきました。感染拡大に伴う全土ロックダウンの影響で、本日、日本に緊急帰国。私にとっては約半年ぶりのオフラインです。

現在暮らしているインドのバンガロールという街は、ちょうど3月末から成田空港との直行便がＪＡＬで就航する予定でした。それもコロナの影響で就航出来ず……。残念だね、なんて夫と話していたところ、今回緊急帰国者のための特別臨時便が出ることになったのです。これまでトランジット含め、長い時には15時間ほどかかっていた帰国が、たったの8時間に短縮されます。望まない形での就航ではあるものの、それでも嬉しい！　こんな時に勤務なんてきっとツラいだろうに、ＪＡＬの乗務員さんたちは疲れた顔ひとつ見せず、穏やかで細やかであたたかな接客をしてくださいました。

到着後、検疫の関係で機長含む乗務員が私たち乗客より先に飛行機を降りるというイレギュラーな事態が発生した際には、特別なアナウンスが。「最後までみなさまをお見送りできないことをお許しください。またお会いできることを心より願っております」。機内のどこからともなく拍手が起こり、しばらく鳴り止みませんでした。また会おうねなんて当たり前の言葉が、以前とは全く違う意味に聞こえてしまう日々です。

夫はせっかく駐在になったのに、急にリモートワークになってしまい落ち込み気味。日本メーカーの営業担当として、現地の取引先との関係を築いていこうとしていた矢先の出来事でした。せっかくの友好が巻き戻ってしまったり、案件が流れてしまったりということを心配しているのかもしれません。でも、聞ける雰囲気ではないので全部私の勝手な妄想です。単純にインドカレーが恋しいだけかも。私はインターネットさえあればどこでも仕事ができるので、インドに居たって日本に居たって特に何も変わりません。ほとんどの荷物をインドの家に置いてきているので、いつ家に戻れるかは、ちょっと気がかりです。

4月19日（日）

今日は私の31歳の誕生日です。帰国後2週間の自主隔離が始まったため、空港近くのホテルから出られません。食事は主にUberの置き配達と、ホテルから許可された食堂へ行くくらいです。ケーキもプレゼントもでっかいお肉もなしです。でも、ロックダウン中に購入したゲーム「あつまれ どうぶつの森」を開いたら、島中のみんながお祝いしてくれました！ まず朝の島内放送でアナウンスしてくれたあと、お家を出ると仲良しのゾウさんが待ち構えていて。ゾウさんの自宅に行くと、中には島のみんなが……。キラキラの飾り付け、大きなケーキ、くす玉にたくさんのプレゼント！ 感動で泣いた。私は一生ここに住む。ずっとこのホテルから出れなくたっていいからな。

滞在先のホテルから外の様子を眺めると、ロックダウン中にインドの自宅から見ていたのとはあまりに異なる光景にモヤモヤします。マスクなしで出歩く人たち、営業している飲食店、ビュンビュン走る車。ここは本当に同じ感染症と戦っている地球なんだろうか。日本はどうしてこんなにのんきなんだろ？ モヤモヤがイライラに変わる前に窓を閉め、島の開拓に集中することにしました。インドと日本では、人口も平均所得も医療体制も法律も全く異なるから、同じようにすることは出来ないし、する必要もない。それは重々理解しているけれど、やっぱり適宜ゲンナリする。今ばかりは、そんな自分が悪いとも思いません。だって悪いこともしてないのにお外に出られないんですよ。頭の中で何考えたっていいよね。

4月24日（金）

あつ森の朝は早い。現実の仕事を朝10時から始めるためには、「あつ森」の仕事は8時から開始せねばなりません。今まで9時半に起きていた私が、あつ森のおかげで7時半に起床するようになりました。薪を割り、花に水をやり、カブ（株ではなく、野菜のカブ）価をチェック。友人に今日の自島の情報をシェアしたら、朝の仕事は完了です。

Zoomでのオンライン MTG用に急いで上半身だけ身支度を整えたら、現実の仕事を開始。私の担当しているWEBサービスは、こんな時こそ忙しくなります。お家から出られないユーザーさんのために、アプリ上で楽しめる企画を考えたり、お得なキャンペーンを開催したり……。SNSやテレビからは、「仕事がなくて困っている」という飲食店やエンタメ産業の方々の悲痛な声が聞こえてきます。彼らが仕事を再開した時に、たくさんお金を使って応援したいから、私は今頑張ってお金を稼いでおかないといけません。でも、それまでに彼らが生活できなくなり、商売を畳んでしまったら……？　後悔したくないので、署名など出来るだけのことはしてみようと思います。

正午になったらカブ価の変動をチェックしに再度島へ。いまだかつて、こんなに規則正しく暮らすことがあったでしょうか。定時で仕事を終えたら、夕暮れ時の島に戻り、手をつけかけているインフラ整備を行います。川に橋をかけたり、生垣を植えたり、住民の家に塀を作ってあげたりと、やるべきことは山積みです。インフラ整備をしながらも、気がかりでならないのは今週末のこと。明日・明後日で発熱しなければ、実家に身を寄せるため関西に移動することになります。ニュースでは「帰省を控えるように」とのアナウンスが繰り返されており、罪悪感を増幅させます。そりゃあ私だって帰省を避けられるなら避けたいが、家が無いから仕方ない。ちゃんと自主隔離もしたし、新幹線さえ気をつければきっと大丈夫……と頭では分かっているけれど、モヤモヤがまとわりついて離れません。

4月26日（日）

インドから緊急帰国して2週間、厚生労働省からお願いされている自主隔離期間が終わったので、ついにホテルの外に出られることになりました。荷物をまとめ、タクシーに乗り込み東京駅に向かいます。どうぶつの森ばっかりやっていたせいで、目にうつるもの全てがゲームのアイテムに見えてくる。電信柱、ツツジの低木、魚屋さんのマグロの模型、住宅街のブロック塀。日本の街並みってこんなにキュートで複雑で機能的だったんだ。聞き流していた言葉や音、心動かされなかった風景、見逃していた情報、全てが新鮮に頭の中へ飛び込んできて、心を震わせます。「あ、あのブロック塀の配置いいな。バニラの家に作ってあげよ」なんて考えがふと頭に浮かびます。バニラはうちの島の白い犬。気にも留めなかったブロック塀が、誰かの丁寧で賢明な仕事の成果だったのだと気付かされ、感謝が溢れ出します。

このあと身を寄せる実家の母からLINEが来ました。「1週間遅れだけど、ケーキ買ったからお祝いしよう!」。私の毎日はとっても幸せです。涙腺はもろくなりました。インドに戻れるのは、早くて3ヶ月後だそうです。

美術館館長

❖**住友文彦**／**四八歳**／**神奈川県**⇅**群馬県**

アーツ前橋の館長として、議題と不安が積み重なる日々のなかで、アーティストや関係者たちと今後の美術のあり方を模索する。

4月7日（火）

朝ご飯のあと、当面の予定、体調、事業変更等への対応を書いて美術館の定例会議用にメールを送る。午前はメール返信と美術館紀要に寄稿した論文のゲラ校正。3月以降国内外の出張が取りやめになって突然生まれた時間で、学生と一緒に考えてきたことと美術館運営を通して考えてきたことを新しいミューゼオロジーの理論として提案する論文を書いた。英訳にも手を入れる。

大学が入構禁止になるという連絡を昨晩受けたので、午後は車で研究室に本や資料を取りに行く。久しぶりの都内。車と人は少し減った程度にしか感じない。研究室の植物に水をやり、大学宛の郵便物に眼を通す。帰宅後、前橋市の対策会議の報告を聞く。休館延長の対応を確認。緊急事態宣言のニュースを見た後、アマゾンプライムで「タクシー運転手」を見る。

4月9日（木）

鳥の鳴き声と散り始めた桜並木。自然の時間は変わらず流れる。朝一番で連載記事の校正を毎日新聞に戻す。担当もレイアウトも変更になり、さらに校閲担当も輪番出勤らしくいつもより進行が遅い。10時から初めてのオンライン教授会。慣れない操作と問題山積で正午を大きく過ぎる。昼食は短時間でチャーハンを作ってすませ、引き続き部会。体が固定される時間が長くなると疲れる。ノートPCを見るより会議室のほうが身体は楽だ。

美術館への出勤は緊急事態宣言の対象地域をまたぐため、前橋市に毎日の体温をまとめた報告を送る。今日は延期した廣瀬智央展のオープニングの日だった。すべて作品は到着し、展示設営も手配済みで、再開の調整は大変だが担当者と作家が前向きに取り組んでくれているのがありがたい。

家を出て買い物の前に海岸を歩く。意外と人が多く、スーパーでも久しぶりの人混みに気圧される。帰り道、八幡宮の池のそばでオレンジ色の大きな月に遭遇する。

洗濯、食事、掃除、猫の世話よりも仕事のほうが楽、と月並みなダメサラリーマン的実感。体が重くなっているため食事の量を減らす。ただ楽しみが減っているためか酒はほぼ毎日呑んでいる。

4月11日（土）

なるべく生活リズムを保つため週末も同じ時間に起きて机に座る。感染症の情報は新聞を読んで各職場関係の連絡を確認するだけにする。論文執筆や翻訳など正確さを要求する仕事が一番精神的に落ち着く。SNSを見るのは昼食後に限定した。

変更した展覧会日程をもう一度確認する。短期的な対応は早めに決めたいがスタッフの感覚はリモートでは分かりづらい。長期的な美術館への影響も考える。展示鑑賞よりも、イベントや教育系プログラムのほうが悩ましい。オンライン化に取り組む事例なども見ながら、90年代のネット興隆期の議論や東日本大震災後のことなど気になることを調べる。まず、どんな選択肢があるのか広げて考えるのに理論や歴史は役に立つ。突然新しい事態に向き合うのではなく、これまで課題と考えてきたことをこの機会に解決するのなら限られた予算と人員でも取り組めるのではないだろうか。

近所で仕事している妻は決算のため家にいない日が最近多かったが、その店も当面休みになった。午後から玄関の扉の塗り替え。材料だけ買って手を付けていなかった。突然予報になかった小雨が降り始める。塗りたての面に跡が残ったので、なんとか塗り直してみるが、やや色むらが残る。夕方、これから自宅で聴けるようにスマホに入れていないCDを順番に並べてみる。マヌ・ディバンゴやビル・ウィザースらが感染して死亡したことで、ニュースの死亡者数統計の見方は変わった。大門正克の『語る歴史、聞く歴史』（岩波新書）を読了。今年は厄災の記憶を伝えるミュージアムの役割をゼミで考えるので参考になりそうだ。

4月12日（日）

朝9時、車で家を出る。高速道路はかなり空いている。やたらと速度を出す車、おそらく公共交通機関を避けレンタカーを借りている不慣れな運転も多く目につき、かえって危ない。環八もあっという間に通り抜け関越に乗る。途中から前日にAudibleにダウンロードしたパオロ・ジョルダーノの新刊を英語で聴く。イタリアの感染拡大が切迫していくなかで書かれた今後の世界についての思考がとても鋭敏だ。

前橋は快晴。赤城山はやや霞んでいた。3月26日にイタリアからなんとか帰国し、自宅隔離2週間を経た廣瀬さんと展示室で再会する。美術館と滞在施設だけ行き来してもらい、作品の設置作業がはじまる。館内を歩くことさえ新鮮に感じる。身体が自宅とパソコンだけの世界から解放されたのを実感。ただいっぽうで、そのリズムや速度が速すぎるようにも感じる。自宅に長くいる間に体や心の動きが緩慢になっていたのかもしれない。人との雑談、街や職場での偶然の出来事から得ている情報の多さを知る。久しぶりで疲れた。

夜はいつもの美容室で髪を切る。近隣のアートスペースに寄ってこれからの変化について話す。自分が考えていなかった見方にもっと触れたいと強く感じる。

4月14日（火）

職場の机に郵便物、回覧や決裁書類、定期刊行物が大量に溜まっている。日々接している電子化されていない情報だ。役に立つのか分からないノイズに触れるのは元々好きな性分だが、今後こうしたものは無駄なものとして省かれていくのだろうか。

久しぶりの会議では、内向きにならず美術館の周りにいる協力者、支援者に連絡をして何が必要か考えてほしいと呼びかける。しかし、みんな朧げな不安で精いっぱいかもしれない。いつもと同じように仕事はしないほうがいいかもしれない。健康や家族のこと、移動の不安など、受け止め方の個人差は大きい。休館によって仕事の将来の見通しがつかないことにも戸惑っているだろう。新しいことではなく、過去の課題のうち今回対応するのが合理的なものから取り組むことにする。変更事業は沢山ある。急いで長期の変更も判断するべきか迷うが、今は短期の変更に集中する。

他にも雇用問題や収蔵作品の扱い等、行政と考えが折り合わない事案を話し合った。同じルールの適用は透明性確保に必要だが、ときに個別の事情に向き合い責任を果たすことを放棄させる。しばしば専門領域の活動にとって弊害になることもある。各領域のあいだの弾力性が失われているのかもしれない。美術館の運営に限らず、感染症対策でも同じような障害が生じている可能性について想像する。

夜、いつもお世話になっている飲食店の様子も気になり電話する。さすがに人は誘いづらいので、持ち帰りをやってない店にひとりで行く。明日で4年目になる熊本地震が発生した時もこの店にいたことをテレビのニュースで思い出す。

4月17日（金）

昨晩、緊急事態宣言が全国に拡大し、一昨日夜自宅に戻ったが群馬県との往来は自粛する。朝から腰が痛む。硬くなっているように感じる。昔から姿勢はよくないが、とうとうきたか。オンライン会議も増え、仕事で椅子に座りっぱなしだ。少し体を動かすために、由比ガ浜に出ると小中学生や中高年など、普段見ない地元の人たちが多い。重くなった体で走ってみると、元々短距離をやっていたのでストライドを長く取りすぎて脚を痛めそうだ。自転車に替えて稲村ケ崎まで行き、思い出した友人にスマホでメッセージを入れると、今朝採れたワカメを持ってきてくれた。しばし話すと思いがけず自宅待機の間に転職活動をしているらしい。早く訪れた転機に驚きながらも共感する。

午後は研究室の新入生2人の面談。授業は連休明けだが、2人とも大学院から転入しているので困っていることを聞く。学芸員資格のための実習はどうなるのか。生活費を稼ぐバイト先も不安だ。しかし、思ったよりもしっかりしていて安心する。

午後7時から私が設立メンバーでもあるアーツイニシアティヴトウキョウ（ＡＩＴ）のメン

バー向けZoomトークに参加。ＡＩＴのロジャー・マクドナルド、テイト・モダンの中森康文と今後アートがどう変わるのかを話す。見通しがつかないままでも、お互いの考えに丁寧に耳を傾ける時間を持てたのはよかった。

4月22日（水）

記憶力低下は加齢のせいか、オンライン生活のせいか。他人と話した内容を結びつける場所や前後の記憶が薄くメモを残さないと忘れやすい。こうしてどんどんデータ化を進めるのも本当にいいのだろうか。

昨晩のニュースで花屋の花が大量に破棄されているのを知り、美術館の協力施設や団体に花を贈る。どこも今の社会で居場所を見つけづらい人たちのために仕事をしている人たちで、感染のリスクがあっても仕事を止められない人たちだ。

夜は前橋のアーティストや関係者とオンライン飲み会。距離を取りながら実現できるイベント、今後変わっていく芸術のあり方、地方と都市の関係など、色々な話題が出て、不安や不満を認め合っているうちにいつのまにか、未来の話へと転換されていく。ネットを行き交う情報とは違う信頼と安心感がある。

しかし、Life goes onだ。

Ⅻ章　導く

農業指導者

❖**道法正徳**／**六七歳**／**広島県**
講演の中止が相次ぎ収入減を覚悟していたところ朗報が舞い込む。電話や動画を使った指導に挑戦。休日は妻と洋服のセレクション。

一月から四月までが、一番の稼ぎ時。スケジュール表には、一日も空きがない。二月二十九日、福岡県宗像市でのセミナーが、コロナの関係で初の中止になった。翌三月一日屋久島での「ＤＯＨＯＳＴＹＬＥセミナー（以下セミナー）」は、初の全員マスクで開催。座学では、１ｍ以上開けての開催。二十三日からのセミナーは、基本マスクして開催。三月二十七日、一本のメールが入ってくる。四月八日開催の「京丹後町セミナー」延期のメール第二号。何回も「絶対開催します」と、京丹後町の河田朋子さんよりメールをいただいていただけに残念だ。

四月二日、十日開催の「三ヶ日のセミナー」延期の依頼がメッセンジャーに。「ついに来たか」と真摯に受け止めざるを得なくなった。三日は、五日開催の「島根県美都町のセミナー」中止の電話。四日は、十三日開催の「福山市のセミナー」中止のメール。

四月七日（火）

緊急事態宣言一日目。新助っ人の、今里さんに指導をするため豊島で農園管理。コロナが無ければ、昼から京都に向かっていた。

四月八日（水）

緊急事態宣言二日目。仕事が無くなり、収益減を覚悟していた時に朗報あり。「道法さん、矢掛町に来て打合せしましょう。もちろん経費と日当お支払いします」十八日、岡山県矢掛町にて打合せ。ラッキー「捨てる神あれば、拾う神あり」の境地だ。

四月十一日（土）

緊急事態宣言五日目。唯一、セミナー開催のため愛知県愛知郡東郷町へ。三原駅・福山駅ともガラガラ。朝七時の福山駅だが、人は四人のみ。いつもなら、早くても人がいっぱいなのに。なぜ開催できたのか、主催者は「元、感染センター」に勤務していた人だった。

四月十三日（月）

緊急事態宣言七日目。前日ゆっくり飲んだので、遅くに起床。携帯に、着信アリ。初めて駐在した、大崎上島町時代からの農家。四十年来の付き合い。すぐに電話する「ごめん、ごめん寝ていた。用事は、何」「いや、竹原に行ったので、話をしたいなと思って電話した。しかし、すでに帰りのフェリーに乗った」「そのまま、引き返せばいいじゃない」「え、家にも帰るって電話したし」そんなの、道法から会いたいと言われたのでもう一度竹原に行く」と言えばいいじゃないか。「わかった、行くよ」との事。コロナが無ければ、ゆっくり飲むこともできない事なので「たまには、良いか」と二人で、たっぷり飲み明かした。しかし、飲みすぎたため、三日後まで調子悪かった。

四月十四日（火）

緊急事態宣言八日目。十二時〇四分、二十五日の「福岡セミナー」延期のメール。矢掛町担当の、西野さんより電話「町の職員として自覚してください。県外の人と会うことは慎んでください」と言われ一八日の打ち合わせは、延期になる。いずれも、素直に受け止められる「仕方ない」。

四月十六日（木）

緊急事態宣言十日目。熊本から、朗報あり。昨年まで、水俣市・津奈木町・芦北町と年間顧問契約していた。七年続いた津奈木町は、昨年度で終了となった。水俣市と芦北町は、引き続き継続となった。ところが、今までの契約なら、水俣市や芦北町で現地指導しないとお金をもらえなかった。このままだと、私に指導料が入ってこないと判断した担当者の宮本裕美さんが

「今回は、テレビ電話で指導してください」との提案。これなら、電話越しでコロナの心配なく指導ができる。本当に、うれしかった。これで二十万円はもらえるだろう。「助かる」が本音。しかも「このことを、本にしますよ」と熊本の担当者に言うと「こちらも、水俣・芦北地域雇用創造協議会での実績報告になるので助かります」との事。うれしいね、うれしいね。これがうまくいくと、新しいビジネスが成り立つと確信した。

実は、本年から写真による指導を始めたとこだった。現場の写真を、メッセンジャーで送ってもらいマーカーでせん定指導する方法である。年間六万円、月五千円コース。年間三万六千円、月三千円コースをつくった。いずれも、年間一括払いである。聞く方も、私が忙しいのを知っているため、いつもすまなさそうに聞いていたが「お金を払った以上は、遠慮なく聞ける」と好評だ。熊本の場合は、これの動画版だ。どんな感じになるか、二十三日が楽しみだ。

四月十七日（金）

緊急事態宣言十一日目。収入が、先細りの時に朗報あり。福島県の鈴光商店・熊本のウシジマ青果より、道法酵素の注文あり。合わせて、二十四万円の純収益。こんな時期「助かる」。

四月十九日（日）

緊急事態宣言十三日目。朝六時に目が覚めたので、早朝より竹原の園地にキャンベルアーリーというブドウの苗木を二本植えに行った。七時四十五分に終了して、スーパーに行くと開店までには十五分。時間つぶしをして八時に行くが開店しない。初めて、開店前のスーパーに並んだ。八時四分頃ドアが開いた。酒の当てになるようなものを買い込み、妻と一緒に「朝ビール」三昧だ。

コロナ問題で、結婚以来ゆっくり休めたのは初めてだ。体を、休めることができて良かった。しかし、早く収束してもらいたい。

四月二十日（月）

緊急事態宣言十四日目。豊島にて、今里さんに除草の特訓。農作業は、とっても楽しい。心和む。

四月二十三日（木）

緊急事態宣言十六日目。竹原の自宅と、熊本県水俣市・芦北町との中継が始まる。わくわくドキドキ。十時五分、水俣市・大澤農園との中継。参加者七名。皆で「元気ですか」とＩパッド越しに手を振る。こちらも、手を振ってこたえる。初の、動画指導である。

まずは、苗木から「そこ、芽かきです」「了解」。「一か所から発芽していれば、どんな場合も一本にするんですよ」「了解」。次は、杉本農園の苗木「はるか」。はるかは、同じ場所から発芽しやすい品種である。「苗木をアップで映して」「了解」。「はるかは、同じところから新芽が出ているでしょう。あ、そうですね」「それを、一本にしてください」「了解」。次は、レモンの成木を、一気に切り縮める方法を先月試みている樹がある。そこをアップで、見せてもらう。「あまり発芽していませんが、何本かは発芽している映像が映った」「よっしゃ」。しかし、少ないので、日焼け防止で被せている紙を10㎝ほど開けてもらった。
次は、松本さんの温州ミカンと甘夏の園地。苗木の指導と、甘夏の着花状況を対策をアドバイスする。十一時五十分、水俣指導終了。映像が、よく見えたが携帯では映像が小さすぎて無理を感じた。Ｉパッドのような、大きい画面でないと難しいと感じた。

昼からは、十四時頃から芦北町の園地。六年間、私がせん定しているデコポンがある。その樹の着花状況が見たい。映像が出てくる、発芽は見えるが着花が解らない。「枝先を、アップで映して。あ、花があるじゃない。良かった、良かった」ここは、標高が高いため水俣市の園地よりは生育が七日程度遅いためアップにしないと花が解らなかったのだ。「よし、次は柳田豊彦さんのブドウ。その次は、無加温ハウスのデコポンにレモンだね」「了解」。ブドウも、順調に生育。ハウスの中なので、伸びすぎるのでその点を注意する。デコポン、発芽と着花のバランス最高。良いね」「了解」。レモンの苗木「順調。結実しているレモン、収穫しましょう」「了解」。中村さんの、露地デコポン「発芽と着花のバランス、最高です」「了解」。次は、離れているが石井さんのハウスデコポンに。超密植のデコポンを、一本おきに間伐した園地である。

就農年数が短い園主は「花が少ない」と心配していた。「デコポンは、花が少ないと言うくらいが丁度いいんだよ」と言うと安心していた。間伐して、初めて下から見て青空が見えたハウスに感動していた園主。良かった良かった。十五時三十分、初の動画指導終了。最後の園地での画像が、なかなか見えづらかった。

後でわかったのだけど、電波が弱かったということだ。携帯の、Wifiが必要と感じた。

その日、十六時よりZoom会議始まる。三人で、同時開催。四十分で切れるので、一度退出してまた再開。三回、つまり百二十分の会議。コロナ事件が無ければ、Zoom会議もなかった。やっぱ、新しい「働き方改革」加速しよう感満載。

私は昭和五十六年の二月寒波で、品種更新したネーブルや伊予柑が寒波で枯死し農家が大打撃を受けた経験がある。その時、集会所の黒板に「冬は、必ず春となる」と書いて農家の思いを鼓舞したものだ。その時に、寒さに影響がないプルーンの導入と寒風対策の観点から「防風林用に、シキミ」を奨励した。プルーン・シキミとも木江町・木江町農協（当時）が苗木に対して三分の二の助成をしてくれた。それを植えて、活性化を図ろうと訴えました。

結果、新しい作物も増えたし農家に活気が出たのを忘れません。

このコロナも、必ず良い方向に行くのは間違いありません。

テレビ電話で、仕事できたのはコロナのおかげです。企業も個人も、いくらかは食べるものは自給すべきだと、また農業の重要性を共有できたことは素晴らしかったと思う。

経営学者

❖中沢孝夫／七六歳／東京都
長年の中小企業や商店街の職場調査から、困難にある会社の行く末に思いを馳せる。講演やセミナーが中止となり読書の時間が増える。

4月8日（水）

10年に一度くらいの確率で、大きな出来事がある。振り返って見れば簡単だ。２０１１年に３・11。今から10年前の２００８年から２００９年はリーマンショック。その10年前の１９９７年から98年は北海道拓殖銀行、山一証券、そして長期信用銀行と次々と破綻した金融危機。そのまた10年前は１９９０年をピークとした日経平均株価が１９９１年から坂を転がるように下がり続けた。そして２０２０年の4月現在はコロナ・ショックである。

うっかりしたことを書くと匿名の人たちに攻撃されるが、もともと大変だ！と騒ぐのがマスコミの仕事であり、特にテレビの報道番組は、図表を作って、微に入り細に穿ちながら綿密に「人々がいかに困っているか」を説明する。その時、際立つのが例外的な事例を普遍的な出来事の代表として描く手法である。

緊急事態宣言で、混雑など「密」を避けようということで、「夜の仕事」は「閉店」「閉鎖」

が呼びかけられる。するとネットカフェやカプセルホテルの住民を直撃といった報道が溢れる。一体、誰に向かって、何をせよ、と呼びかけているのだろう。もともと政治・行政は万能ではない。それとも困っている人を見るのが楽しいのだろうか。

9日（木）10日（金）

両日、午前中に新聞、雑誌の締め切りを書き終え（20年以上締め切りを厳守しているのが私の自慢である）、薄切りのサーモンをつまみにランチビールを飲み、午後は馴染みの道を散歩。街は確かに空いている。

土、日になって、ガランとした新宿や渋谷の中心街の風景が伝えられ、同時に品川の戸越銀座は混んでいると報道。同商店会の会長さんが「日銭商売はその日の売り上げで翌日の仕入れをするから（売り上げ減は）大変」という。営業時間の短縮や休業措置に関しての発言である。本当だろうか。私の商店街の調査ではそんなお店は少数派である。みなそれなりの運転資金は持っており、もともとその日暮らしのお店が戸越銀座のような一等地で店を構えることなどできない。ましてや土地も建物も自分のものといった商店は内情が豊かであり、残業手当がなくなり、ボーナスが大幅に減り、賃金カットもある平均的なサラリーマンとは比較にならない。マスコミは「中小企業はかわいそう」という物語が大好きである。

製造業も同様だ。10人20人といった小規模企業でも、運転資金の確保はリーマンのときもなんとか綱渡りはできた。信金・信組はもとより、公的融資の仕組みはととのっているし、普段からきちんと経営している会社への金融機関の融資は行われている。むろん「大変な会社」はある。しかし市場経済はもともと「みながいつでも利益が上がり安心」というわけにはいかない。リスクとリターンはセットである。継続する会社は、危機を乗り越えることによって自らを鍛えて来た。内外の１５００社ほどの会社から聞き取り調査をしてきたが、経営者が自らを誇るのは、どれだけ儲けたか、ではなく、どのような困難に遭遇し、それをどのように乗り越えてきたかを語るときである。辛いことだが、人を鍛えるのは、困難との出会いである。残酷なようだが借金の能力も、信用の獲得によってもたらされる。

倒産件数などを見ると２０１８年は８０００社強だが、２０００年前後は１６０００社くらいだった。小生には〝コロナ不況〟の予測はできないが、いつの時代でも経営の敗北は、環境だけが原因ではない。また適正な企業数など存在しない。

景気循環や3・11のような各種の出来事も、みなに平等に訪れる。大企業だって同様だ。かつて名門といわれた鐘紡は滅び、東レも帝人もしっかりと生き残っている。経済・社会環境は同じ条件だった。異なったのは経営力である。

13日（月）

出版社などはほとんど中小企業だが、編集部などはテレワークが最も進んでいる業種だろう。

書き手の方もメールでのやり取りが多く、ゲラもＰＤＦで送ってくる。決まっている仕事はこれでよいが、新規の企画はメールではやり取り出来ない。コンセプトをつくる仕事はアナログである。「既知」のことは情報にできるが、「未知」のことは「情報」にできない。

テレワークに関する議論を読んでいると、「現場」の大切さが浮かび上がってくる。暮らしのインフラと呼ばれる業種が「閉鎖」できないのは、家庭にいてはできない仕事だからである。医療業務などはその典型だが、宅配、郵便物の配達、スーパーの店員、交通関係の従事者あるいは清掃作業とか、各種の修理など……。

そうじて、流通やサービスはテレワークというのは難しい。製造業も家庭でできる仕事はとても限られている。機械加工の仕事はみな工場にいてこそできるのだ。大企業の本社など間接部門は、数週間という単位なら、３割の出勤でなんとかこなせる業種もあろう。しかしみんなでできることは「この際、積極的に有給休暇を取得しよう」といったことである。リーマンショックのとき、多くの職場で仕事の八割くらいが蒸発してしまったが、そのとき職場で取り組んだのは「リードタイムを短縮するにはどうしたらよいか」ということだった。忙しい最中は差し当たっての仕事に追われ、必要がわかっていても着手できなかったのだ。

そういえば、コロナは生活習慣を変えた。私は毎日、21時くらいにベッドに入り、朝の３時くらいから起床し、コーヒーを飲み、仕事を始める。お昼までには、必要な本を読み、原稿を書くが、そのあとは外に出る。お昼も夜も人と会うことが多いので、昼間からビールを飲むことになる。あるいは聞き取り調査をする。ただし、夜は遅くとも20時に終わらせ家に戻る。眠くなるからだ。

しかし3月、4月（そして5月も）とコロナ騒ぎでセミナーや講演が全滅。パワポでレジメをつくることもなく、職場調査の出張もできないので、人と会うことも激減し、結構、時間ができ、本を読む時間は増えた。もっとも私は例外的な人間であり、普通のビジネスパーソンの日常の変化は1カ月、3カ月、半年という時間を重ねると大きな変化となる。とくに普通の勤労者の多数が大きな変化を経験すると、社会制度・秩序の枠組みといった大きな部分の転換につながることが多い。

14日（火）

いま読んでいるのは谷口美代子の『平和構築を支援する』（名古屋大学出版会）。15万人の犠牲者を出したミンダナオ紛争と和平の物語だ。破綻した国家や地域に生まれ、育ち、暮らしている人々はいつも生命の危機にさらされている。ＡＳＥＡＮで工場を展開する企業を追いかけて現地調査をし始めたのは１９９０年頃からだが、フィリピンを訪れたのは２０００年を過ぎてからだった。進出している企業が少なかったことと、治安に問題があったからだ。初めてマニラ市郊外の工場団地に行ったとき、団地のゲートで銃をもったガードマンが来訪者のＩＤカードを点検していた。また中心街のしかるべきオフィスのエントランスも、数人のガードマンが銃を構えているのが日常だった。

谷口美代子の本を読みながら、自由で、共通の言語や習慣、あるいは宗教、そして価値観や道徳、お互いが守るルールを持ち、秩序が形成できる国や地域に住むことの幸運を改めて思った。破綻国家やその周辺の何百万人という流民や難民の日々の過酷さは筆舌に尽くし難い。しかし絶望が答えではない。谷口が論理化しているように、何十万人と犠牲者をもたらし、多様化する紛争と暴力により、破綻している地域の和平に、日本も積極的に寄与することができるのだ。緒方貞子をはじめとしたさまざまな人と組織の献身と努力に頭が下がる。

沢山の本を読み、その本の内容と意味を伝える「書評」という仕事を30年以上続けてきたが、コロナ騒ぎで、講義や講演といった他の仕事が消滅した日々の中で、ともあれ秩序も暮らしもあるわが国の幸運に思いめぐらせている。工場や流通の現場で働いている人々の話しを聞く作業もまためぐってくるだろう。

占星術家

❖鏡リュウジ／五二歳／東京都
講座やイベントで全国各地を飛び回っていたが、すべて延期かキャンセルに。執筆や動画配信などに注力するも、落ち着かない日々。

4月7日（火曜日）

いよいよ緊急事態宣言が発令された。英国の友人たちからロックダウンの話や、惨状を聞いていたこともあって、日本でも早く、という気持ちもなくはなかったが、実際に発令されるとやはり気持ちが揺らぐ。先週まで飲みに出ていたことが頭をよぎり、不安とともに「もし感染していたら」「感染させていたら」という罪悪感が頭をよぎる。

物理的にも動悸がし、息苦しい。胸のうちを覗き込んでみるとメディアで「占い」を看板に上げていることから起こる独特な不安が胸の中で急速に膨らんでいるのがわかる。

まず頭に浮かんだこと。それは3・11の震災のときと同じだ。「占い師」や「スピリチュアル」な〝同業者〟で、悪意のあるなしは別にして「オレはこれを予言していた」と喧伝する輩が出てこないだろうか。社会不安を煽る連中がいると、業界自体に批判的な目が向けられる。3・11のときその動きに釘を多少なりとも刺しておこうと書いたブログ記事があったのだが、日本語版がもうなくて英語版しかない。英国の占星術団体のサイトにそれがまだ掲載されているので、ツイッターでリンクを張っておいたのだが……。

もう一つは、自分ではそんなつもりはなくても読者の中で「鏡は当てていた」などと言い出す人が出てくるのではないかという妙な不安だった。昨年秋に刊行されている、僕の監修の「星がささやく未来予報カレンダー」の3月のコラムを読み返すとこうある。

「（星の集合）は世の中のしくみをつかさどる山羊座で起こるため、驚くようなニュースが飛び込んでくるかもしれません。この動きは、うまくすれば素晴らしい社会を築くきっかけをもたらします。が、変化が大きいため、戸惑いなど抵抗感も強く働くでしょう。一時的な混乱があっても、いつもどおりの生活が送れるよう、日頃からさまざまな準備をしておくことが必要です」

読みようによっては今の状況を予見していたようにも見える。けしてそんなことはないのだが……時代の変化はあると思ってはいたけれど、まさかこんなことになるとは。

版元さんのことを考えると、読者の中でここを取り上げてくれる人がいたらいいなという悪魔の声も内側から聞こえなくもない。しかしそんなことよりもこれが一人歩きしたらどうしようという自意識過剰な不安の波が一定間隔で押し寄せるのを感じながら1日がすぎてゆく。

4月8日（水曜日）

全国各地を飛び回って講演や講座をしている日々だったが、イベント予定はすべからくキャンセルか延期。だが、今日は昨年から始めた「東京アストロロジースクール」の授業日。もちろん、通常通り、会議室で生徒さんを集めて開催するわけにはいかない。オンラインに急遽切り替える。昨日からスタッフと相談し、ズームと録画を活用し、貸教室で「無観客」でやりつつ、録画してスクールの生徒さんには一定期間閲覧していただけるようにする。慌ててパワーポイントのスライドなどを作り替え、調整する。自分が機械に弱いので配信はスタッフさん任せ。

実際の授業は生徒さんのリアクションが見えないのでなかなか難しいところがあるけれど、なんとか。この調子で6月からの大学の講義もオンラインでやることになるのだろう。手探りはまだ続きそうだ。

ガラガラの電車で帰宅するも、英国のロックダウンの様子を友人から聞いている身としては「まだ緩い」と感じてしまう。もっとも自分もこうして出ているのだが。

4月9日（木曜日）

日頃からキッチンに立つのは苦ではないし、料理は好きだ。友人たちをもてなすことも多い。が、外食も好きな上にさみしがり屋なので行きつけの飲み屋も多い。親しい飲食店が気になる。

ひとり暮らしなのであまり役にはたたないが、せめてテイクアウェイさせてくれないかと聞く。持ち帰り用の箱に直筆のメッセージがあって、胸が熱くなる。

4月10日（金曜日）

大手のネット上占いコンテンツ会社ココロニ（ザッパラスグループ）から打診。占いブースや対面で鑑定している現場の占い師さんたちが苦境に立たされているという。僕はいわゆる個人鑑定はしていないが、想像はつく。対面占いこそ「三密」である。いや、そこに相談者の悩みという「秘密」が加わるからさらに四密であろう。占い師さんたちをチアーアップするオンラインイベントでキーノートとなるような講演をしてくれという。その会社の事業では、ネット上で占い師さんと相談者を繋げる事業を始めているのでそのPRという意図もあるのは透けて見えたが、しかし、それはそれで意義のあることでもあろうし、僕で役に立てるのならと喜んでお受けする。いや、正直いうとこんな時に何もできない自分に焦り落ち着かない気分でいる。こうしたイベントで救われるのは僕自身なのだ。

4月11日（土曜日）

メディアでの占いの原稿は相当前から準備しているものである。その中には当然、「外出先で出会いのチャンス」などとこの状況下では不適切な文言もあるだろう。星の象徴は同じでも現実のコンテクストに合わせて本来は調整しなければならないが、ときすでに遅しというものが出てくる。そのたびにヒヤヒヤしてしまう。各種編集部の方にお願いしてチェックしていただくが（これは膨大で、本当に申し訳ない）漏れはあると思う。まあ、「星占い」ごときで目くじら立てる人は少ないとは思うのだけれど、この不安の状況の中で読者の神経を逆なでることにならないか、気がかりではある。

4月12日（日曜日）

原稿は書かなければいけない。震災のときもそうだったが、いや、それ以上に通常の星占いを書くことが難しい。なにしろ、先が見えない。この先、緊急事態宣言が解除されてもいたずらに外出や人との接触を勧めることはできないだろうし、書ける内容が大幅に制約されるのだ。何より、この状況で気楽に「星占い」など書いている場合かという気持ちにもなる。また雑誌の休刊、合併などの声も聞こえてくる。

しかし、Life goes onだ。こんなときだからこそ、いつもと変わらぬペースで空を動く星を感じていただくことにも少しは意味はあるのではないかと自分を励ます。

4月13日（月曜日）

自宅にいる時間が長いのでさぞや仕事が進むだろうと思うのだが、実際にはそうではない。

ネットを見たり、我が家にある蔵書をブラウズしたり、家事をこまこまやったりと1日がすぐにすぎていく。これまであれほど全国、いや英国などにも飛び回っていたのに、案外、「おこもり」生活にもすぐに慣れる。逆にこれが開けた時に「社会復帰」できるかが気になってくる。

4月23日（木曜日）

FMにオンラインで出演。ナビゲーターのクリス智子さんも初めてご自宅からのオンライン出演だそうだ。しかし、音質は驚く程クリア。全くオンラインだとわからないくらい。テクノロジーの進化に驚愕する。

この番組でも言ったのだけれど、「星占い」を楽しめるような毎日がいかにありがたいことか。それを改めて感じる。

番組などでは言えなかったけれど、占星術や魔法にかかわっていると、魔女狩りを始め世間からの「迫害」の歴史も心の奥底に浮かぶ。

今は一丸となって皆が協力しなければならないのはたしかだけれど、それが同調圧力と結びついた時の恐ろしい影の面も僕たちは知っている。「同調圧力」は「日本的」なものだと言われるが、そんなことはけしてない。

ユングがいうような「集合的な影の投影」が起こる可能性はどこにでもある。元型というと難しいけれど、ぶっちゃけ言うなら人間の性《サガ》だ。不安が募るとこのダークサイドに落ちる危険はどこにでもある。

星占いは「役にはたたない」けれど、ひとつ僕が恵まれていると思うのは、星は「めぐる」ということを知っていることだ。

星は巡る。冬は、日食はいつかは終わる。空の星に想いを巡らせることができるぼくたち占星術家は幸いなのだ。

災厄は避けられない。災厄Disasterは元来「幸運の星から離れる」(dis-aster)という意味である。しかし、だからこそ、僕たちは深く考えるConsiderすることができる。そして熟考Considerとは、「星とともに」(con-sider)の意味でもあることを僕は今、思い出している。

コロナ年表
二〇二〇年
四月一日～三〇日

四月一日（水）

新型コロナウイルス感染症対策本部が開かれ、安倍晋三首相は全国の全世帯に二枚ずつの布製マスク配布を表明。「#アベノマスク」がTwitterトレンド上位に。

安倍首相は国会で、現金給付について、国民全員一律に行うことを否定する考えを表明。

日本医師会が「医療危機的状況宣言」を発表、緊急事態宣言を改めて要請。

大阪市北区の繁華街でクラスターが発生し一八人が集団感染と発表。

四月二日（木）

山本一太群馬県知事が県立学校の臨時休校を五月六日まで延長すると発表。東京、千葉、神奈川への不要不急の移動自粛もあわせて要請。

アメリカ大使館が日本の感染状況の正確な把握は困難として、滞在中のアメリカ人に帰国を呼びかける。

スペインで死者が一万人を超える。増加ペースは安定し、ピークに達したと期待されると分析。ロックダウンによる失業者は九〇万人にのぼる。

四月三日（金）

緊急事態宣言の発令を求める声が相次ぐ。小池百合子東京都知事も「国が乗り出すことが大きなメッセージになる」と発言。

緊急経済対策中の現金給付は、与党の方針として世帯ごとに三〇万円支給、自己申告制と決定。

全国で緊急事態宣言が発令された場合、一年間で約六三兆円の経済的損失、との試算を宮本勝浩関西大学名誉教授が発表。リーマン・ショック時の一・五倍。

「コロナビール」の生産一時停止が発表される。メキシコ政府の経済活動の制限、衛生上の緊急事態宣言に伴うもの。「コロナ」という名前のための売り上げ落ち込みは否定。

四月四日（土）

東京都の新規感染者がはじめて一日あたり一〇〇人を超える。小池都知事は不要不急の外出を控えるよう再度呼びかけ。

中国が清明節を迎え、政府の呼びかけで三三〇〇人超の犠牲者へ三分間の黙祷。地下鉄やバスの運行停止のほか、オンラインゲームの利用停止、バラエティ番組の放送取りやめなど犠牲者を悼んだ。

四月五日（日）

セブン＆アイ・ホールディングスが今後五年の中期経営計画公表を延期、新型コロナのため業績予想が困難、とのこと。

ニューヨークのブロンクス動物園でマレートラが感染と発表。無症状の飼育係から。

四月六日（月）

世界の死者数が七万人を突破。

安倍首相は七日付で緊急事態宣言を発令する意向を表明、入学式の延期や中止などの発表が相次ぐ。

慶應大学病院が三一日に研修を終えた研修医の集団感染が発生したと発表。三一日から救急診療を停止。

ノーベル医学生理学賞受賞者の京都大学本庶佑特別教授がＰＣＲ検査を一日一万人以上に拡充することなどを提言。

四月七日（火）

午後七時、首相官邸での記者会見により、特別措置法に基づく緊急事態宣言を発令することを発表。東京都、大阪府、福岡県など七都府県（東京、神奈川、埼玉、千葉、大阪、兵庫、福岡）を対象に、期間は五月六日までの一ヶ月程度とした。なお、理容室や美容院を休業要請の対象外としたもの、東京都では「基本的に休止を要請する施設」に位置づけ。

LINEの利用回数が大幅に増加。グループ通話は前月比六二％増。

厚生労働省は学校の一斉休校の影響で休職した保護者への支援策について、これまで「公金を投じるのにふさわしくない業種」としていた風俗業とナイトクラブなどの接待飲食業について、助成対象に含めることを発表。賃金相当として、有給休暇を与えた事業者に一日分最大八三三〇円を、またフリーランスには一日四一〇〇円を支給。

四月八日（水）

八日と九日の両日、衆参両院での本会議や委員会の開催見合わせ。

沖縄県の玉城デニー知事が、緊急事態宣言の対象七都府県をはじめとする県外からの沖縄訪問自粛を呼びかけ。

中国政府は一月二三日から続いていた武漢市の都市封鎖を午前〇時から解除。高速鉄道や飛行機の運用再開、市民の市外への移動許容。

科学誌「サイエンス」にネコが感染する可能性がある、との研究結果が発表される。WHOはこれを受けてヒトとペットの間の感染について調査する意向。なお犬は感染しにくいとみられる。

四月九日（木）

新型コロナウイルスに感染し、五日からICUに入っていたイギリスのボリス・ジョンソン首相が一般病棟へ。

アメリカで雇用情勢が急激に悪化、失業保険申請件数が四日までの一週間で六六〇万件を超える。

感染者が確認されていなかった三県（島根・鳥取・岩手）のうち、島根県で県内一例目の感染者を発表。翌一〇日には鳥取県でも感染者を確認。

東京都の小池都知事は緊急事態宣言発令を念頭に、休業を要請、施設の種類によって休業を要請、社会生活維持に必要なため休業要請せず、の三分類を公表。

自治体独自の休業補償政策がひろがる。

日本救急医学会と日本臨床救急医学会が、感染防護具の圧倒的不足、緊急医療体制の崩壊をすでに実感しているとの声明を発表。

四月一〇日（金）

東京都の小池知事が記者会見で、一一日からの休業要請を発表。ナイトクラブやネットカフェなどの休業を要請、居酒屋などの飲食店には営業時間短縮、酒類提供を一九時までとすることなどを要請。

ネットカフェに寝泊りする人は約四千人、都は代替にホテルなどを無償提供する方針と発表。

愛知県が独自の緊急事態宣言を発表。

四月一一日（土）

世界の死者が一〇万人を突破。

皇宮警察の護衛官一人の感染を発表。天皇皇后両陛下などへの接触は長期間ないとのこと。

四月一二日（日）

イギリス・ジョンソン首相が退院。医療従事者に感謝のメッセージをツイート。

安倍首相がミュージシャンの星野源さんの「うちで踊ろう」にコラボする動画をTwitterに投稿。

四月一三日（月）

アメリカで死者が二万人を突破、イタリアを上回り国別で世界最多に。

厚生労働省が啓発用アイコンに妖怪「アマビエ」のイラストを採用。

全国の映画館の緊急支援策として深田晃司監督、濱口竜介監督ら有志によるクラウドファンディング「ミニシアター・エイド基金」が始まる。一五日には一億円を達成、最終的に三億円を突破。

四月一四日（火）

世界の感染者が二〇〇万人、死者は一二万人にせまる。

任天堂はゲーム機 Nintendo Switch Lite の出荷再開の見通しが立ったと発表。実態としては在庫払底は続いており、原因は台湾や中国での製造委託先工場の稼働率低下、人気ゲーム「あつまれ どうぶつの森」の三月への発売延期が重なったため。同ソフトは三月に世界累計一一七七万本を売り上げた。

四月一五日（水）

俳優の石田純一さんの感染を所属事務所が発表。アメリカで死者が三万人を突破。

四月一六日（木）

緊急事態宣言を全国に拡大する方針が諮問委員会に諮られ、妥当との結論。懸案だった国民への一律の給付金は、一人当たり一〇万円として実現へ。

四月一七日（金）

安倍首相が、三月中旬の妻・昭恵氏の大分訪問は三密が重なっていないから問題ない、と国会で弁明。また記者会見で布マスクについて問われ、朝日新聞社の通販サイトで発売している泉大津市産のマスクをあげて記者に反論。

一四日からはじまった妊婦向けの配布に続き、全世帯への布マスク配布が始まる。配布直後から汚れや髪の毛などの混入がツイートされる。

四月一八日（土）

ＪＲＡは無観客でのレース開催を続行する一方、騎手の土日の別の競馬場への移動を含む厳しい移動制限をスタート。

大阪府が「なみはやリハビリテーション病院」の医療従事者と患者計四一人の感染を発表。院内感染によりクラスターが発生したと見られる。

四月二〇日（月）

ドイツは再生産数が一未満となったことを根拠に、中小規模の商店を順次再開へ。

ニューヨークの原油先物で五月物が一バレル＝マイナス三七・六三ドルに。世界的な感染拡大によってガソリン需要、ジェット燃料需要などが大幅に減少、産油国は大規模原産を決めたものの原油相場はそのまま下落。

四月二一日（火）

妊婦や介護施設向けに政府が配布した布マスクに汚れや異物混入などが相次いだ問題で、厚生労働省は受注した四社のうち三社の社名を公表。残る一社の社名は二七日に遅れて公表された。汚れなど不良品は四万七千枚におよぶことが後にわかり、配布中断、未配布分を回収検品したうえで再配布へ。

シャープが自社製マスクを発売開始。専用サイトはすぐにアクセスが集中、二七日に抽選制に切り替えて再発売へ。

四月二二日（水）

修繕のため長崎港に停泊中のイタリア船籍のクルーズ船「コスタ・アトランチカ」号で乗員三四人の感染が判明。乗員の全員検査実施へ。

フリーゲーム「密です3D-密集団を解散せよ」が公開。小池都知事が九日の記者会見後に報道陣に「密です密です」と連呼したことがきっかけ。製作者は筑波大学を経てコーネル大学院で遠隔共同作業支援などを研究開発する大学院生。

四月二三日（木）

俳優の岡江久美子さんが死去。三月二九日の志村けんさんの訃報につづき大きなニュースとなる。

菅義偉官房長官が記者会見で、自宅療養中の感染者数、病院外での死者数を把握していないと発言。

小池都知事が記者会見で、スーパーや商店街での買い物を家族の最少人数で、三日に一回程度にするよう協力を要請。大型連休を念頭に二五日から五月六日までを「いのちを守るＳＴＡＹ ＨＯＭＥ週間」と位置付ける。

四月二四日（金）

吉村洋文大阪府知事につづいて、大村秀章愛知県知事が授業時間確保のための夏休み短縮や土日登校の検討を表明。

ハンコの押印が在宅勤務を妨げているとの話題で、押印のために出社するのはできるだけ省いた方がいい、と竹本直一ＩＴ相がこれまでの態度を変更。

吉村大阪府知事が休業要請に応じないパチンコ店六店舗の名前を公表。

小説家の東野圭吾さんの代表七作品が初の電子書籍化。「外に出たい若者たちよ、もうしばらくご辛抱を！　たまには読書でもいかがですか」と呼びかけ。

四月二五日（土）

東京都が「ＳＴＡＹ ＨＯＭＥ週間」と呼び掛けた大型連休がスタート。東京都で累計の死者が一〇〇人に。新規感染者は一〇三名。

内閣官房職員の感染を受け、新型コロナ対策担当の西村康稔経財相が自宅待機することが発表される。

高田川親方（元関脇安芸乃島）ら六人の感染を日本相撲協会が発表。

四月二六日（日）

世界で死者数が二〇万人を超え、アメリカが五万三千人を超え最多。累計感染者数は二八八万人となり、半月で倍増ペース。一方、中国当局は湖北省武漢市で入院中の患者がゼロ人になったと発表。

東京都は新規感染者数が一三日ぶりに二桁になったと発表。

八月に開催予定の全国高校総体の中止が決定、一九六三年の開始以来はじめて。

四月二七日（月）

補正予算案審議入り。

北里大学病院が感染した妊婦が出産、赤ちゃんは感染しておらず、その後母親も陰性化して退院したと発表。

日本郵政は東大阪市の布施郵便局で職員の感染を発表、同郵便局は当面の業務停止。郵便局の業務縮小や停止がつづく。

新型コロナウイルス関連の経営破綻が一〇〇件を突破（東京商工リサーチ調べ）。

四月二九日（水）

アメリカの航空機メーカーボーイング社が一～三月期の決算を公開、六億ドル超の赤字。

ニューヨークの病院で緊急救命室責任者として働き、自身も感染後現場復帰していた女性医師の自死が報じられる。受け入れ不可能なほど大勢の緊急患者へ対応、感染リスク、多数の犠牲者に接し続けることによる医療従事者の心理的負担があらためて浮き彫りに。

四月三〇日（木）

日本の新規感染者二〇一人。クルーズ船乗客乗員を含む感染者数は累計一万五一四〇人、死者四七〇人。東京都の新規感染者は四六人、二日連続で五〇人を下回る。岩手県では引き続き、感染確認者はゼロ。

仕事本　わたしたちの緊急事態日記

二〇二〇年六月三〇日　第一刷発行

編　者　左右社編集部
発行者　小柳学
発行所　株式会社左右社
　　東京都渋谷区渋谷二—七—六—五〇二
　　ＴＥＬ　〇三—三四八六—六五八三
　　ＦＡＸ　〇三—三四八六—六五八四
　　http://www.sayusha.com

装　幀　鈴木千佳子
印刷・製本　創栄図書印刷株式会社

 ISBN978-4-86528-283-2